CZWARTA
ŚCIANA

SORJ CHALANDON

CZWARTA ŚCIANA

Z języka francuskiego przełożyła
Joanna Kluza

WYDAWNICTWO
SONIA DRAGA

Tytuł oryginału:
LE QUATRIÈME MUR

Copyright © Éditions Grasset & Fasquelle, 2013.
Copyright © 2015 for the Polish edition by Wydawnictwo Sonia Draga
Copyright © 2015 for the Polish translation by Wydawnictwo Sonia Draga

Cet ouvrage, publié dans le cadre du Programme d'aide à la publication
BOY-ŻELEŃSKI, a bénéficié du soutien du Service de Coopération et d'Action
Culturelle de l'Ambassade de France en Pologne.

Książkę wydano dzięki dofinansowaniu Wydziału Kultury Ambasady Francji
w Polsce w ramach Programu Wsparcia Wydawniczego BOY-ŻELEŃSKI.

INSTITUT
FRANÇAIS
POLOGNE

Projekt graficzny okładki: Monika Drobnik-Słocińska

Redakcja: Bożena Sęk
Konsultacja językowa arabistyczna: Marek M. Dziekan
Korekta: Joanna Rodkiewicz, Iwona Wyrwisz

ISBN: 978-83-7999-415-1

Sprzedaż wysyłkowa:
www.merlin.pl
www.empik.com
www.soniadraga.pl

WYDAWNICTWO SONIA DRAGA Sp. z o.o.
Pl. Grunwaldzki 8-10, 40-127 Katowice
tel. 32 782 64 77, fax 32 253 77 28
e-mail: info@soniadraga.pl
www.soniadraga.pl
www.facebook.com/wydawnictwoSoniaDraga

Skład i łamanie: Wydawnictwo Sonia Draga

Katowice 2015. Wydanie I

Druk: OZGraf Olsztyńskie Zakłady Graficzne S.A.; Olsztyn

Dla Valentine,
która pyta, czy będzie mogła
zabrać swoją przytulankę do nieba...

Prolog

Otóż tak. Te tutaj osoby odegrają dla was historię Antygony. Antygona to ta mała chuderlawa, co tam przycupnęła i nic nie mówi. Patrzy prosto przed siebie. Rozmyśla. Rozmyśla o tym, że już za moment stanie się Antygoną, że nagle przeobrazi się w nią z chuderlawej, czerniawej i skrytej dziewczyny, której nikt w rodzinie nie brał dotąd na serio, że stanie sama jedna w obliczu świata, sama wobec Kreona, swojego wuja, który jest królem. Rozmyśla o tym, że umrze, że jest młoda i że ona także bardzo by chciała żyć. Na imię jej Antygona i będzie musiała odegrać swą rolę do końca... *

JEAN ANOUILH
Antygona (1942)

---

*   Przeł. Zbigniew Stolarek (wszystkie przypisy pochodzą od tłumaczki).

1

Trypolis, północny Liban

czwartek, 27 października 1983 roku

Upadłem. Podniosłem się. Wszedłem do garażu, potykając się o gruz. Płomienie, dym, kurz, wypluwałem gips, który palił mi gardło. Zamknąłem oczy, zatkałem uszy. Uderzyłem o murek, poślizgnąłem się na kablach. Wybuch oberwał połowę sufitu. Wszędzie wokół spadał z plaskaniem rozżarzony beton. Za wrakiem samochodu dziura. Zrobiona przez wojnę szczelina, asfalt rozchylający swe płatki aż do jądra z piasku. Rzuciłem się w rumowisko jak ktoś, kto traci równowagę, jak szmaciana lalka, z żołądkiem w strzępach. Trząsłem się. Nigdy jeszcze tak się nie trząsłem. Moja prawa noga chciała uciec, opuścić mnie niczym wystraszony pasikonik w letniej trawie. Przygwoździłem ją do ziemi obiema rękami. Moja szalona noga krwawiła. Nic nie poczułem. Myślałem, że rana i ranny tworzą jedność. Że w chwili uderzenia ból z wrzaskiem daje o sobie znać. Ale to krew oznajmiła mi złą nowinę. Nie wstrząs, nie cierpienie, tylko mój lepki sok. Miałem rozdarte spodnie. Dymiło się z nich. Noga rwała mnie z przeszywającą siłą.

Koszula kleiła mi się od potu. Chwyciłem torbę, ale nie wziąłem z samochodu Marwana kurtki, papierów, pieniędzy, niczego, co mi zostało. Nie przypuszczałem, że czołg może otworzyć ogień do taksówki.

– Wysiadaj, Georges!

Jechaliśmy wzdłuż wybrzeża. Za wzgórzami wstawało słońce. Tuż za zakrętem przyczajony olbrzymi czołg syryjski w piaskowym kolorze. Tarasował nam drogę. Mój druz zaklął. Zahamował gwałtownie. Spałem. Poderwałem się. Spanikował, wycofał się na górującą nad morzem skarpę.

Pancerz się obudził. Prawie nic, podmuch. Obracająca się metalowa lufa.

– Schowaj się, kurwa mać!

Wysunąłem rękę w kierunku tylnego siedzenia, chwyciłem torbę, wymacałem kurtkę, paszport, nie spuszczając wzroku ze śmierci. A potem zrezygnowałem. Przed nami ział stalowy pysk. Huczało mi w głowie.

– Nie strzeli! Przecież nie może strzelić do taksówki!

Na wieżyczce namalowany był czerwony romb i żółte kółko. Figury znane ze szkolnej tablicy. A także odrysowane od szablonu trzy białe cyfry arabskie. Marwan przechodził przez drogę zgięty wpół. Zmierzał do kryjówki, do rozwalonego garażu. Mury były podziurawione odłamkami, czarne od sadzy. Otworzyłem drzwi, pobiegłem do ziejącej ruiny z rozdziawionymi ustami.

– Jak spadają pociski, otwieraj usta – powiedział mi przyjaciel za pierwszym razem. – Jeśli nie zmniejszysz ciśnienia, popękają ci bębenki.

Kiedy wszedłem do garażu, on właśnie z niego wybiegał.

– Zostawiłem kluczyki na desce rozdzielczej!

Kluczyki? Zdanie to brzmiało absurdalnie. Lufa podążała za nami. Za mną, który wchodziłem, za nim, który wychodził. Wahała się między naszym strachem.

Wystrzał rozległ się w chwili, gdy stawiałem stopę na cieniu.

Upadłem jak ktoś, kto umiera, na brzuch, z potłuczonym czołem, z karkiem rozpłaszczonym na ziemi przez podmuch ognia. Częściowo w środku, częściowo na zewnątrz, ze stopami na krawędzi szczeliny, z dłońmi na betonie. Moje ciało było w szoku. Beton rozdzierało przysypane pyłem światło. Podniosłem się. Ciężki dym, szary kurz. Dusiłem się. Miałem piasek w gardle, rozciętą wargę, włosy mi dymiły. Byłem ślepy. Powieki rozrywały mi srebrne drobinki. Pocisk uderzył, lecz jeszcze nie przemówił. Grom po błyskawicy, rozpruta stal. Zapach prochu, gorącego oleju, spalonego metalu. Rzuciłem się do rowu, gdy rozległ się huk. Żołądek podjechał mi do gardła. Zwymiotowałem. Strumień żółci i kawałków mnie. Wykrzyczałem swój strach. Z zaciśniętymi pięściami, z krwawiącymi uszami, pokryty słoną ziemią i przesłonięty tłustym cieniem.

Tank podążał naprzód. Sunął ze zgrzytem w stronę garażu. Nie widziałem go, słyszałem jego siłę. Lufa się wahała. W prawo, w lewo, zgrzytanie mechanizmu. Łuska pocisku została odrzucona. Trzask wydrążonego metalu spadającego na drogę. Cisza.

– To sowiecki T55, stary dziadek.

Drgnąłem. Ochrypły głos, kiepska angielszczyzna. W półmroku obok mnie w dziurze leżał na plecach starszy mężczyzna. Nie zauważyłem go wcześniej.

– Opuść głowę, zaraz zacznie od nowa.

Kufija, biała broda, papieros trzymany w dwóch palcach. Mimo czołgu, zagrożenia, końca naszego świata palił z rozchylonymi ustami, pozwalając, by spokojny dymek błądził po jego wargach.

– Wygodnie tak?

Wskazał gestem na mój brzuch. Przygniatałem jego broń, kolba przylegała mi do uda, a magazynek wbijał się w piersi. Rzuciłem się na karabin, chcąc uniknąć pocisku. Nawet nie drgnąłem. Pokiwał głową z uśmiechem. Na zewnątrz tank ruszył. Ryk obcesowo potraktowanego silnika.

– Cofa się – szepnął starzec.

Cień czołgu ustąpił miejsca światłu brzasku i zwęglonej trawie. Tank nadal się cofał. Czekałem na śmiech mew, by oddychać. Podniosłem się. Na łokciu, z otwartymi ustami. Poszukałem Marwana w zgiełku, potem w ciszy. Łudziłem się, że mój przyjaciel pojawi się roześmiany, wymachując kluczykami od samochodu nad głową. Śpiewając, że chyba zwariował, skoro wrócił się do taksówki. Zwariował przede wszystkim dlatego, że dał mi się wciągnąć w tę idiotyczną historię. Obejmie mnie w braterskim uścisku, dziękując niebiosom, że nas oszczędziły. Długo się łudziłem. Na zewnątrz ludzie strzelali z lekkiej broni. Krzyki, rozkazy, wojenny harmider. Długa seria z karabinu maszynowego. Przeturlałem się na bok. Z nogi sikały mi silne strumienie krwi. Palestyńczyk zdjął mi bez ceregieli pasek i zrobił z niego opaskę uciskową na wysokości uda. Leżałem na plecach. Ból atakował z siłą młota. Mężczyzna podsunął mi pod głowę koc, uniósłszy mnie delikatnie pod krawędź dziury.

Wtedy ujrzałem Marwana. Jego nogi wystawały na drogę. Upadł na plecy, zakrwawiony i nagi, eksplozja zerwała z niego ubranie.

Czołg ciągle kaszlał, wyżej. Znów rozległ się jęk wiatru. Oddech morza. Stary Palestyńczyk przewrócił się na bok, opierając łokieć na ziemi i kładąc policzek na dłoni. Przyjrzał mi się. Pokręciłem głową. Nie, nie płakałem. Zabrakło mi łez. Powiedział, że trzeba zachować ich troszkę na życie. Że mam prawo do strachu, do gniewu, do smutku.

Usiadłem z trudem. Odepchnąłem stopą jego broń. Przysunął się. On i ja w dole. W klapce kieszonki emaliowany znaczek FATAH-u. Chwycił mnie delikatnie za podbródek, nie stawiałem oporu. Odwrócił mi twarz ku światłu dnia. A potem się pochylił. Pod wytartym wąsem widniały otwarte usta. Pomyślałem, że zaraz mnie pocałuje. Wpatrywał się we mnie. Szukał czegoś. Spoważniał.

– Otarłeś się o śmierć, ale nie zabiłeś – szepnął.

Sądzę, że poczuł ulgę. Zapalił papierosa, przysiadł na piętach. Następnie zamilkł, wpatrzony w wątłe światło na zewnątrz.

Ja zaś nie miałem odwagi mu powiedzieć, że się myli.

2

Samuel Akunis

Przez wiele miesięcy nie miałem pojęcia, że Sam jest Żydem. Był Grekiem i nie twierdził nic innego. Ja i moi koledzy często jednak zadawaliśmy pytania. Był cudzoziemcem, starszym od nas, innym niż my. Pamiętam, jak pewnego kwietniowego dnia 1974 roku maszerowaliśmy w Paryżu na Palais de la Mutualité. Zajmowaliśmy całą ulicę. Z powodu zadyszki Sam szedł chodnikiem. Był spięty, miał zaciętą twarz. Na nasze okrzyki „Palestyna zwycięży" odpowiadał „Palestyna będzie żyła", ja zaś nie zastanawiałem się nad różnicą, jaką dostrzegał pomiędzy zwyciężeniem a przeżyciem. Niosłem puszkę zielonej farby. Towarzysze z tyłu taszczyli białą, czerwoną i czarną. Na dwie godziny przed zebraniem syjonistów mieliśmy namalować przed drzwiami budynku palestyńską flagę.

– To nie jest dzień na wywieszanie flag – sprzeciwił się Sam.

Poprzedniego dnia, w czwartek 11 kwietnia 1974 roku, trzej członkowie Ludowego Frontu Wyzwolenia Palestyny dokonali zamachu w mieście Kirjat Szemona w Galilei.

Chcieli napaść na szkołę, tylko że była zamknięta z powodu święta Paschy. Wobec tego weszli do pierwszego lepszego budynku i zabili osiemnaście osób, w tym dziewięcioro dzieci, po czym targnęli się na własne życie.

– Moglibyśmy przełożyć naszą akcję, nie? – podsunął Sam.

Z całej naszej grupy tylko on sprzeciwiał się temu wojennemu malowaniu. Poddaliśmy jego propozycję pod głosowanie. Po jednej stronie on, zupełnie sam. Po drugiej ci, którzy uważali, że ta rzeź nie ma żadnego wpływu na ból Palestyny.

– To cena walki – stwierdził wręcz jeden z nas.

– Dziewięcioro dzieci? – zapytał Sam.

Wstał potężny, spokojny. W ciągu trzech miesięcy jego uchodźstwa we Francji nigdy nie słyszałem, żeby używał ostrego tonu, nigdy nie widziałem, żeby zaciskał pięści czy marszczył brwi. Kiedy się biliśmy, nie odmawiał chwytania za żelazny pręt. Powtarzał, że butelka z benzyną to nie jest argument. Sam był wysoki, sterany i zarazem umięśniony, mocny niczym sękate drzewo oliwne. Czasami ludzie brali go za gliniarza. Te jego krótkie siwe włosy pośród naszych lewicowych czupryn, ta jego tweedowa marynarka przy naszych kurtkach, ten jego sposób przyglądania się uważnie jakiemuś miejscu, patrzenia komuś w oczy. Ten jego zwyczaj, by nigdy nie ustępować. Chyba że cofać się powoli, wyzywająco mierząc wzrokiem przeciwnika zmrożonego jego lodowatym uśmiechem. Obawialiśmy się równocześnie policji, skrajnej prawicy albo zasadzki syjonistów, ale jemu nic z tego nie było straszne. Poznawszy dyktaturę, zamieszki w Atenach i więzienie, twierdził, że nasze walki to coś w rodzaju operetki. Nie oceniał naszego zaangażowania. Zapewniał po prostu, że nazajutrz rano nikogo nie zabraknie. Że nigdy nie zostawimy za sobą martwego ciała. Mawiał, że nasz gniew to slogan, nasze rany to siniaki, a przelana przez nas krew zmieści się w chustce do nosa. Obawiał się pewników, nie przekonań.

Pewnego dnia na skrzyżowaniu zabronił mi krzyczeć z innymi „CRS = SS"*. Tak po prostu, kładąc mi dłoń na ramieniu, zatapiając swe czarne oczy w moich. Potraktowano nas gazem łzawiącym. Pomiędzy dwoma wspaniałymi napadami kaszlu zapytał, czy słyszałam o Aloisie Brunnerze. Spojrzałem na niego, nie rozumiejąc, przerażony jego spokojem. Alois Brunner? Tak, oczywiście, nazistowski zbrodniarz wojenny. Gaz łzawiący miał zapach siarki, nasze kamienie trafiały w niebo, słychać było krzyki, pałki rytmicznie uderzały o tarcze. Znajdowaliśmy się na chodniku, ja, on. Wyrwał mi żelazny pręt i wrzucił do rynsztoka. Zsunął chustkę i popchnął mnie przed sobą. Wyrwałem się gwałtownie.

– Jesteś stuknięty!

Prowadził mnie do kordonu policji niczym inspektor w cywilu ciągnący swą ofiarę do radiowozu.

– Pokaż mi Brunnera, Georges! No dalej!

Staliśmy naprzeciwko kordonu CRS, sami na środku ulicy, gdy tymczasem nasi towarzysze wycofywali się na wszystkie strony. Policjanci szykowali się do natarcia. Oficer szedł wzdłuż szeregów, wrzeszcząc, żeby zwarli szyki.

---

* CRS – francuskie policyjne oddziały prewencji.

– Który z nich to Brunner? No powiedz!

Nie zwalniał uścisku. Kolejno wskazywał palcem mężczyzn w hełmach.

– Ten? Ten? Gdzie się ukrywa ten łajdak?

Po czym mnie puścił. Policjanci napierali z rykiem. Otworzył drzwi jakiegoś budynku i wepchnął mnie do środka. Płakałem, trząsłem się z braku powietrza. A on się dusił. Za zamkniętymi drzwiami walczyła ulica. Wrzaski, jęki, huk gazu łzawiącego. Siedziałem pod skrzynkami na listy, oparty o drzwi wejściowe. A Sam przycupnął naprzeciw mnie, z ręką na ścianie łapiąc oddech. Palcem zsunął mi chustę.

– Aloisa Brunnera tam nie było, Georges. Ani żadnego innego esesmana. Ani ich psów, ani ich pejczów. Więc nigdy więcej nie chrzań takich głupot, dobra?

Zgodziłem się z nim. Trochę. To nie było łatwe. Mogłem odpowiedzieć, że slogan to obraz, kontur, zarys myśli, nie miałem jednak ani ochoty, ani odwagi tego zrobić. Wiedziałem, że on ma rację.

– Chroń inteligencję, proszę – rzekł Sam.

Po czym pomógł mi wstać.

W Atenach śpiewał „Chleba, nauczania, wolności". Najpiękniejsze hasło, nigdy nieprzerobione przez ludzki gniew, mawiał. I właśnie on, grecki dysydent, sprzeciwiał się pomysłowi z palestyńską flagą. Powtarzał, że mazanie po ulicy nazajutrz po masakrze to błąd. Był bardziej spięty niż zwykle. Spoglądał każdemu w oczy, usiłując nas przekonać. Z trudem oddychał, zapominał francuskie słowa, mieszał nasz język ze swoim, powracał do wymowy wygnańca. Myślę, że tamtego dnia przemawiał przez niego w tajemnicy Żyd, człowiek, który chciał żyć, a nie zwyciężyć. Przy głosowaniu podniósł rękę. On jeden. Zaś my wszyscy podnieśliśmy swoje, żeby zmusić go do uległości. Przegrał. Pamiętam, że klaskałem bez sensu. Wszyscy przyjaciele, dziewczyny i chłopaki, cieszyli się jak w cyrku. Nie po to, żeby uczcić śmierć dziewięciorga dzieci, tylko żeby ogłosić własną determinację.

– Nikt z was nigdy nie był w niebezpieczeństwie – odparł Sam.

Mój grecki przyjaciel spuścił wzrok. Mógłby wyjść z sali, ale to nie leżało w jego zwyczaju. Nigdy nie trzasnąłby drzwiami przed przyjaciółmi. Po prostu powiedział, co uważa za słuszne. A nawet zgłosił się na ochotnika, żeby nam towarzyszyć.

– Dzięki temu nie namalujecie flagi odwrotnie – rzucił bez uśmiechu.

*

W styczniu 1974 roku, kiedy Samuel Akunis wkroczył w moje życie, mieliśmy już w naszych szeregach dwóch Chilijczyków. Należeli do Ruchu Lewicy Rewolucyjnej. Opuścili Santiago kilka dni po zamachu stanu. Po miesięcznym pobycie w Londynie wybrali Francję ze względu na język i Paryż ze względu na Komunę. Żyli tu w ukryciu. Z kolei Grek przyjechał ot tak. Przybył z Aten do auli 34 B w kampusie Jussieu, aby dać świadectwo o dyktaturze pułkowników. Sala była wypełniona po brzegi, ja siedziałem w pierwszym rzędzie na stopniach z prawą nogą wyprostowaną. Zadrżałem. Oto mieliśmy przed sobą dysydenta.

– Nazywam się Samuel Akunis. I przywożę wam dzisiaj pozdrowienie od studentów politechniki, którzy rzucili wyzwanie czołgom dyktatury...

– A od studentek nie? – przerwał czyjś głos z sali.

Cisza wśród zgromadzonych. Kilka kobiet przyklasnęło tej uwadze. Natomiast Grek się uśmiechnął. Był rozbawiony. Popatrzył na dziewczynę stojącą w rzędzie krzeseł. Miała na imię Aurore.

– Myślałem, że to się rozumie samo przez się, panienko. Ale najwyraźniej w waszym kraju tak nie jest.

Władał znakomitą francuszczyzną, jakby nauczył się tego języka po kryjomu. Wypił szklankę wody stojącą na stole, obserwując milczący tłum. Siedzący obok mężczyzna zachęcił go, by mówił dalej. Nie był to ani żaden z naszych towarzyszy, ani profesor. Wszedł do sali razem z Grekiem. Jego twarz była mi znajoma.

– A więc nazywam się Samuel Akunis. I przywożę wam dzisiaj pozdrowienie od studentek i studentów politechniki, którzy rzucili wyzwanie czołgom dyktatury; słowo to zasługiwałoby na rodzaj męski...

Oklaski, śmiechy. Nawet Aurore podniosła rękę na znak, że się poddaje. A potem Samuel rozpoczął swą opowieść. Pozbawioną efektów, emocji, konkretną ponurą opowieść. 14 listopada 1973 roku związek studentów Politechniki Ateńskiej ogłasza strajk. Przyłączają się do niego setki studentów ze wszystkich uczelni, nawołując do obalenia dyktatury. W nocy tysiące zbierają się wokół budynku.

Nazajutrz przybywają posiłki mieszkańców. Młodzi, starzy, rodziny z dziećmi. Następuje okupacja politechniki, studenci zamykają bramy na kłódkę. Powołuje się służby porządkowe, przydziela zadania. Aprowizacja, noclegi, kontrola wchodzących. Powstaje izba chorych, wykonane domowym sposobem wolne radio nadaje w całym mieście. Na ulicach wznosi się barykady. I oto przybywają komitety rolników, robotników, zwykli ludzie, którzy mają dosyć pułkowników. Oto Nikos Ksyluris, kreteński artysta, śpiewa wśród strajkujących: „Wróg wszedł do miasta".

Grek cały czas mówił. Aula milczała. Nie przywykliśmy do takiej oszczędności słów i gestów. Opowiadał tak, jakby to była spowiedź, nabierając powietrza jak po wynurzeniu się z wody. Przyszła mi na myśl astma. A zatem i Guevara. Nie oczekiwał od nas ani gratulacji, ani współczucia dla tego, co miało nastąpić. Dla końca, który znaliśmy na pamięć, ponieważ tyle razy czytaliśmy o nim w nic nierozumiejących gazetach. Dla bohaterstwa, które podzielaliśmy z całą wściekłością, dla patetycznego piękna gołych rąk naprzeciw luf pojazdów pancernych. Ilu z nas widziało się przykutych do bram uczelni, stawiających czoło śmierci? Ja byłem jednym z nich. Wyobraziłem sobie, jak wdrapuję się na czołg, wrzucam do wieżyczki granat, a tłum wiwatuje na moją cześć, unosząc pięści. Powtarzałem ów bohaterski gest w myślach. Czasami wymachiwałem grecką flagą, innym znów razem czerwonym sztandarem. Po kilku piwach, niesiony przez muzykę skrzypiec Mikisa Theodorakisa, padałem pod ryczące gąsienice. Oglądając film „Z", ratowałem Grigorisa Lambrakisa i dźwigałem na plecach Yves'a Montanda.

Siedziałem tam, naprzeciwko Greka, i chłonąłem każde jego słowo. Wstydziłem się swoich tajemnych wizji. Tuż przed zaśnięciem stawiałem czoło historii gołymi pięściami. I to było śmieszne. W 1967 roku, w proteście przeciw wojnie w Wietnamie, spaliłem książeczkę wojskową w Central Parku. W 1969 broniłem katolickich gett w Belfaście. W 1971 uwolniłem Angelę Davis, a potem się z nią ożeniłem. W 1973 ratowałem greckich rebeliantów. W 1974 spuszczałem wzrok przed partyzantem.

Marzyłem, że jestem bohaterem. Nie miałem już odwagi spojrzeć Samuelowi Akunisowi w oczy.

Opowiadał o tragicznej sobotniej nocy 17 listopada. Po pięćdziesięciu sześciu godzinach okupacji uczelnię otacza ponad dwadzieścia pojazdów opancerzonych. W środku jest przeszło pięć tysięcy ludzi, a na przyległych ulicach dziesięć tysięcy. „Nie bójcie się czołgów!", powtarza w kółko dysydenckie radio. Studenci próbują wynegocjować honorowe wyjście. Żądają pół godziny na opuszczenie kampusu. Tylko że czołg M40 taranuje bramę w blasku wojennych reflektorów. Miażdży żelazne wrota, za którymi skupili się studenci. I nie ma nikogo, kto wskoczyłby na wieżyczkę. Nie ma granatu. Nie ma marzenia. Nie ma małego francuskiego Mao na postumencie. Po prostu klapa.

– Siedziałem okrakiem na bramie, kiedy wjechał w nią czołg. Pospadaliśmy jeden na drugiego. Policjanci strzelali gazem łzawiącym. Inni celowali w nas z karabinów. W całym mieście ginęli ludzie. Trzydzieścioro, być może czterdzieścioro. Były setki rannych. Wielu odmówiło pójścia do szpitala, żeby ich nie aresztowano.

Grek wypił kolejną szklankę wody.

– Zranił mnie pręt od bramy, który wbił mi się w udo jak strzała. Dokuśtykałem do domu, wrzuciłem parę rzeczy do torby i pojechałem się ukryć u przyjaciół w Salonikach. Byłem znany jako opozycjonista. Na drugi dzień przyszła po mnie policja, ale się spóźniła. Dopiero po roku otrzymałem paszport turystyczny i wizę ważną na Europę. Po tygodniu byłem we Włoszech. A dzisiaj jestem tutaj, wśród was, którzyście nas wspierali. Wiem o tym i dziękuję wam za to.

Pokryłem zakłopotanie kaszlnięciem. Reszta klaskała. Jakiś chłopak z najwyższego rzędu wyjął z torby grecką flagę i wymachiwał nią jak chusteczką na peronie.

– Samuel Akunis niewiele mówił o sobie, wobec tego ja to zrobię – oświadczył mężczyzna siedzący obok niego. – Ze względu na zaszczyt, jaki nam uczynił, będąc dzisiaj jednym z nas.

Grek sprawiał wrażenie poirytowanego, mimo to tamten mówił dalej. Po kilku zdaniach, które wypowiedział, starannie, przypomniałem go sobie. Zwłaszcza jego głos. Pełen melancholii, coś pomiędzy szeptem a poufałością. Był to aktor, drugoplanowy aktor teatralny. Widziałem go jesienią w „Chorym z urojenia", w kostiumie zaprojektowanym przez Jacques'a Marilliera. Dzisiaj jednak, wśród nas, z powodu marynarki, dżinsów, rozpiętej pod szyją koszuli i braku makijażu nie rozpoznałem go.

– Człowiek, który przed nami stoi, sprzeciwił się reżimowi Papadopulosa już dwudziestego drugiego kwietnia sześćdziesiątego siódmego roku, nazajutrz po zamachu stanu – zaczął aktor. – Była to sobota, a ja znajdowałem się w Atenach...

W przeciwieństwie do Greka on deklamował. Przybierał pozy, pozwalał sobie na miny. Z jego wypowiedzi biła powaga, publiczność słuchała go w skupieniu. Mnie ów intruz przeszkadzał, w auli panowało wszakże cudowne napięcie. Skupiłem więc całą uwagę na Akunisie, tak aby do moich uszu docierała wyłącznie treść słów tamtego.

– Ogłoszono stan wyjątkowy. Żołnierze przy wsparciu czołgów zajęli pozycje w całym mieście, otaczając budynki publiczne. Nie było gazet, telefonów, żadnego radia poza radiem sił zbrojnych. Banki pozamykano, podobnie jak restauracje, muzea. Na skrzyżowaniach nie było już świateł. Przestały jeździć autobusy, taksówki, tylko karetki i dżipy. Całe miasto poruszało się na piechotę i w zwolnionym tempie. Żołnierze ostrzegali, że po zachodzie słońca będą strzelać do każdego.

Grek napełnił swoją szklankę wodą i podsunął ją aktorowi.

– Jeszcze tego samego wieczoru zarezerwowałem bilet na „Ubu króla" wyreżyserowanego po francusku przez Samuela Akunisa.

Byłem pod wrażeniem. Wyreżyserowanego. Reżyser. Grek przychodził z teatru tak jak ja. Rozbolało mnie kolano. Podniosłem się. Pozycja siedząca przestała mi odpowiadać. Oparłem się o ścianę, stanąłem ramię w ramię z towarzyszami. Reżyser. Oczywiście. Rzecz jasna. Ten jego sposób porządkowania gestów, słów, ta elegancja umożliwiająca zajmowanie przestrzeni przy jednoczesnym pozostawieniu nas w świetle. Serce mi waliło. Postawa, krok, spojrzenie. Grek, dysydent, artysta. To wiele jak na jednego człowieka.

– Byłem przekonany, że Teatr Rebetiko zostanie zamknięty jak wszystkie inne, ale postanowiłem sprawdzić. Nie wykazałem się żadną odwagą, znajdował się naprzeciw mojego hotelu. Światła fasady były pogaszone, afisze pozdejmowane, lecz jakiś młody człowiek trzymał uchylone drzwi i wprowadzał tych, którzy się tam zapuścili. Był to Samuel Akunis. Zamknął za mną bramę. W teatrze była nas zaledwie trzydziestka, poza tym brakowało dwojga aktorów: królowej Rozamundy i rotmistrza Bardiora.

Aktor opróżnił szklankę. Grek nie wiedział, co zrobić z oczami.

– Było to osobliwe przedstawienie, pomieszanie aktorów i kukiełek. Lecz tamtego wieczoru trupa improwizowała. To, co rozgrywało się na scenie, odpowiadało teatrowi ulicy.

Po czym aktor stanął przed tłumem. Przybierał rozmaite pozy, przeskakiwał z miejsca na miejsce, naśladując kolejno główne postaci. Mimo tej pantomimy na sali nie rozległ się żaden śmiech. Wszyscy mieli skupione twarze.

UBU

Grrówno!

UBICA

Och! Ładnie, mości Jeorjos, straszliwe z ciebie chamidło.

UBU

Iżbym cię nie zakatrupił, mościa Ubu.

25

UBICA

Nie mnie, Jeorjos, ale kogo innego trzeba by zakatrupić*.

Aktor zamilkł, unosząc wyimaginowany sztylet, po czym usiadł z powrotem.

– Jak zrozumieliście, Samuel Akunis kazał aktorom zastąpić „Ubu Ojca" Jeorjosem, imieniem szefa junty wojskowej. – Aktor odwrócił się w stronę Greka. – Wśród widzów znajdował się szpicel. Albo ktoś, kto nie zniósł znieważenia Jarry'ego. Dwa dni później obecny tu nasz przyjaciel zostaje zatrzymany i przesłuchany przez Asfalię w budynku bezpieki. Wyrwano mu paznokcie, przypalono pierś papierosami, podeszwy stóp pokaleczono ołowianą rurką. Oprawcy dusili go gazem, chlorem w aerozolu wtłaczanym do ust.

Zamilkł, obserwował, jakie zrobił wrażenie, niczym adwokat, który zdobywa przysięgłych.

To nie była astma.

– Nigdy nie został osądzony ani uwięziony, lecz deportowany na rok do obozu w Oropos razem z setkami innych, w tym z Mikisem Theodorakisem.

Fala gorąca. Spuściłem głowę.

– Po zwolnieniu był śledzony, nie chciał jednak opuścić kraju. Dopiero po strajku okupacyjnym na politechnice, gdzie dał przedstawienie „Antygony" Anouilha na dziko, Samuel Akunis zdecydował się na wygnanie.

Następnie aktor wstał po raz ostatni. Chwila ta musiała być jedną z jego najpiękniejszych ról. Odwrócił się

---

* Przeł. Tadeusz Żeleński (Boy).

w stronę Greka, skłonił, a potem zaklaskał na jego cześć. Ja klaskałem razem z nim. Przed innymi, przed całą aulą, na stojąco, zagłuszając ciszę z zaciśniętymi zębami.

Wtedy właśnie przepchnąłem się przez tłum. Podszedłem do biurka. Aurore również zeszła z torbą przewieszoną przez ramię. Grek ani drgnął. Wpatrywał się we własne dłonie, kiedy wyciągnąłem do niego rękę.

– Mam na imię Georges, jestem reżyserem.

– Ja jestem Aurore. Próbuję robić teatr.

Wstał lekko zaskoczony. Uśmiechnął się do nas.

Nie lubiłem tej dziewczyny. Po swym drapieżnym wystąpieniu przyszła się pokajać z oczyma pełnymi łez. Jej obecność zakłócała naszą intymność.

– Ja też dostałem w nogę...

Grek ponownie skupił uwagę na mnie.

– W zeszłym roku, od faszystów.

Skinął głową. Nie wiem, dlaczego mu to powiedziałem. Bez ogródek po tym wszystkim, co ten człowiek nam wyjawił. Zrobiło mi się wstyd. Znów spuściłem wzrok. Strzeliło mi w kolanie. Wyprostowałem się. On nadal trzymał moją dłoń w swojej.

– To zaszczyt – szepnął Samuel Akunis.

Liczył wtedy 34 lata, Aurore 22, a ja 24.

Miał mi być jak brat. Ona zaś miała zostać moją żoną.

3

Alois Brunner

W dniu 23 lipca 1974 roku Sam zabrał mnie na jednego na boulevard de Sébastopol. Tylko mnie, nie naszą małą trupę. Przyszedł po mnie do gimnazjum po moim dyżurze. Rozszyfrowaliśmy się wzajemnie jako przeciwstawne zwierzęta. On wesołość, ja smutek. On wiosenne serce, ja ponura jesienna mina.

– Zbyt wiele wycierpiałem, żeby być nieszczęśliwym – powtarzał często. Po czym spoglądał na mnie z uśmiechem. – Ale ty możesz sobie jeszcze na to pozwolić.

Od tamtej pory dzieliliśmy między siebie świat, żartując. Dla mnie to co mroczne, dla niego to co pełne blasku. Jego przebłyskom dowcipu odpowiadał mój niezręczny humor. Nasze rozmowy przebiegały wedle tego przepisu i nigdy jeszcze nie posunęliśmy się dalej. Nie było między nami bliskości. Z mojej strony wstydliwość, również szacunek. Ilekroć szliśmy razem, odgrywałem niezgrabnie świtę człowieka udręczonego.

– Jesteś bardziej udręczony ode mnie – rzucił pewnego dnia, gdy we wszystko zwątpiłem.

Tamtego wieczoru na tarasie było mi wszakże niemal lekko na sercu. Od samego rana w radiu mówiło się wyłącznie o Grecji. Po zamachu stanu na Cyprze pułkownicy oddali władzę cywilom. Koniec dyktatury. Siedem lat nieszczęścia wymazane ot tak. Powiedziałem o tym uczniom na przerwie tonem nauczyciela, który oddaje znakomite prace domowe.

W tamten lipcowy poranek, kiedy Sam zjawił się w naszej siedzibie w Jussieu, dziewczyny wycałowały go i złożyły mu gratulacje. Chłopcy natomiast pytali, kiedy wyjeżdża.

– Pewnie kiedyś – odparł Grek.

Dawno już zrozumiałem, że złożył nam wizytę grzecznościową. Jeśli wziął udział w kilku zebraniach, jeśli podnosił ospale czerwony sztandar, jeśli czasem manifestował w naszych szeregach, nie robił tego z przekonania, tylko po to, by podziękować za wsparcie. A zresztą co z nas zostało?

Nasi przywódcy rozwiązali Ruch. Gazetka „La Cause du peuple" przestała się ukazywać dziewięć miesięcy wcześniej. Od tamtej pory kumple pogubili się w życiu. Jeden z towarzyszy się powiesił. Inny strzelił sobie w usta. Michel, który powrócił do łobuzerki, zginął z rąk właścicielki bistra. Wielki Jacques, robotnik w fabryce Renault, znów pracował przy taśmie. Ci, którzy nadal się trzymali, jeszcze walczyli, za to z ciężkim sercem. Nowi zwolennicy stali się na powrót dziećmi i kolejno uciekali z frontu na banalne tyły. Siedziba pełna ulotek, porozrzucanych niczym zwiędłe kotyliony, wyglądała jak sala balowa o świcie. Trudno było nam przestać śpiewać bojowe pieśni. Myślałem o żołnierzu, który odniósł rany w czasach pokoju, o powrocie szarej rzeczywistości, o normalności, o ciszy. Po wyczerpaniu pewników staliśmy się sierotami ideologii. Ja zaś wiedziałem, że kolejne dni będą świętować bez nas.

Właśnie dlatego zależało mi na Samie. On był moją resztką oczywistości. Nie slogan, nie fragment książki ani rozkaz wymalowany na miejskim murze, lecz Samuel Akunis ucieleśniał naszą walkę. Jego wstąpienie w nasze szeregi, nawet spóźnione, nawet nieśmiałe, dodało mi z powrotem odwagi. On był moim oporem i naszą godnością.

– Godność? Najpiękniejsze słowo w języku francuskim – uśmiechał się Sam.

Siedząc na tarasie przy owym smutnym bulwarze, spoglądałem na innych przechodniów. Sam zamówił piwo, ja sączyłem kieliszek białego wina. Czekałem. Skoro poprosił, bym mu towarzyszył, to znaczy, że miał mi coś do powiedzenia. Nigdy dotąd nie byliśmy sami. On się ze mną droczył przy wszystkich, ja próbowałem ripostować.

– Jesteś szczęśliwy?

Powiedziałem to, żeby przerwać milczenie. Pokiwał głową z ustami w pianie i z błyszczącymi oczami.

– Dwaj ludzie zapewniają mi dzisiaj szczęście.

Przysunąłem się bliżej. Uwielbiam chwile zwierzeń.

– Po pierwsze, Karamanlis. On do nas wróci, to pewne. Utworzy rząd, obali monarchię, usunie wszystkie te starocie.

Sam przyglądał mi się znad szklanki.

– Wyobrażasz sobie Konstandinosa? Mojego przyjaciela jako premiera?

Pokiwałem głową ze śmiechem. Nie. Nie wyobrażałem sobie. Nie wiedziałem nawet, że Karamanlis ma greckich przyjaciół we Francji.

Sam otworzył starą torbę Olympic Airlines ozdobioną kolorowymi kółkami. Ten stary plastikowy worek był jedną z niewielu rzeczy, jakie pozostały mu z kraju. Wyciągnął złożoną gazetę i rozpostarł na całą szerokość.

– A moje drugie szczęście nazywa się Eddy Merckx!

Zatkało mnie. Przez całe lata czytałem wyłącznie „La Cause du peuple", ostatecznie przystałem na „Libération", Sam zaś czytał „L'Équipe". Położył dziennik na stole, odsunąwszy szklanki, a wraz z nimi całą Grecję.

– Osiem wygranych etapów, wyobrażasz sobie? Był pierwszy w prologu i wygrał dwudziesty drugi etap!

Nie wyobrażałem sobie, nie. Ciągle nie. Tour de France zakończył się przed dwoma dniami. Belg zwyciężył po raz piąty. I co z tego? No co? Dla mnie owego 21 lipca cypryjska Gwardia Narodowa obroniła miasto Kyrenia przed tureckim najazdem. A południowowietnamskie marionetki właśnie rozpoczęły wielką ofensywę przeciw komunistom z Tây Ninh.

Czułem się niezręcznie. Mówił głośno, śmiał się, zapominał francuskich słów. Twierdził, że to też jest życie, człowiek na rowerze, który pokonuje kolejne kilometry, wrzeszcząc z bólu. Twierdził, że sport to inny sposób stawiania czoła. Sobie, trudnościom, złej pogodzie, melancholii, która tak bardzo do mnie pasuje.

– Słuchasz mnie, Georges?

Drgnąłem. Byłem trochę rozczarowany, błądziłem myślami gdzie indziej. Owa magiczna chwila między nim a mną, między greckim bojownikiem a działaczem internacjonalistą, przeobraziła się w karawanę samochodów na Tour de France wraz z klaksonami, reklamami proszku do prania i trąbkami kibiców.

– Byli w ogóle jacyś greccy kolarze?

Sam roześmiał się z moich starań. Myślę, że czytał we mnie jak w otwartej księdze.

– Był wyścig o Trofeum Starożytności, coś w rodzaju Tour de Grèce. Tylko że koszulka lidera miała kolor niebieski.

– Nie znam się na sporcie, nie jestem nacjonalistą – oznajmiłem.

Zdanie to wypowiedziałem przez zęby, rzuciłem je znienacka. Sam zastygł z podniesioną szklanką, nie spuszczając ze mnie wzroku.

– Wyznajesz antynacjonalizm? To luksus człowieka, który ma naród.

Miał ponurą minę, ociężałe ruchy i zamglony wzrok. Nigdy go takiego nie widziałem.

– Opowiedz mi o swoich rodzicach, Georges.

Drgnąłem. Wyznałem mu wcześniej niewiele, żeby nie zdradzić się z sieroctwem. Matka zmarła, kiedy byłem mały. Następnie ojciec, całkiem przytłoczony mną, dźwigający ciężar życia aż do grobu.

Sam pozwolił, by moje milczenie podszepnęło resztę. Nikt nie zdołałby poskładać do kupy ucznia, który zrywa kwiatek, aby pożegnać matkę.

– A ja? Wiesz, kim jestem i skąd pochodzę?

Machnąłem ręką, jakby to było coś oczywistego. Samuel Akunis, grecki partyzant.

– Urodziłem się w Salonikach czwartego stycznia czterdziestego roku jako syn Joszuy Akunisa i Racheli Aelion. Mój starszy brat miał na imię Pepo, a siostra Reina.

Wpatrywałem się w niego, nie pojmując. A raczej pojmując. Dostałem gęsiej skórki. Drżałem z niecierpliwości, by się dowiedzieć. Samuel Akunis był Żydem.

– Przodkowie mojego ojca przybyli z hiszpańskiej Majorki. Przodkowie matki z Portugalii. Wieki wymazały pamięć o nich i ich imiona. Wiem, że trudnili się wytwarzaniem wełny dla imperium osmańskiego. Mój ojciec był komunistą, matka syjonistką. On był piekarzem, ona wychowywała dzieci. Mieszkaliśmy w dzielnicy Hirsch, blisko dworca. W październiku czterdziestego roku, jak Włosi napadli na nasz kraj, Joszua Akunis zaciągnął się do armii greckiej. Został ranny w brzuch. Uważał, że jesteśmy Grekami na zawsze. Tylko że był w tym osamotniony.

Sam wstał, zostawiając pełną szklankę. Zaskoczył mnie tym. Położył na stole kilka monet, płacąc za swoje piwo i moje wino. Po czym zachęcił mnie, bym także wstał. Odsunąłem więc krzesło. Sam nie odchodził, nie opuszczał mnie tam. Po prostu musiał iść. Tak jakby tego wszystkiego nie dało się opowiedzieć na siedząco, ze szklanką w dłoni. Spoglądał przed siebie na beztroski tłum, na chylący się ku zachodowi dzień, na drzewa szepczące o lecie.

– Moi rodzice nie mieli narodu, mieli gwiazdę.

Przeprosiłem. Uśmiechnął się.

– Za co ty przepraszasz?

Po nadejściu Niemców Samuela oddano pod opiekę Allegry, jego ciotki. Kobieta zabrała dziecko na Korfu, do włoskiej strefy, gdzie ukrywali się przez całą wojnę, chowa-

jąc się wśród drzew oliwnych u pewnej rodziny robotników rolnych. Joszuę, Rachelę, Pepa i Reinę wywieziono do
Birkenau w transporcie 15 marca 1943 roku.

Sam przerwał swą opowieść.

– Wiesz, ilu Żydów z Salonik zginęło w obozach?

Pokręciłem głową.

Podjął swój powolny spacer po paryskim bulwarze.

– Prawie pięćdziesiąt pięć tysięcy. Właśnie Brunner
zaplanował zagładę Żydów. – Dał mi kuksańca w bok. –
Alois Brunner. Przypominasz sobie?

Wpatrywał się w moje pełne żalu oczy. Roześmiał się.
Powiedział, że mam pstro w głowie i o jedno serce za dużo.

*

Kilka dni później po raz pierwszy rozmawialiśmy o teatrze.
Sam został zaproszony na festiwal w Vaison-la-Romaine,
gdzie wystawiano „Antygonę" Anouilha w reżyserii Gérar-
da Dournela. Liliane Sorval grała córkę Edypa, króla Teb.
Natomiast w rolę jej wuja Kreona wcielił się Jean-Roger
Caussimon. Przedstawienia w młodzieżowych domach
kultury, próby generalne z wielką pompą czy poufne de-
baty – grecki przyjaciel nie odmawiał żadnej prośbie. Był
symbolem teatru zakazanego.

– Niedługo znów zabiorę się do pracy, ale jeszcze nie
jestem gotowy. Patrzę, uczę się, słucham, nadrabiam stracone dni.

Wtedy wspomniał mi o „Antygonie" po raz drugi. Wystawiał ją na Politechnice Ateńskiej, zanim nadjechały czołgi. Teraz wyjeżdżał, aby ją odnaleźć na południu Francji.

Wyciągnął z torby egzemplarz „Antygony" wydany w 1945 roku nakładem La Table Ronde, z litografiami w kolorach umbry i czarnym autorstwa Jane Pécheur. Potrząsnął nim jak uniesioną pięścią.

– Cierpiałem razem z „małą chuderlawą". A ona walczyła u mojego boku.

Znajdowaliśmy się na place du Palais-Royal, pijąc kolejne piwo na chodniku.

– Małą chuderlawą?

Sam zesztywniał. Ten jego sposób marszczenia brwi. Zawsze mrużył oczy, jakby intensywnie rozmyślał.

– Nie pamiętasz prologu? „Otóż tak. Te tutaj osoby odegrają dla was historię Antygony. Antygona to ta mała chuderlawa, co tam przycupnęła i nic nie mówi".

Jego teatralny głos miał inne brzmienie. Szeptał jedwabiście.

– Kiedy kurtyna idzie w górę, aktorzy są na scenie zajęci niepatrzeniem na nas, osłonięci czwartą ścianą.

– Czwartą ścianą?

Słyszałem już to wyrażenie, choć nie znałem jego znaczenia.

– Czwarta ściana to coś, co nie pozwala aktorowi flirtować z publicznością – odparł Samuel Akunis.

Wyimaginowana fasada, którą aktorzy stawiają na krawędzi sceny, aby podkreślić iluzję. Mur, który chroni ich osoby. Dla jednych lekarstwo na tremę. Dla drugich granica z rzeczywistością. Niewidzialne przepierzenie, w którym robią niekiedy wyłom jakąś kwestią wypowiedzianą do publiczności.

– Przypomnij sobie pierwsze sekundy. Wszyscy aktorzy są obecni, za kulisami nie ma żadnego. Nie ma zascenia, głośnych wejść, wyjść z oklaskami, trzaskania drzwiami. Tylko krąg światła, w który wchodzi ten, kto mówi. I ciemność, która otula tego, kto przed chwilą mówił. Dekoracje? Schody, kurtyna, starożytna kolumna. To nagość, czyste piękno.

Ciągle to jego spojrzenie.

– Nie mów, że zapomniałeś „Antygonę"!

Grałem na zwłokę, zanurzywszy wargi w winie.

– Czytałem ją, podobnie jak Borisa Viana. Bagaż nastolatka. Na pierwszym roku pracowałem nawet nad wymyśloną rozmową między Voltaire'em a nią.

– Voltaire'em?

– „Kandyd", optymizm w stosunku do człowieka. Już nie pamiętam.

– A Antygona to pesymizm?

Sam się roześmiał. Bez złośliwości. Nigdy nie ranił swego rozmówcy.

– Jutro pójdę kupić „Antygonę" u Maspera. Chcę, żebyś ją przeczytał na nowo.

– Tę Anouilha?

Sam wzruszył ramionami. Tak, Anouilha. Jasne, że Anouilha. Pewnie, że Anouilha.

– A Sofoklesa?

Grek machnął lekceważąco ręką na to imię. Redukował tym „Antygonę" Sofoklesa do siostrzanej powinności i więźniarki bogów.

– Jej gniew jest posłuszny boskości. Natomiast mała chuderlawa jest podobna do ciebie.

– Podobna do mnie?

– W ciągu dwudziestu czterech wieków przeszła od rytualnego chóru poświęconego Dionizosowi do współczesnej historii, od religijności do polityki i od tragizmu do tragedii absolutnej...

– Co to ma wspólnego ze mną?

– Bohaterka „nie", która broni własnej wolności... Zgadnij!

Odwzajemniłem uśmiech Sama. Zgoda co do Anouilha. Dzięki, że mi go podaruje. Przeczytam. Przyrzekłem mu to tak, jak się podaje godzinę spieszącemu się przechodniowi. Nie zdawałem sobie sprawy z wagi podarunku, który właśnie otrzymałem od Sama Akunisa. On także nie przypuszczał, że owa lipcowa pogawędka na tarasie odmieni życie jego i moje. Chwilowo czuł, że go nie słucham. Moja luźna obietnica, obojętne ciało zwrócone w stronę kelnera, by zamówić jeszcze jeden kieliszek wina... Nie miał jednak do mnie o to żalu.

Nazajutrz Sam podarował mi książkę. Umówiliśmy się w siedzibie maoistów. Korzystając z tego, że były wakacje, robotnicy wymieniali zamki w salach wykładowych. Woźni pilnowali, jak pracują. Dwóch z nich weszło do pokoju, który zajmowaliśmy w Jussieux nielegalnie od dwóch lat.

– Mogę w czymś pomóc? – zapytał Sam.

Jeden z woźnych włożył rękawiczki. Mówiliśmy na niego „Wąsik". Korsykanin, zawsze pierwszy, jak tylko na wydziale była jakaś rozróba. Dwukrotnie mocno mi się postawił. Wiedział, że przyszedłem z Sorbony, że nie mam u niego nic do roboty. Jak usłyszał, że chcę zostać nauczycielem, zrobiło mu się żal przyszłych uczniów. Nie należał do tych, co to składają skargę czy donoszą na działacza. Bił się jak trzeba, walił mocno, inkasował ciosy. Jego kumple przysięgali, że poznał co to więzienie, jedyne miejsce, gdzie człowiek zalany krwią odpowiada, że nadział się na drzwi. Szanowałem go za to.

Woźni nigdy nie wchodzili do naszego pomieszczenia, tamtego dnia było nas tylko troje: ja, Aurore i Sam. „Wąsik" zrobił krok w stronę progu.

– Zadałem panu pytanie – pwtórzył Grek.

– Poprosimy ich o legitymacje studenckie? – uśmiechnął się woźny.

Drugi woźny z niechęcią machnął ręką.

Podszedłem bliżej z zaciśniętymi pięściami.

– Wypieprzać stąd!

Obydwaj ciecie udali zaskoczonych.

– Troje na dwóch, ale będzie jatka!

„Wąsik" położył dłoń na ramieniu kolegi.

– Chodź, spadamy stąd, zanim nas rozniosą...

Po czym wyszli ze śmiechem na korytarz.

Sam i ja nie musieliśmy nic mówić. Przed paroma laty były nas na wydziale setki. Wszędzie, od podziemi do tarasów. Kiedy wkraczała policja, budynki zamieniały się w miasto, którego broniliśmy ulica po ulicy. Jeden stolik to były cztery żelazne pręty. Oparcia krzeseł waliły o ich tarcze. Wszędzie na poddaszach czekały butelki z benzyną, które miały osłaniać nasz odwrót. Tylko że tamtego lata zapowiadała się nasza klęska. Bez przemocy i krzyków. Stopniowo porzuciliśmy fortecę. A teraz zmieniano zamki w drzwiach.

Gdy opuściliśmy pomieszczenie, po raz ostatni spojrzałem na salę z przepalonymi jarzeniówkami. W 1972 roku napisałem na czerwono z lewej strony okna „Nigdy nie dawajcie za wygraną!". Aurore zamknęła drzwi na klucz.

Złamałem go kopniakiem wewnątrz zamka. I zatrzymałem ułamane kółko.

– Są inne teatry oprócz tego – powiedział Sam na dziedzińcu.

Podarował mi „Antygonę". Przyjąłem książkę niczym list pożegnalny. Byłem smutny i niepokoiłem się o nas. Mój przyjaciel uśmiechnął się. Od starcia ze strażnikami miał kłopoty z oddychaniem.

– Nie łudź się. Zobaczymy się jeszcze.

Roześmiałem się. Znał moje lęki, lecz je szanował. Nigdy by mnie nie naraził. Ja zdawałem sobie sprawę z niebezpieczeństwa. Uświadamiałem je sobie zwierzęco, instynktem jaskiniowca. Wyczuwałem na ulicy – gest, jedno słowo za dużo. Czytałem w milczeniu, w spojrzeniach, głupkowatych uśmiechach. Czułem zarówno w obietnicach, jak i w groźbach. Podejrzewałem u przyjaciela i u przeciwnika.

Ale nie u Sama.

4

Natalia Stiepanowna

CZUBUKOW
A pański ojciec był karciarz i żarłok.

NATALIA
A ciotka plotkara, jakich mało!*

Wstałem. Aurore miała kłopot z siłą wyrazu. Spojrzenie, tekst, gesty, ton głosu, nic nie grało. Może przez brzuch. Przez nasze dziecko, które w niej rosło. Jak zagrać młodą narzeczoną, skoro jest się w siódmym miesiącu ciąży? Nie stała się Natalią. Wiedziała o tym. Obszedłem ją dokoła.

– Łomow jest wściekły. A ty? Co ty robisz? Powinnaś gryźć!

Aurore oparła się o ścianę z dłonią na brzuchu.

– „Niech pan mówi, co chce, ale niesprawiedliwości znieść nie mogę". To kwestia Natalii. Kiedy więc obrażasz Łomowa, nazywając jego ciotkę plotkarą, chcę, żeby całe twoje ciało aż krzyczało z odrazy. Wywrzeszcz te słowa, Au-

---

* Przeł. Artur Sandauer.

rore! Ty wymierzasz policzek. Nie widziałem tego policzka. A on go nie poczuł!

Aurore usiadła na podłodze. Zapaliła papierosa. Nie cierpiałem, kiedy paliła. Obiecała, że rzuci.

– Chcę, żebyś wyszła z siebie, słyszysz?

Słyszała.

– Bronisz dumy Natalii! Wołowe Łączki to jej grunt, honor rodziny, krwi, rasy, jak mówi Czechow! Łomow chce nimi zawładnąć. A ty stawiasz opór! Człowiek umiera za swoją ziemię, Aurore! Natalia jest gotowa zabić za własną.

Chciałem wyreżyserować złość. Prawdziwą.

Moja żona skinęła głową. Zrozumiała. Szybko rozumiała.

Jesienią 1975 roku odgadła, jak bardzo mi na niej zależy. Wystarczyło mi na nią spojrzeć, położyć dłoń na jej ramieniu, poprowadzić ją za biodra w czasie przejścia na scenie. Tworzyła teatr w gimnazjum, w liceum, w salach parafialnych, politykę na studiach, potem znów teatr, jak polityka się wyczerpała. Ja tworzyłem teatr w gimnazjum, w liceum, w salach parafialnych, politykę na studiach, potem znów teatr, jak polityka mnie wyczerpała. Obserwowaliśmy się w aulach Jussieu, na ulicznych manifestacjach, w czasie ucieczek po bulwarach, gdy nas brutalnie rozpędzano. Sam się z nią zaprzyjaźnił. Mawiał, że scena pasuje jej lepiej niż megafon. Że kwestie byle autora są warte więcej niż nasze slogany. Opowiadał jej o teatrze. Chciał ją wyrwać z naszych ulic. Chronił ją jak córkę.

W dniu, kiedy wystawiłem „Oświadczyny" Czechowa, Aurore pokazała, co potrafi. Miała kredową skórę, jasne oczy w kształcie migdałów, wysokie kości policzkowe. Ta Bretonka z Finistère uosabiała moje wyobrażenie o Natalii Stiepanownej. Zagraliśmy w świetlicach na robotniczych przedmieściach Paryża pięć darmowych przedstawień. Teatr stał się moim miejscem oporu. Moją bronią oskarżycielską. Tym, którzy zarzucali mi, że zaniechałem walki, powtarzałem zdanie Beaumarchais: Teatr? „Olbrzym, który śmiertelnie rani wszystko, w co uderza". Pozwalałem drgać emocjom gdzie indziej niż na konwencjonalnych scenach. Wprowadzałem śmiech, przemycałem dreszcze między pozbawione radości mury. Najpierw w moim gimnazjum. Ale także w szpitalach, domach starców, ośrodkach dla imigrantów. Byłem zmęczony teatrem walczącym odgrywanym na skrawku chodnika dla dziesięciu ponurych kumpli. Nie chciałem już inscenizować teraźniejszości po to, żeby odpowiedzieć na jej ciosy. Nie chciałem palenia amerykańskiej flagi ani wymachiwania czerwonym sztandarem. Chciałem złożoności, inteligencji zawartej między jasnym i ciemnym odcieniem szarości. Postanowiłem powrócić do słów sprzed ulotek. Granie Gattiego, Jarry'ego czy Brechta nie oznacza zdrady, powtarzał Sam, kiedy ogarniały mnie wątpliwości.

Założył zespół. Prawdziwy zespół z własną siedzibą, ze ścianami i dachem. Mówił, że trupa to materiał jego teatru. Wymyślanie rodziny na czas przedstawienia przestało mu wystarczać. Chciał grać tak jak wtedy, gdy występował przed czołgami w swoim starym kraju. Chciał wsparcia przyjaciół, i to do grobowej deski. Podobnie jak jego pokojowi bohaterowie, Roger Planchon i Patrice Chéreau, jego teatr składał się z języka i obrazów. Kieszonkowe marzenie w północym Paryżu ochrzczone mianem „Małego Diomedesa" na cześć szesnastoletniego Diomedesa Komnenosa, który zginął od kulki w głowę 16 listopada 1973 roku, kiedy podążał na politechnikę. Sam poprosił, żebym się do niego przyłączył, lecz odmówiłem. Chciałem reżyserować. On chciał reżyserować mnie. Przygarnął także Aurore, ale ona wybrała mnie. Był tego świadkiem.

– „Ciężka, psiakrew, sprawa – ożenek. I to, i tamto, i owo. Żeby i to było w porządku, i tamto... Nie takie to, u diabła, łatwe, jak powiadają"* – uśmiechnął się w dniu naszego ślubu, cytując Gogola.

On nie chciał obrączki. Bał się, że będzie musiał patrzeć na śmierć swoich dzieci. Jego wielbicielki były Greczynkami, wszystkie. Nigdy nie wiedziałem, w którym z nich się zakochiwały, w Samie czy w Akunisie. W dawnym dysydencie, w dzisiejszym reżyserze czy po prostu w przystojnym mężczyźnie, który zawsze wie, co powiedzieć?

Jesienią 1979 roku po raz kolejny zapragnęliśmy wystawić „Oświadczyny" dla strajkujących robotników ze względu na komizm tekstu i gniew emanujący z niego. Rozśmieszanie proletariatu stanowiło kolejną rozróbę. Metalowcy z zakładów Alsthom w Saint-Ouen okupowali fabrykę od 11 listopada. Nie zamierzali ani zmieniać świata, ani wywoływać wojny. Tysiąc kobiet i mężczyzn walczyło o trzynastkę i piąty tydzień płatnego urlopu. Granie Czechowa

---

* Przeł. Julian Tuwim.

dla tych robotników oznaczało zapewnienie rozrywki buntownikom.

14 listopada, w dniu przedstawienia, do okupowanej fabryki wkroczyły policyjne oddziały prewencji. Gdy wtargnęły siłą o szóstej rano uzbrojone w pałki, mistrzowie i kierownicy otworzyli bramy tym, którzy nie strajkowali.

Przyjaciele zawiadomili nas o wkroczeniu o świcie. Jeden ze związkowców powiedział, że kobiety płakały. Jakiś mężczyzna krzyczał, że dłużej tak się nie da żyć. O piętnastej Sam, Aurore i ja przybyliśmy mimo wszystko, żeby zagrać Czechowa. Sam szedł posępny z miedzianym kandelabrem. Ja tylko zaciskałem pięści ze złości. Chciałem usłyszeć, co te łajdaki mają do powiedzenia. Jeden z policjantów kazał nam wrócić za kulisy. Ani krzty przemocy. Ani jednego słowa za dużo. Robotnicy odeszli. Dla bezpieczeństwa któryś z łamistrajków zaciągnął rygiel w bramie z kutego żelaza.

Nagle upadłem na chodnik. Znienacka, na wznak, jakby trafiła mnie zabłąkana kula. Rąbnąłem o ziemię plecami, głową, rękami. Leżałem z otwartymi ustami i wywróconymi oczami, wstrząsany przez chwilę drgawkami, po czym znieruchomiałem. Wtedy do Sama dotarło. Popatrzył na policjantów, na łamistrajków. Przyjrzał się bramie i zerwanej kłódce. Wpatrywał się w żółto-niebieską publiczność, niemą i przerażoną. Omiótł wzrokiem niebo, pokonane budynki. Przywdział swą tragiczną maskę: spuszczone oczy, usta, głębokie zmarszczki, pobrużdżone czoło. Pochylił się nade mną, wznosząc ręce do bogów.

CZUBUKOW

Och!... Co takiego? Co ci jest?

NATALIA

(Jęknęła z rękami na brzuchu)
On umarł!... Umarł!

CZUBUKOW

Kto umarł? *(Spojrzał na mnie)* Rzeczywiście, umarł!
Święci pańscy! Wody! Doktora! *(Z torby Sam wyjął pustą
szklankę, przysunął ją do moich ust)* Niech pan wypije!...
Nie, nie pije... Znaczy, że umarł, i tak dalej... O, ja nieszczęśliwy!

A potem zastygliśmy. Na długą minutę. Ja bez czucia.
Sam bez ruchu. Aurore bez głosu.

Kiedy stanęliśmy prosto, panowała całkowita cisza.

Najpierw ja, umarły, który powrócił do żywych. Następnie Sam pochylony nad moją agonią. I wreszcie Aurore, która ciągle trzymała się za głowę, miała otwarte usta
i oczy wpatrzone w listopad.

Opuściliśmy chodnik, jakbyśmy schodzili ze sceny.
Niczego nie oczekując.

– Ten dupek napędził mi stracha! – rzucił jeden z gli-
niarzy.

Potraktowaliśmy to zdanie jak oklaski.

5

Louise

Przestałem być dzieckiem 9 stycznia 1980 roku o szóstej rano. Nie pamiętam jednak, żebym tego pragnął. Naszą córkę nazwaliśmy Louise. Imieniem babki Aurore, robotnicy w przetwórni sardynek w Douarnenez, która całe życie strawiła, pracując przy taśmie z dłońmi ubabranymi rybami. Imię Louise było właśnie z tego powodu. Wyjaśnialiśmy to zachwyconym rodzicom, aż sami w to uwierzyliśmy. Ale przyjaciele wiedzieli, że to także na cześć Louise Michel, nauczycielki, która wolała czerń od czerwieni, żałobę po naszych złudzeniach od krwi naszych żołnierzy. Tej, która zainspirowała mnie do napisania pracy dyplomowej „Louise Michel i Le Droit Humain".

Skądinąd obie Louise były siebie warte. Aurore dostrzegała w nich wspólną wściekłość i dumę. Moja żona uwiodła mnie swym uśmiechem i historią swojej babki. Historią „Penn Sardin", która bez lęku szła wzdłuż protestujących szeregów aż do kordonu żandarmów, stukając po ulicy drewniakami. Wyśpiewywała gniew fabryki w czepku na głowie. Darła się na całe gardło. Wziąwszy się pod boki, jak robotnice z przetwórni ryb. Śpiewały, wychodząc rankiem, śpiewały, napełniając puszki, śpiewały, wracając wieczorem, aby ugotować zupę marynarską. W roku 1924 zawiązały strajk, domagając się jednego franka na godzinę zamiast rzucanych im przez właściciela fabryki osiemdziesięciu centymów. Jedną z nich wybrano nawet nielegalnie na radną miejską, mimo że kobiety nie miały prawa głosu.

Od początku roku Aurore i ja liczyliśmy tygodnie, potem dni. Chcieliśmy, żeby Louise przyszła na świat tamtej środy. Żeby urodziła się 9 stycznia, w dniu, kiedy bojowniczka Komuny Paryskiej zamknęła oczy.

– Dam radę – obiecała Aurore.

I dała radę, ofiarowując nam w prezencie Louise.

Nie byłem przy porodzie. Czekałem w korytarzu kliniki położniczej, następnie na ulicy, w metrze, znów na ulicy, przed porodówką, na skutym lodem chodniku, kręcąc się w kółko w czasie moich ostatnich godzin bez więzi.

*

Aurore i ja pobraliśmy się w otoczeniu przyjaciół. Ja kpiłem z małżeństwa, moja żona nie. To ona się oświadczyła. Ona miała na sobie cygańską suknię, która chroniła jej brzuch, a ja bretoński sweter z trzema guzikami na ramieniu i okrągłym wycięciem pod szyją. Ślub przed naszym był na biało, w niedzielę, w prawdziwie odświętnych strojach. Ten po naszym także. Panna młoda czekała cierpliwie z woalką na oczach, jej narzeczony zaś spoglądał na nas, jakby się bał. Suknia Aurore była nowa, kupiona specjalnie na tę okazję. Mój sweter nie był nigdy noszony. Zrobiono go z porządnej wełny w kolorze écru, prawie białym. Zostawiłem w szatni kurtkę i glany. Oboje wyprasowaliśmy dżinsy, żeby miały odświętny kancik. Nie byliśmy konwencjonalni, ale poprawni. Ubrani, aby uczcić ceremonię. Tylko że mer nas upokorzył. Przedstawiciel prawicy, przybyły z szarfą i pogardą.

– Republika to poszanowanie dla instytucji.

Właśnie tak nas powitał. Aurore, mnie i naszych rozbrykanych przyjaciół. Powiedział, że ślub to wyjątkowy akt, wyjątkowy dzień, który wymaga wyjątkowego zachowania i stosownego stroju.

– Republika to poszanowanie dla odmienności – odparował Sam, mój świadek, nie podnosząc głosu.

Mera zatkało. Połączył nas tak, jakby odbębniał krępujący obowiązek. Przed ceremonią miałem za złe tym durniom, którzy przypięli sobie do klap Lenina. Później byłem z nich dumny. Miałem za złe sobie ten ślubny sweter. I suknię panny młodej w kolorach wiosny, drogą, kupioną na spółkę z przyjaciółkami. Zrobiliśmy wszystko co mogliśmy, tylko że owo wszystko to było dla nich jeszcze za mało. Kiedy mer przemówił, Aurore się rozpłakała. Nasze dziecko pewnie też płakało. Mer to zauważył, być może zrozumiał, lecz zło już się stało. Wobec tego wyśpiewaliśmy czerwoną złość, unosząc pięści na schodach merostwa. Nigdy więcej nie włożyłem tego swetra. Aurore podarła suknię w drodze powrotnej. Po raz kolejny uświadomiliśmy sobie, z czym walczymy.

*

Zimą zostałem ojcem, żołądek ścisnął mi się ze strachu. Ze studenta historii, który tworzy teatr dla jutra, stałem się mężczyzną, który trzyma jutro w ramionach. Myślę, że Louise była czarująca. Ludzkie dzieci są do siebie podobne, gdy przychodzą na świat. Siedziałem na taborecie przy łóżku, w którym odpoczywała jej matka. Pozwoliłem moim kobietom odpocząć. Moim kobietom. Wymknąłem się, jakbym uciekał. Napiłem się. Wybrałem dworcową piwiarnię, pierwszą, na którą natknąłem się na swojej drodze. Bufet dla odjeżdżających z zakazanymi gębami, szklanki, które napełnia się na znak albo na spojrzenie.

– Jestem tatą.

Powiedziałem to do wszystkich, do nikogo. Do faceta obok, który mówił do swego kieliszka. Do właściciela, który mnie ignorował, jakby patrzył na szarą ścianę. Postawiłem jedno czy dwa wina, jedno piwo. Poszedłem na peron, nad opustoszałe tory, bez przyjazdów, bez pociągów. Patrzyłem na dwie szyny mknące ku pożegnaniu. Nie chciałem wracać. Jeszcze nie. Mieszkanie, salon przerobiony na pokój dziecinny, gotowe łóżeczko, biała komoda, pluszowa karuzela, żeby uśmierzyć lęki. Nie chciałem tej ciszy. Zszedłem na żwir, ruszyłem wzdłuż torów. Chroniła mnie noc. Wszedłem do starego wagonu porzuconego wśród zapomnianych pociągów. Usiadłem w przedziale przy oknie, jak pasażer, który odjeżdża. Pod półkami na bagaże fotografia z Clermont-Ferrand, jego czarnej katedry. Było widno; z dworcowych latarni sączyło się łagodne pomarańczowe światło, semafory rzucały białe refleksy pozłocone nocnym blaskiem. Przytknąłem czoło do szyby. W oddali kolejarze szli wzdłuż składów wagonów. Widziałem niesione przez nich latarki. Nie bałem się niczego. Zwłaszcza ich, ludzi kolei. Co ja tu robię, panowie? Zastanawiałem się. Zamykam księgę swojego dzieciństwa. Daję sobie noc na nabranie oddechu. Dom? Oczywiście, że mam dom. Klucze? Oto one. Ten płaski jest do drzwi wejściowych. Ten mały do skrzynki na listy. Trzeci? Ten? Ten złamany? To klucz do raju. Otwierał tajemne drzwi na uniwersytecie. Dach, który należał do nas, schronienie, kryjówkę. To było nasze gniazdo. Nie rozumiecie? Nieważne. To dla was walczymy. Dla was, którzy idziecie wzdłuż torów. Dla robotników z fabryki Rateau, dla strajkujących z Alsthomu, dla bitych kobiet, wzgardzonej młodzieży, imigrantów pozbawionych czci, dla pracujących głęboko pod ziemią górników, dla marynarzy na oceanie. Dla was, panowie, towarzysze, przyjaciele. Dla was, którzyście nigdy nawet się tego nie domyślali. Proszę was więc, pozwólcie mi spać. Pozwólcie mi w tę ostatnią noc na nieruchomą podróż w opustoszałym wagonie. Pozwólcie mi odzyskać zmysły. Pozwólcie mi stać się ojcem, zanim będę nim całkowicie. Zostawcie mnie.

Spałem aż do lodowatego poranka. Była godzina piąta, Louise miała jeden dzień. Czekałem pod bramą, aż otworzą szpital. Było mi lekko na sercu. Czułem spokój. Byłem ojcem. Jako wzór miałem jedynie nieobecność własnego ojca. Byłem ojcem. Potrzebowałem jednej nocy, by się z tym pogodzić. Byłem ojcem, biegłem, potykając się, pustym korytarzem, aby spotkać się z moimi kobietami.

*

Urodziłem się we wtorek 16 maja 1950 roku. Pojawiłem się ot tak, przewracając do góry nogami życie dwóch osób. Ojciec nie chciał mieć dziecka, matka sama nie wiedziała. Jej brzuch ukrywał mnie przed nim przez wiele miesięcy. On był protestantem, ona katoliczką. Najświętsza Panienka czuwała, zatrzymała mnie więc. A on zatrzymał nas. Lecz naprawdę nic więcej. Byłem jej sprawą, podobnie jak zakupy, sprzątanie, kurz pod łóżkami. Myślę, że rodzice kochali się przed moim narodzeniem.

On był paryżaninem, takim prawdziwym, wychowanym w rodzinie robotniczej na rue de la Roquette. Ojciec kowal, matka gorseciarka. Jak opowiedział mi wujek, pewnego grudniowego dnia stali w kolejce przed ośrodkiem pomocy społecznej razem z innymi biedakami. Moja matka, urodzona na gospodarstwie niedaleko Commer, pochodziła z Mayenne. Kiedy jej rodzice zmarli na zapalenie opon mózgowych, miała 15 lat. Ciotka zabrała ją do Montreuil. Przez całe lata uczyła ją zawodu praczki, zanim umożliwiła jej ponowne podjęcie nauki. Mój ojciec i matka poznali się później, w czasie wojny. Głowy mieli zaprzątnięte czym innym, bijąc się o węgiel i chleb. Później nasze flagi wydobyto z szaf. On był profesorem historii, ona została nauczycielką. W sierpniu 1949 roku zabrała swego męża na zwiedzanie Mayenne. Chciała znów zobaczyć drzewa, niebo, gospodarstwo rodziców. Właśnie tam, w wysokiej trawie, któregoś wieczoru niechcący mnie zmajstrowali.

Mam niewiele wspomnień z dzieciństwa, również niewiele zdjęć. Odnalazłem je pewnego wieczoru tuż przed opuszczeniem domu ojca. Cztery fotografie, ząbkowane w starym stylu, zaledwie odrobinę większe od ładnych znaczków. Na pierwszej wyglądam jak dziewczynka. W białej bluzce wpuszczonej w bufiaste szorty i w koronkowym kapelusiku. Trzymam dłoń kobiety, która nie zmieściła się w kadrze.

– Dłoń twojej matki – powiedział ojciec, chociaż dokładnie nie pamiętał.

Na drugiej widać wózek w sabaudzkim słońcu. Ja leżę w środku, choć można się tylko tego domyślać. Trzecia przedstawia nastolatka, który zakrywa dłonią grubo ciosane rysy twarzy. Można dostrzec jedynie oczy, włosy obcięte na jeża, niewyraźny grymas. Ostatnia, zrobiona w roku 1955, na pogrzebie matki, jest najboleśniejsza. Miałem wtedy zaledwie pięć lat. Nie wiem, kto wycelował obiektyw w to zagubione dziecko, kto tamtego dnia nacisnął spust migawki, żeby zatrzymać czas. Fotograf musiał przykucnąć na drodze. Widać jedynie ciemne spodnie, żałobne suknie, bramy cmentarne. Oraz z boku samotną lekko ubraną postać, która zrywa polny kwiat, aby pożegnać swą matkę. Skradłem ojcu tę fotografię. Wziąłem ją z pudełka po herbatnikach, które skrywało tak niewiele zdjęć. Zabrałem ją. I noszę zawsze przy sobie.

A potem z dziecka stałem się młodzieńcem, niesfornym uczniem w internacie liczącym hałaśliwe dni. Nauczyłem się bić. Nauczyłem się nie słyszeć, nie słuchać. Kierować się instynktem niczym wilk, który podąża własnym śladem. W gimnazjum uczyłem się średnio. Później, w liceum, też. Matematyka mnie przerażała. Nigdy nie pojąłem jej języka. Długo miewałem koszmary o dziecku wzywanym do tablicy. Za to nigdy nie bałem się historii, a zwłaszcza teatru. Raczej chciałem się znaleźć na scenie. Mieć inne ubrania, inne gesty, inny głos, inny tekst. Od przedszkola bezustannie byłem aktorem, potem wystawiałem drobne sztuki. Wymyślałem role, jeszcze zanim nauczyłem się płynnie czytać. W gimnazjum założyłem „Trupę Wałkoni" składającą się z garstki uczniów, którym kazałem grać w przedstawieniach na koniec roku. W liceum stworzyłem „Trupę Sosnowej Jesionki", później „Teatr za Trzy Grosze" pełen rozbieżnych charakterów i różnych talentów. Maturę zdałem w roku 1968. Bez testów pisemnych, tylko wielki egzamin ustny, podczas którego zapytano mnie, jak się miewam. Mówiłem o Rimbaudzie, o Ronsardzie, o miłości. Na egzaminie z historii przywołaliśmy teraźniejszość. „Porządek ustąpił miejsca wolności", powiedziałem. Przeczytałem to hasło na murze w drodze do szkoły. Profesor się uśmiechnął. Miał zabandażowaną rękę. Uczniowie przysięgali, że poznał, co to pałka. Nic o tym nie wiedziałem. Po każdym moim słowie kiwał głową jak filcowy pies na tylnej półce samochodu jadącego na wakacje. Nie była to uprzejmość. On się ze mną zgadzał, a ja się tym upajałem.

Zostałem majowym maturzystą. Następnie październikowym studentem, który wstąpił na Sorbonę po bitwie. Chciałem tworzyć teatr, ojciec zmusił mnie do studiowania historii. Zaproponował mi swą maleńką katedrę, to było wszystko, co mógł mi zaoferować, a ja się zgodziłem. Licencjat, magisterium, dwukrotnie oblany egzamin na profesora liceum, niekończące się studia, potem wychowawca w świetlicy i na podwórku szkolnym w nadziei, że pewnego dnia zajmę jego miejsce za profesorskim biurkiem. A teatr?

– Teatr jest w weekendy, podobnie jak ogrodnictwo – mówił.

Tak to było. Zgłębialiśmy wspólnie historię jako naukę, ale nie mieliśmy wspólnej historii. Ani żywych wspomnień. Nie zachowałem w pamięci żadnego obrazu matki, ani śladu jej ust, ani jednej pieszczoty, ani jednego spojrzenia. Po ojcu nie zostało mi nic, ponieważ niczego nie było. Nie pamiętam jego dłoni, jego palców dodających otuchy, kiedy grzmiało. Nie pamiętam nawet jego gniewu, radości, krzyków. Ani głosu. Nie pamiętam śmiechu ojca. Do dzisiaj kiedy o nim myślę, widzę ciszę. Są dzieci kochane, niecierpiane, bite, dzieci pędzone do roboty albo zasypywane pieszczotami. Ja pozostałem nietknięty. Często uśmiechałem się, odgrywając w teatrze ojcowski pocałunek, wargi złożone na czole usypiającego dziecka. Albo matczyną czułość, podaną pierś, otwarte ramiona, roziskrzone oczy. Przyszedłem na świat, bo pewna kobieta pokochała mężczyznę. Zniknęła, nie zdążywszy mnie pokochać. Byłem jeszcze jedną gębą do wyżywienia, stałem się jednym sercem więcej.

Gdy zmarł mój ojciec, miałem 20 lat. Stałem i patrzyłem na niego. Ludzie wchodzili do pokoju. Niektórzy go całowali, inni muskali jego dłoń, jakby sprawdzali. Tkwiłem przy trumnie ze spuszczoną głową, jej ozdobne ranty wrzynały mi się w obolałe uda. Górowałem nad jego ciałem. Wystarczyło wyciągnąć dłoń. Moja skóra, jego skóra. Nawet pożyłkowana, nawet zwiędła. Wystarczył jeden gest, by nas połączyć. Nie potrafiłem. On ze złożonymi rękami.

Ja ze skrzyżowanymi ramionami. Jak ukarany w kącie, nie śmiąc oddychać. Dwie rzeźby nagrobne.

Trwałem tak przez całą noc. Nie chciałem krzesła, szklanki wody, herbatnika, nie chciałem niczego z tych trywialnych rzeczy, które przypominały o świecie żywych. Rankiem trzeba było mnie łagodnie odsunąć, żeby zamknąć wieko. Jako ostatnie widziałem jego dłonie spoczywające na atłasie, pocętkowane przez czarną śmierć. Jeszcze był czas. Mogłem wsunąć palce pod wieko, nawet na oślep, chwycić go za rękaw i zatrzymać. Nie ruszyłem się jednak. Tkwiłem przy katafalku. Byłem sierotą. Z przodu, na pierwszej linii. Z naszych dwu skór pozostała tylko moja. Powiedziałem sobie, że należy jej bronić. Przed tymi, którzy chcieliby ją skrzywdzić, przed tymi, które chciałyby jej sprawić rozkosz. Bronić skóry. Zdanie to służyło mi jako slogan, kiedy się biłem. Nie stać się powłoką, martwą skórą, którą ciągną jak całun. Kumple skandowali komunistyczne hasła, ja byłem wierny własnym rytuałom. Walczyć, znaczyło trzymać się na nogach. Nie klęczeć, nie leżeć, nigdy. Padając pod ciosami, widziałem zwłoki mego ojca. Było mi wstyd za jego złożone dłonie. Jako dziecko, jako dorosły stawiałem opór. Przeszedłem od palców poplamionych atramentem do poocieranych opuszek.

*

Wziąłem Louise w ramiona. Długo ją tuliłem, podłożywszy jej dłoń pod kark. Drżała. Pachniała życiem. Ja byłem nieogolony. Ledwie odważyłem się przyłożyć do niej policzek. Przemawiałem do niej łagodnie, tylko dla siebie.

– Kocham cię, kocham cię, kocham cię.

Wyszeptane trzy razy. Słowa, których zabrakło jednemu dziecku, przekazane drugiemu. Przytknąłem wargi do jej czoła. Nigdy dotąd nie odczuwałem takiego piękna i takiej gwałtowności. Nie byłem sam. Musiałem chronić inne istoty. Bronić ich ze wszystkich sił. Bronić matki, jej córki. Bałem się o nie.

– Co mówiłeś, Georges?

Podniosłem głowę. Aurore siedziała na łóżku oparta plecami o poduszkę. Patrzyła na mnie. Powtórzyłem więc.

– Zabiję dla niej.

– Nie mów takich rzeczy, to mnie przeraża.

Pochyliłem się nad córeczką.

Strażnik, żołnierz, wartownik.

– Zabiję dla ciebie, mała kobietko.

6

Joseph Boczov

Boję się siebie. Wiem, że płynie we mnie coś więcej niż łzy i krew. Noszę w sobie wściekłość. W internacie przewracałem łóżko dwiema rękami, żeby wyładować gniew. Uderzyłem nauczyciela, który powiedział o uczniu, że jest nierozgarnięty. Nie mylił się. Był. Na dodatek miał krótkowzroczność, był prawie ślepy, niezgrabnie przesuwał palcem po linijkach tekstu. Miał na imię Baszir, nauczyciel przezywał go „buszmenem". Kiedy Baszir rzucał jakąś odpowiedź bez ładu i składu, nauczyciel udawał, że mówi w języku ludzi z buszu. Kazał mu wracać do jaskini, wdrapać się na drzewo. Radził, żeby przychodził do klasy boso, skoro nie przywykł do miejskiego obuwia.

Ambroise Vançay, profesor VI klasy Gimnazjum imienia Thomasa Edisona, od września do listopada 1962 roku znęcał się nad Algierczykiem Baszirem Tayebim, który powrócił do ojczyzny wraz z ekwipunkiem swego ojca harkiego. Ja zaś pozwalałem na to zbyt długo. Całymi godzinami, ku uciesze pozostałych, którzy uważali się za Francuzów. Pewnego piątku po lekcjach Baszir upuścił okulary o szkłach grubych jak denka butelek. Skrobały po podłodze, kopane przez wszystkich po kolei z jednego końca sali na drugi. Popatrzyłem na Vançaya. Przyglądał się zabawie. Wszystko widział. Jednym okiem śledził zegar, drugim okulary. Baszir wstał z wyciągniętymi rękami. Nie płakał, nie krzyczał. Ten chłopiec nauczył się nie błagać. Po prostu cicho domagał się światła.

Vançay siedział na brzegu stołu. Zdjął swoje okulary. Popatrzył w zatłuszczone szkła w blasku zachodzącego słońca. Chuchnął dwukrotnie, po czym starannie je przetarł. Kiedy rozległ się dzwonek, oznajmił: „Do poniedziałku", nie przejmując się niczym. Uczniowie rzucili się do wyjścia, waląc trepami w parkiet. Podniosłem okulary Baszira, wsunąłem mu je do ręki. Żadnego podziękowania, nic. Wybiegł tak samo jak inni, z żołądkiem ściśniętym ze wstydu. W klasie został jedynie nauczyciel i ja. Podszedłem bez słowa do jego biurka. Rąbnąłem go w twarz teczką. Mocno, bez zastanowienia, nie czując nic oprócz chęci zadania bólu. Skóra podrapała mu policzek. Stracił równowagę. Spadły mu okulary. Nadepnąłem na nie. Rozgniotłem je. Do dzisiaj zachowałem w trzewiach odgłos tłuczonego szkła. I obraz jego zdumienia. Schylił się, by podnieść odłamki. A ja odszedłem. Nie czekając na nic. W niedzielę spoglądałem w niebo, myśląc, że moje życie właśnie się skończyło.

W poniedziałek, 26 listopada 1962 roku, zająłem swoje miejsce w klasie, po lewej stronie w drugim rzędzie. Vançay wyjął dziennik. Napisał datę na tablicy. Miał inne okulary, okrągłe i czarne, które nadawały mu surowy wygląd. Baszir Tayebi wrócił do swej mgły.

Nic się nie stało. Nie było słowa komentarza, nigdy więcej. Profesor nas zignorował. Jego, mnie. Poczułem ulgę i zarazem rozczarowanie. Marzyłem o publicznym starciu. Schowałem ostrze noża. Miałem 12 lat.

*

– Przemoc jest słabością – powiedział mi Sam.

Otworzył przede mną swoje drzwi w grudniu 1975 roku po zasadzce, którą zastawiliśmy na działaczy skrajnej prawicy. Kilka dni wcześniej kumple rozpoznali jednego z nich, jak wychodził z zebrania Nowej Prawicy w XV dzielnicy. Dali mu solidną nauczkę i ograbili go. Działacz był odważny, ale nieostrożny. Zapisał w notesie datę najbliższego spotkania swojej grupy, dzień, godzinę, wszystko. Musiał być także dumny. Nie wspomniał swoim szefom o pałowaniu. W wieczór ich mityngu była nas setka rozstawionych na wszystkich ulicach wokół w pięcioosobowych grupach. Ich było ze czterdziestu. Jedli kolację w naleśnikarni. Aurore z przyjaciółką ze studiów zarezerwowały stolik. Ubrały się po dziewczęcemu, upięły włosy. Jeden z facetów przepił do nich z uśmiechem. Kiedy poprosili o rachunek, wyszły, żeby nas ostrzec. Sporo wypili. Nie mogli się rozstać na chodniku. Dwaj śpiewali piosenkę Sardou, obejmowali się, unosząc kieliszki ku czarnym oknom.

Nigdy więcej nie nazywajcie mnie „Francją".
Francja mnie porzuciła...

Znajdowałem się na pierwszej linii. Ponieważ nie mogłem szybko biec, waliłem we wszystko, co było w moim zasięgu. Wrzeszczałem. Wszyscy wrzeszczeliśmy. Sfora psów. Wyłoniliśmy się z obu stron ulicy z podniesionymi prętami. Mieliśmy kaski, rękawice, twarze zakryte chustkami. Oni byli jak jeden człowiek, tworzyli zwarty szereg. My stanowiliśmy zemstę mas. Pamiętam własną siłę. Gniew. A także brutalną radość. W kolanie mi strzelało, zęby szczękały. Czułem ból. Miałem to gdzieś. Biegłem jak krab, żeby wróg mnie nie rozpoznał. Mój galop był niepokojący. Barbarzyński taniec, jakbym robił to celowo. Co dziesięć kroków wyrzucałem nogę przed siebie, machając nią w powietrzu jak wariat. Rąbnąłem pierwszego w plecy. Osunął się na chodnik. Był pijany. Upadł, podniósł się, chciał wrócić do restauracji, kiedy uderzyłem z całą nienawiścią. Cios wyrzucił go do przodu. Facet potężnie walnął czołem o szybę. Odwrócił się z szaleństwem w oczach. Ugodziłem go trzy razy. W nos, podbródek, usta, trzymając zakrwawiony pręt w obu dłoniach. A potem rozkwasiłem mu wargi, powybijałem zęby. Wrzeszczałem. Nie było w tym nic ludzkiego. Zagłuszałem wrzaskiem jego krzyki. W ustach tkwiła mu noga od stołu, szarpnąłem ją w stronę ucha. Ostra stal rozharatała policzek.

– Rzepki! Strzaskajcie rzepki! – krzyknął jeden z towarzyszy.

Kiedy wpadaliśmy w ich łapy, miażdżyli nam kolana. Ta specjalność wroga stała się naszą. Nie pozwolić im więcej biec, iść, maszerować ławą. Skazać ich na kulę, na wózek, na ból do końca życia. Zadać im głębokie rany, takie jak zadano mnie. Doskakiwałem od jednego do drugiego.

Żaden nam się nie wymknął. Było nas trzech na jednego. Działaliśmy metodycznie. Leżący na ziemi mężczyźni skulili się w pozycji embrionalnej. Osłaniali karki, czoła, pozostawiając nam resztę. Słowa nie dawały mi spokoju, pulsowały w głowie aż do absurdu. „Gdyby, szanowna pani, nie te straszne, nie te męczące palpitacje, gdyby mi nie waliło w skroniach, to pogadałbym z panią inaczej! Wołowe Łączki są moje!" Zdanie wypowiedziane do Natalii Stiepanownej przez Łomowa. Jeszcze rankiem powtarzałem tę scenę z Aurore. Nazajutrz mieliśmy grać Czechowa w ośrodku dla imigrantów w Corbeil. „Serce strasznie mi wali". Na ziemi leżało kilku imprezowiczów. „Oczy mi mrugają..." Jeden z nich zgubił but w czasie ucieczki.

Byłem działaczem. Byłem reżyserem, wychowawcą w paryskim gimnazjum, opóźnionym studentem historii. Walczyłem z wrogiem. Zabawiałem wroga mojego wroga. Uczyłem dzieci, żeby stały się jego przyjaciółmi.

– Kurwa! Oni nie są uzbrojeni! Nic nie mają przy sobie! – wrzasnął jeden z kumpli.

– A ja? Czy ja byłem uzbrojony w Ogrodzie Luksemburskim? – odparłem.

*

Dwa lata wcześniej, rankiem 26 marca 1973 roku, próbowaliśmy odbić wydział prawa na rue d'Assas z rąk „Czarnych Szczurów". Tak ich między sobą nazywaliśmy. Ich maskotką był Antracyt. Postać z komiksu stworzonego w latach pięćdziesiątych, ciemny szczur z rozdartym uchem, o długim pysku i groźnych zębach. Umieszczali gryzonia na swoich plakatach i ulotkach. To był ich podpis. W historyjkach dla dzieci, wydawanych przez tygodnik „Tintin", Antracyt był przywódcą złych. Śnił o pieniądzach, władzy, potędze. Przywódca dobrych nazywał się Chlorofil. Nigdy nie wiedziałem, czy to dziewczyna czy chłopak. Była to żołędnica. Gryzoń z czarnym kręgiem pod okiem, jakby mu je ktoś podbił. Antracyt był wysoki, sprytny, pozbawiony skrupułów. Chlorofil był mały, inteligentny i o złotym sercu. W książce żołędnica wygrywała za każdym razem. Na ulicy nie było to już takie oczywiste. I złościła mnie myśl, że moi przeciwnicy mogą mieć poczucie humoru.

Tego dnia Antracyt pokonał Chlorofila. Szczur wpuścił nas na rue d'Assas, na wydział prawa. Wszystko to było zbyt łatwe. Byliśmy wyposażeni w kaski, w broń, przygotowani na ostateczny atak. Po wtargnięciu do rynsztoka mieliśmy wykurzyć szczura raz na zawsze. Właśnie wtedy wychynął zewsząd czarnymi hordami. Z korytarzy, z ulicy, z sal. Był gotów, wiedział. To była zasadzka. Nie daliśmy rady. Większość z nas utknęła w środku. Zjawiły się gliny. Nigdy jeszcze kumple nie byli tak szczęśliwi, podnosząc ręce wśród szpaleru pałek. Ja spróbowałem się wydostać. Było nas czterech, wszyscy z Sorbony. Pędziliśmy w kierunku drzwi. Wróg zajął całą ulicę. Skręciłem w lewo. Miotnąłem żelazny pręt jak pocisk. Rozpyliłem gaz wokół siebie. Opróżniłem pojemnik i zaraz się go pozbyłem. Biegłem pod wiatr. Dusiłem się. Chyba zostałem sam. Mknąłem, uciekając przed szczurami, jak skrzydłowy przy przyłożeniu w rugby. Pięciu deptało mi po piętach. Myślałem, że odpuszczą. Trzech nie odpuściło. Wszedłem do Ogrodu Luksemburskiego, jakbym chronił się w kościele. Sam nie wiem dlaczego, ale byłem przekonany, że nie przekroczą jego bram. Że można zmasakrować kogoś w listopadzie na chodniku, ale nie w parku wiosną. Dopadli mnie daleko, za piaskownicą. Ostatnim wysiłkiem ominąłem dzieci. Matki krzyczały, gdy upadłem. Miałem osłoniętą głowę i kolana. Przeturlałem się. Wcześniej włożyłem ochraniacze na plecy i łokcie, tekturę między kurtkę a dwa swetry. Przyszedł mi na myśl Chlorofil. Szalony obraz. W chwili upadku, kiedy rąbnąłem brodą o ziemię, ujrzałem, jak ten dobry marszczy brwi i bierze się pod boki, udając złego. Otoczyli mnie. Kopniaki, trzonek kilofa. Jeden z nich miał kij bejsbolowy. To on zmiażdżył mi kask. Nie krzyczałem. Nie. Krzyczę wtedy, kiedy daję, a nie kiedy biorę. Chciałem milczeć pośród hordy. Tylko że oni też nic nie mówili. Ani jednego słowa, ani jednej obelgi. Drwale przy pracy. Eksplodowałem. Nie wiedziałem dotąd co to cierpienie, prawdziwe cierpienie, takie do końca życia. Właśnie je poznałem. Ani jedna moja kość nie była na swoim miejscu. Oni nie zadawali po prostu ciosów, oni mnie niszczyli. Dbali o to, żebym do niczego się nie nadawał. Głowa, kark, ramiona, nogi, całe moje ciało pękało. Jedną ręką opuściłem kask na czoło. A któryś ze szczurów celnie uderzył. W prawe kolano bez osłony. Śmiertelny ból, palące ostrze, które przeszyło mi plecy i rozsadziło czaszkę. Nigdy nie będę chodził. Nigdy więcej. Pokaleczyłem sobie język. Łomotało mi w skroniach. Ciosy ustały. Ja jednak nadal czułem, jak spadają. Gdy szczury sobie poszły, moje wystraszone serce pognało za nimi, dudniąc w głowie, sprawiając, że spuchły mi wargi, waląc po całym ciele szalonymi skurczami. Krwawiłem. Zaraz umrę. Podobno podniosłem pięść na policjanta, który badał mi tętnicę szyjną.

Otwarte złamanie prawego kolana. Rozsiane odłamki kości. Popręg, drut, śruba przez siedem miesięcy. Laska, a potem szyny, rehabilitacja, od tamtej pory bóle. Gdy idę po schodach w górę albo w dół, gdy zginam nogę. Moje kolano stanęło wiosną 73 roku. Poza tym złamane trzy żebra, nos, obojczyk, kość ramienna, szwy na czole, na szyi, szesnaście zębów mniej, prawe oko uszkodzone od tamtego dnia. Za to wściekłość bez zarzutu.

Tym, którzy mówili, że goście z Nowego Porządku to barbarzyńcy, odpowiadałem, że jest wojna. Oni atakują, my się bronimy. Dwoje oczu za oko, cała gęba za ząb. Ich broń nie była bardziej nieludzka od naszej, taktyka bardziej potworna. Byliśmy braćmi w przemocy. Otóż nie. Nie nawoływać do okrucieństwa. W żadnym wypadku.

Rasizm, antysemityzm, pogarda dla drugiego człowieka. Ich ideały to były zagrożenia, które należało zwalczać. Podobnie jak ich nienawiść dla teraźniejszości, wstręt do równości, awersję wobec odmienności. Wszystko to jest czystą dziczą. Jednakże ich sposób obrony własnych ideałów był taki sam jak nasz. Gdy padłem na trawę w parku, myślałem właśnie o tym. Że przegrałem. Że nadeszła moja kolej. Byłem zły na siebie, że nie zdołałem ich pokonać. Będą świętować z powodu mojego bólu, i taki był bieg rzeczy. Wtargnąłem przemocą, żeby bronić ludzkości. Oni gwałcili ją za pomocą tego samego oręża. Było za późno, żeby się wycofać. Godziłem się z tym, że nikt nic z tego nie pojmował. Rozumiałem tych, którzy odrzucali zarówno czerwoną, jak i brunatną przemoc. Nie mogłem jednak przystać na to, by ten, kto zadaje ciosy, miał pretensje o razy otrzymane w zamian.

*

Wróciłem z naleśnikarni z dowodem napaści. Z podartą marynarką ze złotym krzyżem celtyckim wpiętym w klapę. Wręczyłem go Samowi. Nie wziął.

– I co? – zapytał.

– Strach przechodzi do innego obozu – odparłem.

– Przemoc jest słabością – odrzekł Sam.

Wykonałem o jeden gest za dużo. Wzruszyłem ramionami. Zapytałem go, co by zrobił na politechnice, gdyby miał broń. A gdyby mógł ocalić Diomedesa Komnenosa, nie zrobiłby tego? Pozwoliłby go zabić i nie zareagowałby?

Kiedy Sam wpuścił mnie do środka, właśnie czytał jakiś tekst. Jego spokój doprowadzał mnie do szału. Często gasił światło i zapalał świece. Słuchał bez końca fagmentu „Requiem" Maurice'a Duruflégo. „Pie Jesu", w kółko ten sam motet, kiedy organy wraz z orkiestrą cichną i rozlega się śpiew. Sam opowiadał, że od maja kompozytor jest zamknięty w czterech ścianach, ponieważ został ciężko ranny w wypadku samochodowym. Mój przyjaciel twierdził, że muzyk ten nie napisze już nic więcej, nigdy. Że owo dzieło liturgiczne to testament Duruflégo dla Akunisa. Był wstrząśnięty, słuchając „Pie Jesu". Chciał w swojej sztuce mezzosopranu. Marzył o tej czystości dla pożegnania Antygony.

ANTYGONA
Nie wiem już, dlaczego umieram...

Następnie zaczerpnięcie tchu przez śpiewaczkę, chwila
zawieszenia, pierwsze wyśpiewane przez nią nuty, w oddali
wiolonczela, lekka niczym wiatr.
– Odpowiedz, proszę, Sam. Gdybyś mógł ocalić Diomedesa...
Spojrzał na mnie. Wstał powoli, ze świszczącym oddechem. Przyniósł lustro. Pogrzebał w tylnej kieszeni. Wydobył czarną kipę przetykaną złotą nitką, wyświeconą przez
radości i żałoby. Należącą do jego ojca, który poszedł na
śmierć z gołą głową. Zbliżył się do mnie, położył mi dłoń
na ramieniu, trzymając lustro skierowane w naszą stronę.
Samuel Akunis i ja. Dwóch przyjaciół na fotografii.
– Powiedz mi, co widzisz, Georges.
Nie wyswobodziłem się, chociaż nie spodobała mi się
ta gra. Była teatralna. Mówił tak, jakby recytował, wróg
zbędnych słów. Zastanawiałem się, jak zdołał towarzyszyć
nam w naszej walce od dwóch lat. Tak naprawdę nie kry-
tykując, nie zdradzając się z niczym, ani z gniewem, ani
z kpiną. Kim w gruncie rzeczy był? Greckim reżyserem,
który wystawił „Ubu króla" pod rządami dyktatury i którego prześladowano z tego powodu. I co? Nic więcej? Nie.
Nic. Nadstawił drugi policzek. Mówił o teatrze. Ustąpił
pola pułkownikom. Wdrapał się na płot, spadł, został ranny w nogę. Wypadek domowy. A potem uciekł. Przyjechał się schronić do Francji. Demokraci go oklaskiwali.
Wszędzie go zapraszano. Chcąc oskarżyć dyktaturę, mówił

o teatrze. Noszono go na ramionach wśród czerwonych, czarnych, wietnamskich, chińskich, chilijskich, palestyńskich, baskijskich sztandarów. Podniósł ręce. Uśmiechał się. Mówił o teatrze. Zamiast chwycić za broń, by ocalić szesnastoletniego dzieciaka, skradł mu imię i nazwał nim trupę. Wykorzystał nasze potyczki, by uczynić z nich repliki. Napisał scenariusz naszej walki. Był gdzie indziej, daleki, nigdy na scenie. Przechadzał się za kulisami, śledząc, kim jesteśmy. Nigdy jeszcze tak bardzo nie kochałem mężczyzny. Nigdy w życiu. Byłem zły na siebie, że nie rozumiem jego milczenia.

– No powiedz. Co widzisz? Co widzisz, Georges?

Czułem skrępowanie z powodu kipy. Pokazywała, że on jest gdzie indziej, że jest inny, daleko ode mnie.

– Powiem ci, co ja widzę, Georges.

Puścił moje ramię i wyciągnął ku mnie lustro.

– Widzę człowieka, który nie zgadza się na niesprawiedliwość i obojętność. Porządnego gościa.

Przyglądał się mojemu odbiciu.

– Widzę belfra z gimnazjum, który miał szczęście, że nie zginął rok temu w Ogrodzie Luksemburskim. I że go nie skazano. Który odzyskał pracę dzięki wspólnym wysiłkom swoich towarzyszy i wyrozumiałości ministerstwa, chociaż nie było mu ono nic winne.

Poprawił kipę.

– Ale ten porządny gość miał szczęście. Wie o tym. Wszędzie jest na warunkowym. Byle błąd, a sprawiedliwość go dopadnie. Ona uwielbia łatwe zdobycze.

Odsunął się, zostawiając mnie samego w kadrze.

– Aurore cię kocha. Teatr też.

69

Odłożył lustro.

– To, co przeżywamy, jest trudne, ale to nie wojna. Wy nie jesteście partyzantami, a Giscard nie jest Pétainem.

Nalał sobie szklaneczkę ouzo.

– Pewnie cię zaskoczę, ale nie uważam też, żeby twoi kumple z Assas byli nazistami albo faszystami. To puste słowa.

– Może są demokratami?

– Są groźnymi rasistami. Ale nie są Aloisem Brunnerem.

Przypomniałem sobie.

Podszedł do biblioteczki. W środku jednej z książek trzymał starą pożółkłą fotografię. Poważnego mężczyzny. Albo surowego. Który miał coś z Sama. Kanciastą twarz, rozpłomienione oczy, zaciśnięte usta. Zapadnięte policzki, gniew w duszy. Mężczyzna nosił płaszcz i gruby szal. Stał bokiem, z włosami zaczesanymi do tyłu, oparty o szarą ścianę.

– Przedstawiam ci Josepha Boczova – uśmiechnął się Samuel Akunis.

Wróciła mi pamięć. Jasne. Jedna z twarzy na czerwonym afiszu* wykpiwającym naszą walkę. Towarzysz Manukiana rozstrzelany wraz z nim 21 lutego 1944 roku w forcie Mont Valérien. „Żyd węgierski. Dowódca grupy specjalizującej się w wykolejeniach pociągów. Przeprowadził 20 zamachów", napisali pod jego zdjęciem naziści. Opuścił rodzinną wioskę w wieku 23 lat. Nie po to, żeby uciec, lecz żeby przyłączyć się do Republiki Hiszpańskiej. Został po-

---

* Wizerunek Boczova pojawił się na „czerwonych afiszach", na których przedstawiono go jako jednego z zagranicznych kryminalistów udających bojowników o wolność Francji.

konany wraz z nią, internowany do Francji, deportowany do Niemiec, uciekł. Następnie dotarł do Paryża, przyłączył się do Wolnych Strzelców i Partyzantów. I rzucił swój pierwszy granat w dworzec Belleville.

– Przyjrzyj się, Georges. Przyjrzyj się dokładnie tej twarzy. Boczov stoi pod ścianą straceń. Fotograf to wróg. Boczov zaraz padnie pod kulami. Przyjrzyj się jego oczom. Przyjrzyj się jego zaciśniętym ustom.

Przyglądałem się. Josephowi, Samuelowi i kipie dla dwóch.

– Za chwilę umrze, już nie żyje. Nie ma już żadnej nadziei, żadnej przyszłości, ani jednego poranka przed sobą. Za chwilę wyruszy do przegranego świata wraz z kohortą milionów ofiar i jeńców. On nie wie. Nigdy się nie dowie, jakie będzie jutro. Nie wie, czy walczył na próżno. Czy jego śmierć będzie miała jakieś znaczenie. Przyjrzyj mu się, Georges. Za chwilę umrze. Już nic nie może. Ale nadal marzy, żeby rozszarpać jakiegoś żołnierza. Przyjrzyj się, jaki jest spokojny. Jaki jest piękny. Nie obiecuje im niczego innego poza śmiercią.

Schował fotografię do książki. Do dzieła poświęconego kuchni niemieckiej. Samuel nigdy nie był tam, gdzie się go spodziewano. Po czym sam stanął przed lustrem.

– Wiesz, co tu widzę? Nie dysydenta, nie bohatera, nie legendę. Tylko Żyda z Salonik. Który został Grekiem z powodu wygnania, Francuzem z wyboru i reżyserem, bo kiedy nie mam już żadnego pomysłu, wymyślam jakąś postać. To wszystko, i to mi pasuje.

– A my, Sam? Aurore, ja, kumple, kim my dla ciebie jesteśmy?

– Kimś, kto położył kres mojej tułaczce.

Zdjął kipę. Wsadził mi ją na głowę, ledwie się uśmiechając.

– Boczov wygrał twoją wojnę, Georges. To on ją wygrał.

7

Aurore

– Gdyby Sam nie przyjechał do Francji, nigdy byśmy się nie spotkali – oznajmiła Aurore pewnej niedzieli w czasie sjesty.

Może. Nie wiem. Już dawno zauważyłem, że ją i jej przyjaciółki bardziej obchodzi to, jakie miejsce w walce zajmują kobiety niż sama walka. Tamtego dnia gdy Aurore wstała w amfiteatrze, gdzie Grek przemawiał po raz pierwszy, nie była dla mnie nieznajomą. Wiedziałem, że będzie miała za złe naszemu gościowi użycie rodzaju męskiego.

– Wszystkie słowa powinny mieć także formę żeńską – rzuciła na jakimś zebraniu w 1973 roku, kiedy redagowaliśmy ulotkę popierającą utworzenie Frontu Polisario.

– Wszystkie słowa? Zatem wszystkie słowy? – odrzekłem ze śmiechem.

Wyzwała mnie od *macho*, od kompletnych idiotów. Ilekroć mijaliśmy się, mówiła na mnie „kretyn mao", co miało znaczyć „kretyn maoista". Odpowiadało mi to. Nie miało większego znaczenia. Chciałem, żeby się uśmiechnęła, a ona odsuwała tę chwilę.

Pewnego dnia, kiedy jakiś kolega zrobił seksistowską uwagę, zażądałem, żeby się publicznie wytłumaczył, żeby dokonał samokrytyki. Stanąłem na czele tej bitwy, ponieważ facet budził we mnie wstręt. A także dlatego, że Aurore mi się podobała. Zabrałem głos w sprawie równości. Zacytowałem Mao, jego raport na temat ankiety przeprowadzonej w marcu 1927 roku wśród chłopów z prowincji Hunan. „Kobiety podlegają nie tylko władzy politycznej, klanowej i religijnej, ale również władzy mężczyzn. Owe cztery systemy feudalno-patriarchalne to więzy, które krępują lud".

– Dobrze, Mao. Co to u ciebie zmienia w praktyce? – zapytała Aurore.

– Każe mi podejmować wysiłki – odparłem.

Stała w pomieszczeniu naprzeciwko mnie. I naprzeciw wszystkich siedzących towarzyszy.

– Masz jeszcze kupę roboty!

– Pomóż mi zrobić postępy!

Ona, ja. Potem ja, potem znów ona. Cięte riposty, żeby zwalić z nóg, później ciskane, żeby przekonać, następnie wypowiadane lekko, jak przy trącaniu się kieliszkami.

– Ależ byłeś wtedy bezczelny! – oświadczyła dużo później.

– A ty zadufana w sobie!

W miarę odbijania piłeczki nasze argumenty słabły. Poczułem się skrępowany na widok paru porozumiewawczych uśmieszków w sali.

– Zostawimy was – zaproponował jeden z naszych przywódców.

Aurore spiekła raka. Usiadła. Ja spiekłem raka i usiadłem. Lustrzane odbicie. Nazajutrz w auli Jussieu zjawił się Sam.

Aurore nie była maoistką. Nie czytała też Marksa. Kpiła sobie ze wszystkiego, co nadawało nam kształt. Była feministką, przeciwniczką władzy namiętnie przywiązaną do swej wolności, w naszym Ruchu zaś odnajdowała logistykę dla swojej obrony. Było wśród nas ze trzydzieści dziewczyn, które różniły się od działaczek leninowskich. Jednego dnia maszerowały razem z koleżankami w obronie prawa do aborcji, złączywszy kciuk i palec wskazujący, co miało symbolizować waginę. Nazajutrz defilowały z podniesionymi pięściami w obronie godności imigrantów stłoczonych na obrzeżach naszych miast. Rano gwizdek Ruchu Wyzwolenia Kobiet. Wieczorem gwałtowność maoistów.

*

Aurore po narodzinach Louise postanowiła porzucić politykę. Walka o godność, owszem, ale w innej postaci. Autonomiści napawali ją lękiem, działanie bezpośrednie jej nie odpowiadało. Ona nie smarowała broni, tylko karmiła piersią. Wiedziałem o tym. Od samego początku przeczuwałem, że Aurore zatrzyma się na skraju przepaści. Ona była profesorką francuskiego, ja bez końca studiowałem historię. Pracując jako belfer przez dwadzieścia osiem godzin w tygodniu, żeby zarobić na życie, osiągnąłem granicę wieku wyznaczoną przez Ministerstwo Edukacji. Mój status studenta wywoływał uśmieszki. Zostałem wychowawcą w szkole dziennej, w której panowała dość swobodna atmosfera.

Nocą mieliśmy w domu napady kaszlu. Louise urodziła się jako wcześniak. Louise urodziła się mała. Louise urodziła się wrażliwa.

– Przysięgam, nic ci się nie stanie.

Wyszeptałem te słowa nad jej kołyską.

– To będzie śmiertelnie nudne – uśmiechnęła się jej mama.

Rozumiałem siebie. Nikt was nie skrzywdzi. Nigdy nie spotka was nic złego. Żadnej z was.

– Ani ciebie – rzuciła Aurore.

Nie. Mnie też nie.

*

W dniu 10 maja 1981 roku ja również postanowiłem ogłosić rozejm. Louise miała czternaście miesięcy. Pojechaliśmy całą rodziną na place de la Bastille. Aurore niosła bretoński sztandar ze swego dzieciństwa, „Gwenn ha Du". Ja przypiąłem do wózka plakietkę z Leninem. Nagle z małej grupki zrobił się tłum. A mnie brakowało Sama. Nie zdołaliśmy dotrzeć na plac. Bujaliśmy się między nim a naszym domem. Jakaś Afrykanka włożyła Louise na rękę bransoletkę szczęścia. Do pochodu przyłączył się stary Arab, który wyłonił się z ponurej ulicy. Zauważyłem go wcześniej schowanego za płotem. Postawił kołnierzyk koszuli i właśnie wiązał krawat dla uczczenia tej nocy. Padał deszcz. Arab szedł wyprostowany, z podniesionym czołem. Nie wiedział. Aurore się nie domyślała. Lecz tamtej lewicowej nocy prowadził nas ów nieznajomy. Gdy posuwał się naprzód, ja też posuwałem się naprzód. Gdy się wahał, ja także się wahałem. Gdy się cofał, my zawracaliśmy. Podążałem za jego szczęściem w tajemnicy. Wspierał się na lasce. Śmiał się z naszego śmiechu, niepewnie unosił dłoń, przyglądał się temu dziwnemu zwycięstwu. Poprawiał krawat. Obciągał rękawy marynarki na zbyt białej koszuli. Był malutki. Był całkiem sam. Był piękny. Miał siwe wąsy. I za duże okulary.

W pewnej chwili zrezygnował. Ustąpił miejsca radości Francuzów. Popatrzył na zegarek. Po czym ruszył w przeciwnym kierunku.

– Wracamy? – zapytała Aurore.

Tak. Pora wracać. Poszliśmy rue Saint-Antoine. Na rogu rue Jacques-Coeur staruszek tkwił wsparty o laskę. Sam nie wiem, co mnie napadło. Położyłem mu dłoń na ramieniu. Drgnął. Obejrzał się.

Co mu powiedzieć?

– Przepraszam. Wziąłem pana za swojego przyjaciela.

Uśmiechnął się, popatrzył na płaczącą Louise. I wyszeptał, że jest piękna. Nasze dziecko było głodne. Odeszliśmy.

8

Jean Anouilh

Sam nie chciał, żebym przychodził do szpitala. Czekał, aż uwolnią go od rurek. A ja przez trzy miesiące czekałem na telefon od niego. W styczniu 1982 roku, zrozumiawszy, że nigdy nie pozbędzie się cewników i kroplówek, zgodził się, bym przekroczył próg. Nie cierpię szpitala. Jego zapachu, czystości, już przesłoniętych krepą spojrzeń. O chorobie Sama dowiedziałem się z prasy. Dziesięć przedstawień „Kariery Artura Ui" Brechta odwołanych po próbie generalnej. Zaledwie parę linijek w gazecie ze wskazówkami, jak odzyskać pieniądze za bilety. Nic mi nie powiedział.

*

Od roku 1979 Samuel Akunis dzielił życie między Bejrut i Paryż. Po raz pierwszy wrócił do Francji, żeby być świadkiem na naszym ślubie cywilnym. Po czym zorganizował kolejną podróż, aby potrzymać Louise do chrztu. Sam był taki jak ja. Nie do końca wierzący, za to rozumnie kartezjański. Aurore zdołała wbić klin między owe wątpliwości. To dla niej, przez nią i dzięki niej przekroczyliśmy progi kościoła, aby wziąć ślub w rok po narodzinach naszej córki. Byli tam nasi najlepsi przyjaciele. Podobnie jak ja niektórzy włożyli marynarki. Dawny rozrabiaka z Jussieu nosił krawat o ukośnym splocie. Tym razem Aurore miała na sobie białą suknię. Nikt z nas się nie wyśmiewał. Była szczęśliwa, ja także, Louise siedziała w pierwszym rzędzie na kolanach jednej z przyjaciółek. Ksiądz mówił niewiele i to co trzeba. Nie dbał o to, skąd przychodzimy, chciał być jednak pewien miejsca, do którego zmierzamy. Oraz że udamy się tam razem, ona i ja.

Aurore przysięgła. I ja przysiągłem. W dniu ceremonii sługa boży okazał się bardziej taktowny niż wybraniec Republiki, który nas połączył. Ten dał nam ślub z radością, którą podzielałem. Na schodach przyjaciele rzucali zabarwiony na czerwono ryż. Pamiątka w postaci deszczu, żeby usprawiedliwić całą resztę.

Sam nie mógł tamtego dnia opuścić Libanu. Obiecał za to, że będzie ojcem chrzestnym Louise.

– Skoro już tak chcecie!

Żartował, jak sądzę. Tylko że dwa miesiące później Aurore przypomniała mu obietnicę.

– Nakłoniłabyś mnie do wszystkiego – szepnął, dzierżąc w dłoniach świecę.

Miał w kieszeni kipę. Włożył ją po wyjściu z kościoła, pozując do zdjęcia z Louise w ramionach. Mój Grek schudł. Strasznie. Odwracał się, żeby odkaszlnąć. Był zachrypnięty, mówił, że jest zmęczony, niekończący się nieżyt oskrzeli. Wystawiał dwa spektakle równocześnie. Brechta w Paryżu

i „Antygonę" Anouilha w Bejrucie. Pewnego dnia zaszczy-
cono go nawet wzmianką w „Libération".

„Grek będzie wystawiał u Libańczyków".

Tytuł był niezwykły, lecz artykuł napisano w przy-
chylnym tonie. Na ostatniej stronie dziennik przedstawiał
sylwetkę Samuela Akunisa. Ocalonego dziecka, greckiego
dysydenta, Żyda, który stał się syjonistą, lecz nadal był
propalestyński. Hołubionego przez paryskie kręgi reżysera,
który nigdy nie splamił się przynależnością do nich.

– Ja robię teatr bulwarowy – odpowiadał pasjonatom
tragizmu.

Dramat był prezentem, który owijał w burleskę.

Dziennik podawał, że Sam potrafi pukać do drzwi
w obronie swego kieszonkowego teatru. Nikt już nie był
w stanie się utrzymać z wpływów ze sprzedaży biletów.
Nie wstydził się zatem wyciągać ręki po jałmużnę. Kołatał
do ośrodków kultury, stowarzyszeń, ministerstw. „Mógłby na tym poprzestać, lecz Liban go capnął", wyjaśniała
„Libération". Antygona także go zniewoliła. Tego wszakże
dziennikarz nie mógł wiedzieć.

Sam zawsze chciał wystawić czarną sztukę Anouilha
w strefie wojny. Przydzielić rolę każdemu z walczących.
Zawrzeć pokój po obu stronach sceny. Najpierw pomyślał
o wyciszonej Grecji. O wymieszaniu dawnych ciemiężo-
nych i dawnych ciemiężycieli w wyjątkowym przedstawieniu w teatrze Dionizosa na zboczach Akropolu. Wyobraził
sobie publiczność w letniej poświacie księżyca siedzącą na
trawie wśród starych kamieni. „Dlaczego «Antygona»?"
zapytał dziennikarz „Libération". „Ponieważ porusza kwestię ziemi i dumy", odparł Samuel Akunis. Znalazł swoją

Antygonę, grecką aktorkę, która była w więzieniu. A także postać Piastunki, matkę zaginionego działacza. Jego koledzy uznali jednak ten pomysł za okropny.

– Mylisz ofiary z katami – zarzucił mu pewien komunista.

Sam uczynił też wszystko, aby przekonać emerytowanego oficera, stowarzyszenie policjantów. Może mają dzieci, które bawią się w teatr? Krewnych? A może przyjaciół? Na próżno zamieszczał w gazetach ogłoszenia, po których otrzymywał wręcz śmiertelne pogróżki. Było to w roku 1976, Sam zrezygnował. I wegetował, wynajmując swego „Małego Diomedesa" smutnym piosenkarzom.

Pewnego wieczoru przyszedł do mnie wzburzony, oddychając z trudem. Libańscy chrześcijanie zaatakowali właśnie ubogą dzielnicę palestyńską Karantina w Bejrucie. Trzydzieści tysięcy biedaków stłoczonych w barakach krytych blachą. Po bombardowaniu dzielnicy milicje dokonały selekcji, tłamsząc kohorty białych flag. Kobiety i dzieci na lewo, mężczyźni zdolni do noszenia broni na prawo. Setki zabitych. Następnie dzielnicę wysadzono, żeby na pewno nikt nie przeżył i żeby nic tam z powrotem nie wyrosło. I oto dwa dni później do Ad-Damuru, chrześcijańskiego miasta na południe od Bejrutu, wkroczyli Palestyńczycy, Libańczycy i obce milicje. Dzieci, kobiety, mężczyźni. Żywych wymordowano, umarłych sprofanowano w grobach. Męka miasta za cierpienie dzielnicy.

Pamiętam twarz Sama. Był przybity, zbolały i zarazem rozgorączkowany. Czułem to, wiedziałem. Właśnie znalazł deski sceniczne dla Antygony. Przez wiele miesięcy trawiła go gorączka. Szukał aktorów. Skontaktował się z ambasadą francuską, z konsulatem, z ośrodkiem kultury, francuskim Stowarzyszeniem na rzecz Działań Artystycznych, z rozmaitymi zrzeszeniami, z klubami po obu stronach linii frontu. Najpierw z muzułmanami. Z trupą młodych sunnitów z Hamry. Następnie z grupą szyitów z teatru tazija, która miała w swym repertuarze jedynie śmierć proroka Husajna. Sam odkrył także palestyńską trupę w Szatili odgrywającą bez końca poemat Mahmuda Darwisza. Z czasem dzięki cierpliwości wyłuskał w górach dwa druzyjskie zespoły teatralne. Potem chrześcijańskich aktorów w Al--Aszrafijji i Deir-al-Kamarze.

Wszystkim wyjawił tylko, że jest Grekiem, reżyserem i że pragnie wystawić w Libanie „Antygonę". Każda wspólnota myślała, że zwraca się z prośbą wyłącznie do niej. Sam nie mógł wyłuszczyć swojego planu listownie. Czekał, aż stanie twarzą w twarz z rozmówcą, aby o nim opowiedzieć. Idąc za radą ambasady greckiej, powiadomił także francuskie Ministerstwo Kultury i władze kościelne. I poinformował rząd libański.

Po kolejnych pismach, zawsze brzmiących tak samo, uzyskał zrzeczenie się praw autorskich, pełnomocnictwo, jak również rekomendację podpisaną przez kilku dyrektorów teatrów. Przede wszystkim zaś parę życzliwych słów od Jeana Anouilha.

Sam czekał całymi dniami. Potem całymi tygodniami. Chrześcijanie odpowiedzieli po czterech miesiącach. Następnie szyici, trzej bracia. Odpowiedź od druzów nadeszła w lipcu 1976 roku. Od sunnitów w listopadzie.

Wszyscy zgadzali się spotkać z Grekiem.

Chcieli wiedzieć, czego ten człowiek od nich oczekuje.

*

Samuel był sam w pokoju. Mówił słabym głosem. Przepraszał. Owszem, powinien był mi powiedzieć, że jest chory. Od przyjazdu do Francji cierpiał na dolegliwości w klatce piersiowej, ledwie oddychał, miał bóle głowy i obolałe stawy.

– Nigdy w życiu nie paliłem.

Pomyślał więc o skutkach przeżytych tortur, o gardle poparzonym przez gaz. Pewnego dnia, gdy wyczerpało go wchodzenie po schodach, pluł krwią.

– Nie podoba mi się ta plama – oznajmił mu radiolog.

Nie podobało mu się także to, że Sam zabrał się do tego zbyt późno.

Stracił apetyt. Schudł. W Bejrucie prowadził go lekarz ambasady greckiej. W Paryżu opiekował się nim przyjaciel onkolog. Nie dało się go już operować. Poddano go chemioterapii na próżno. Po płucach rak zaatakował wątrobę.

– Chce mi się rzygać.

Powiedział to. Oraz że łupie mu w głowie, że czuje w ustach smak kartonu i że ma owrzodzony cały język.

Byłem zły na niego. Na siebie też. Koniec Ruchu nas rozdzielił. Życie postarało się o to, by nas od siebie oddalić. Sam dał mi swój bejrucki adres, numer telefonu też, ale nigdy do niego nie zadzwoniłem. Istniał. To mi wystarczało. Sądziłem, że nasza przyjaźń karmi się odległością, lecz się pomyliłem. Straciłem jego trzy lata.

Wstałem. Okno wychodziło na położoną w oddali obwodnicę. Miasto opanowała zima. Drżało pod warstwami szronu. Samuel się uśmiechnął. Obserwował swych gości niczym reżyser, który przydziela role.

Był więc umartwiony, który nie miał odwagi wytrzymać jego spojrzenia z obawy, że zarazi się chorobą. W oczach umartwionego Sam dostrzegał własne wyczerpanie. Umartwiony gładził skraj prześcieradła, nie jego dłoń. Zostawał na krótko. Było mu zbyt gorąco. Ale miał prędko wrócić. Na pewno w przyszłym tygodniu. Być może.

Był więc zaniepokojony.

– Jak się dowiedziałeś, że to masz?

Ponieważ on też ma bóle głowy, ból ramienia, kaszel, duszności. Sam musiał uspokajać zaniepokojonego. Wizyta u lekarza? Tak, to dobry pomysł. Tym bardziej że on, zaniepokojony, pali, a Sam w życiu nie wziął do ust papierosa. Zaufany lekarz? Masz długopis?

Był więc ten, który wie. Który przez to przeszedł i zawłaszczał całą przestrzeń. Porównywał. Jego siostrze się udało albo i nie. Cierpiała pod koniec.

– Nie masz pompy morfinowej? To bez sensu! W naszych czasach wszędzie można je dostać!

Mierzył pokój, sprawdzał łóżko, śledził wzrokiem zawodowca pielęgniarkę, która przyszła zmienić kroplówkę. Nie uspokajał, w niczym nie współczuł, błyskawicznie dopasowywał się do obowiązujących reguł.

Był więc turysta. Który ignorował łóżko. Który muskał chorego na raka. Ledwie wchodził, pędził do okna i podziwiał widok.

– I co, byku, opieprzasz się!

Turysta robił co mógł. Uśmiechał się. Puszczał oko. W głębi duszy wrzeszczał ze strachu. Wchodząc, zobaczył siebie przykutego do łóżka, i obraz ten prześladował go aż do następnego poranka.

– A ja, jakim ja jestem typem gościa?

– Ty? Spóźnionym przyjacielem. Spóźnionym, więc wściekłym.

Sam się uśmiechnął. Brakowało mu zębów z boku. Miał żółtą skórę, głębokie podkowy pod oczami, które były przekrwione, jakby ktoś go uderzył. Grzbiety dłoni były upstrzone brązowymi plamami. Paznokcie miał ciemne, niemal czarne. Mój Sam. Nie poznałem go, kiedy wszedłem. Powstrzymałem łzy. Uwiądł w ciągu tego straconego czasu.

– To nie twoja wina, wiesz?

Pewnie, że wiedziałem. Otworzył dłoń. Położyłem na niej swoją. Nigdy nie trzymałem przyjaciela inaczej jak spojrzeniem.

– Co mogę dla ciebie zrobić?

Podniósł wzrok.

– Dużo. Możesz dużo zrobić.

Przysunąłem się bliżej. Pachniał kwasem, eterem, eukaliptusem. Miał kilkudniowy zarost. Pogładziłem go wierzchem dłoni po policzku.

– Wiesz, dlaczego nigdy nie nosiłem brody ani długich włosów?

Pokręciłem głową. Nie. Nie wiedziałem. W młodości zapuściłem wąsy, kiedy ojciec powiedział, że Frank Zappa przypomina małpę. Lubiłem jego muzykę. Wobec tego wybrałem jego wygląd.

– W Salonikach naziści obcinali starym Żydom brody
– szepnął Sam.

Robili to na środku ulicy, aby ich upokorzyć. Zmuszali synów do zamiatania chodnika czapkami i obcinali brody ich ojcom.

Przyjaciel oszczędzał oddech. Nie mówił, tylko wydychał słowa.

– W lipcu czterdziestego drugiego roku w Salonikach Niemcy aresztowali mojego ojca. Zaprowadzono go na plac Wolności razem z tysiącami innych. Stłoczono ich na słońcu, zmuszono do idiotycznej gimnastyki. Powstań, padnij, powstań, z wyprostowanymi ramionami i zadartą wysoko głową. Ojciec nosił brodę i pejsy. Jeden z esesmanów mu je obciął, potem ogolił go z jednej strony, skaleczył sztyletem. Większość mężczyzn wysłano do robót publicznych. Ale on miał krew na koszuli. Wobec tego dostał odroczenie na osiem miesięcy i wrócił do nas... Kiedy greccy pułkownicy zakazali mężczyznom nosić brodę i długie włosy, postanowiłem, że nigdy nie dam im okazji do poniżenia mnie. Miałem więc krótkie i starannie uczesane włosy, ogolone policzki i miejską marynarkę. Wszystko to, co intrygowało twoich towarzyszy, kiedyśmy się spotkali.

Sam zamknął oczy. Był wyczerpany. Chciał porozmawiać ze mną o Bejrucie, o „Antygonie". Kazał mi prędko przyjść znowu. Powiadał, że życie przemyka mu pod powiekami. Jutro?

Nazajutrz zająłem miejsce u wezgłowia łóżka. Sam spał. Zaczekałem. Aurore się rozpłakała na wieść, że jest chory. Przyjdzie w tygodniu, razem z dwiema dawnymi kumpelkami z Jussieu. Sam nazywał je „Podpalaczkami". Był to przejaw czułości. Na stoliku nocnym położył wydaną w roku 1945 „Antygonę", którą pokazywał mi wiele lat wcześniej. A także kipę swego ojca. Z trudem oddychał. Z jego piersi dobiegały jakieś szepty, skargi pomieszane z oddechem. Przyszło mi na myśl piekło. Pewien obraz Boscha. Ludzkie larwy zanurzone w piecu. Dopasowałem swój oddech do jego oddechu. Kiedy on wstrzymywał oddech, to ja też. Śledziłem bicie jego serca na ekranie monitora. Po czym zamykałem oczy. Liczyłem uderzenia. Zasnąłem. Dwie pielęgniarki przyszły go umyć. On cały czas spał. Musnąłem jego palce i wymknąłem się.

Wróciłem po dwóch dniach. Sam nie spał, głowę opierał na dwóch poduszkach. Czekał na mnie.

– „Antygona" będzie wystawiona w Bejrucie.

Pokiwałem głową. Wiedziałem o tym. Sam znalazł aktorów, a nawet paru dublerów. Jeszcze nie odbyli prób, za to wszyscy spotkali się po raz pierwszy w pomieszczeniu należącym do ambasady greckiej.

Antygona była Palestynką i sunnitką. Haimon, jej narzeczony, druzem z gór Szufu. Kreon, król Teb i ojciec Haimona, maronitą z Gemmajze. Z początku wszyscy trzej szyici odmówili zagrania strażników, uznawszy te postaci za mało istotne. Dla równowagi jeden z nich został także paziem Kreona, inny zgodził się być Posłańcem. Niech reżyser się martwi. Pewną starą szyitkę wybrano także na królową Eurydykę, żonę Kreona. Piastunką była wyznawczyni Kościoła chaldejskiego, a Ismeną, siostrą Antygony, ormiańska katoliczka.

Casting trwał dwa lata. Wszyscy ci młodzi ludzie liznęli trochę teatru, poza Eurydyką, która miała jedynie dziergać na drutach dla tebańskiej biedoty. Sam przedstawił się z początku jako Grek. On miał być Chórem, fundamentalnym głosem w teatrze antycznym. Potem przyznał się, że jest Żydem. Wówczas trzeba było zastąpić trójkę szyitów trójką innych aktorów. A także katoliczkę, która nie zniosła tej rewelacji.

– Wystawisz „Antygonę", Georges.

Przysunąłem się bliżej.

– Przepraszam, co powiedziałeś?

– Nie. To ja ciebie przepraszam. Nie mam już ani czasu, ani siły. – Zamknął oczy. Wyglądał jak sędziwy starzec.

– Najgorsze już zrobione. Twoje postaci są gotowe. Czekają na ciebie.

Moje postaci?

Tym razem to mnie zabrakło tchu. On ledwie szeptał. Jego głos brzmiał metalicznie. Wyjaśnił, że każdy aktor nauczył się swojego tekstu i że wystarczy parę prób. Będzie tylko jedno przedstawienie, w październiku. Przydałaby się neutralna sala, ani po zachodniej, ani po wschodniej stronie Bejrutu. Na linii demarkacyjnej. Stara szkoła, magazyn, cokolwiek. Chciał miejsca, które mówiłoby o wojnie, poznaczonego przez kule i odłamki. Czterech albo tylko trzech ścian. Nawet bez dachu, nie zależało mu. Odwiedził kiedyś zrujnowane kino, które mu się spodobało. Wyobrażał sobie wspólnoty wchodzące do owego teatru cieni z obu stron linii frontu. Widział, jak niosą składane krzesła, poduszki, butelki z wodą, pistacje. Wszyscy razem, zjednoczeni. Na dwie godziny w jesienny wieczór. Wraz z bojownikami z opuszczoną bronią na czas jednego aktu.

– Widzisz to? – zapytał Sam.

Nie. Ale on widział. Opisał mi scenę na rumowisku, troje drzwi namalowanych na dziobatej ścianie. Twarze widzów. Krąg białego światła. Swoich aktorów. Wszedł na scenę.

– Otóż tak. Te tutaj osoby odegrają dla was historię Antygony. Antygona to ta mała chuderlawa, co tam przycupnęła i nic nie mówi.

Z trudem podniósł ramię, wskazując palcem kąt pokoju.

– Widzisz ich, Georges?

Otworzył oczy. Jego spojrzenie wracało ze śmierci.

– Teraz ich widzisz?

– Tak – odparłem.

Widziałem Samuela Akunisa, który walczył o życie. Ręce z podpiętymi rurkami, skórę pokrytą brązowymi krwiakami. Po raz kolejny zamknął powieki, pozwalając, by łza spłynęła mu po skroni. Zawahałem się. Chciałem zmazać tę smugę smutku, lecz nie zrobiłem tego. Skamieniały z powodu jego prośby, szarej pościeli, jego zbolałego serca wijącego się na zielonym ekranie. Samuel Akunis walczył o życie Antygony. Walczył na leżąco, zbierając resztki odwagi.

– Weź mój notes, jest na stoliku nocnym. Przeczytaj go, uzupełnij, zapisz. To będzie twój plan działania. Weź też plastikową koszulkę ze wszystkim, co jest w środku.

Następnym razem dam ci płytę i prezent dla palestyńskiej aktorki.

Przyjrzałem się okręconemu gumką czarnemu notesowi z fioletowym brzegiem. Leżał na kipie ojca. Sam wpatrywał się we mnie. Wydawał się zawiedziony moim milczeniem.

– Powiedz „tak", Georges.

– Tak.

Nie od razu pożałowałem. Ani nawet na szpitalnym korytarzu. Ani też na ulicy, wdychając zimę pełną piersią. Ani na schodach, idąc powoli ku głosowi mojej córki. Zwątpiłem, stanąwszy twarzą w twarz z Aurore.

– Co mu obiecałeś?

Louise miała dwa lata. Czepiała się mojej wrażliwej nogi. Była podobna do matki, naprawdę. Aurore w miniaturze. Kości policzkowe, włosy. I odrobina mnie w zalęknionym spojrzeniu.

– Odpowiedz, Georges. Obiecałeś mu, że tam pojedziesz?

Posadziłem córkę w foteliku z plecionej wikliny. Należał do jej matki, kiedy była mała. A także do matki jej matki, działaczki z Douarnenez. Nasze mieszkanie było pełne śladów.

– Pomyślałeś o nas?

Szczerze? Nie. Rodzina pojawiła się przede mną dopiero w drzwiach mieszkania. W szpitalu istniał wyłącznie Sam. Jego siła, jego wola. On i „Antygona", jego ostatnia walka. Mieliśmy styczeń 1982 roku. Powiedziałem sobie, że trzy podróże wystarczą. Nawiązanie kontaktu z aktorami, kilka prób, próba generalna i przedstawienie w paździenniku, jak pragnął Sam. Dwa, trzy tygodnie za każdym razem na przestrzeni dziewięciu miesięcy. W szkolnictwie państwowym nie piastowałem już żadnego stanowiska. Mogłem sobie dać radę dzięki urlopom, udawać, że się dokształcam, żonglować dniami i tygodniami.

Aurore podniosła Louise. Była pora posiłku.

Podążyłem za nią do kuchni.

– Daj, ja się tym zajmę.

Wyjęła mi z rąk śliniak, kolorowy talerz. Nie chciała, by ów spokojny rytuał stał się polem bitwy. Wyszedłem więc.

– Dokładnie uknuliście wasz numer, co?

Głos mojej żony dobiegający z drugiej strony mieszkania.

– Jaki numer?

– To niby były te zdjęcia do dowodu dla Sama?

Wróciłem do kuchni.

– Jakie zdjęcia?

Aurore podgrzewała mały słoiczek.

– Przestań, proszę! Czy zdjęcia były po to?

Nie wiedziałem, co jej powiedzieć.

Aurore przed chrzcinami Louise poprosiła mnie o pięć zdjęć do dowodu. Była to niespodzianka, którą szykował Sam. Na moje urodziny chciał zrobić kolaż twarzy swojej, mojej i kumpli. Powiedział o tym mojej żonie. Poszedłem do automatu na Gare de l'Est; na jednym wykrzywiłem buzię, na drugim prawie zrobiłem zeza. Aurore się roześmiała. Sam uznał, że są idealne. Minął jakiś czas. Sam nigdy więcej nie wspomniał o prezencie.

Louise zrobiła tę swoją zalęknioną minę. Aurore przepędziła mnie machnięciem ręki.

– A poza tym czy ty wiesz, że nigdy nie wyjeżdżałeś z Francji?

Tym razem miała rację. Dwie podróże w dzieciństwie do Schwarzwaldu, jedno wspomnienie ze Szwajcarii, jeden obraz Turynu. Dopóki żył Franco, odmawiałem wyjazdu do Hiszpanii. Do Grecji także z powodu pułkowników. Franco był martwy, pułkownicy pokonani. Nie miałem już żadnego wytłumaczenia, lecz brakowało mi czasu. Albo chęci. Podróżowanie nigdy nie sprawiało mi przyjemności. Mroziło mnie. Pakowanie walizki, zamykanie domu, wyjazd, rezygnacja z przyzwyczajeń. Przemierzyłem Francję w duchu. Znałem jej sady, góry, zbocza, trasy i granice. Nie wystarczyło to Aurore, ale mnie pasowało.

– Poza tym tam jest wojna. Pamiętasz?

Słyszałem skrobanie łyżką po szklanym słoiczku, gaworzenie Louise. Tak, wojna. Pamiętałem. Sam wybrał Liban właśnie po to, by wyrazić swój sprzeciw. Aurore wiedziała to wszystko. Wiedziała również, że już podjąłem decyzję. Strzępiła język, nie miała już jednak nadziei na przekonanie mnie.

Położyła Louise do łóżeczka. Bała się o nią, o nasze dziecko. Mówiła. Tym razem nie chodziło o wyrecytowanie paru kwestii sztuki w młodzieżowym domu kultury, lecz o powstanie przeciwko ogólnej wojnie. To było wzniosłe. Nie do pomyślenia, niemożliwe, groteskowe. Pojechać do kraju śmierci z nosem klauna, zgromadzić dziesięć narodowości, nie wiedząc, kto jest kim. Wyciągnąć po jednym żołnierzu z każdego obozu, żeby bawić się w pokój. Wprowadzić tę armię na scenę. Dyrygować nią niczym baletem. Kazać Kreonowi, chrześcijańskiemu aktorowi, aby wydał wyrok śmierci na Antygonę, aktorkę palestyńską. Zaproponować szycie, żeby był paziem maronity. Wszystko to nie miało najmniejszego sensu. Przyznałem jej rację. Jej uwagi były słuszne. Wojna to szaleństwo? Sam twierdził, że pokój też musi być szaleństwem. Otóż trzeba zaproponować coś, co się nie mieści w głowie. Wystawienie „Antygony" na linii ognia zaskoczy walczących. To będzie takie piękne, że opuszczą karabiny.

– Na godzinę – zadrwiła Aurore.

Siedziała. Przykucnąłem między jej kolanami.

– Na godzinę pokoju. I ty byś chciała, żebyśmy to przegapili?

Odzyskała uśmiech. Domagała się gwarancji. Chciała wiedzieć, kto będzie na mnie czekał w Bejrucie, kto mnie obroni przed tym miastem i kto od niego uwolni. Chciała daty powrotu z każdej podróży. Chciała znać nazwiska aktorów, wszystkich. Chciała, żeby wszystko było gotowe, zanim przyjadę. Żebym nie miał już żadnych wątpliwości. Chciała, żebym zrezygnował przy najbliższej niepewności, przy najmniejszym niepokoju, przy jakimkolwiek zagrożeniu.

– Przysięgnij!

– Przysięgam.

– Nie! Nie tak! Patrz mi w oczy. Przysięgnij na swoją córkę!

– Przysięgam na naszą córkę.

Chwyciłem Aurore za ręce, ciągle kucając u jej kolan. Długo mi się przyglądała zmartwiona. Ściskała mi palce aż do bólu. Louise krzyknęła przez sen.

– Będzie za tobą tęsknić – rzekła moja żona.

Po czym wstała, by zobaczyć swoją córkę.

9

Maurice Duruflé

Przeczytałem „Antygonę". Wcześniej tego nie zrobiłem. W 1974 roku, gdy Sam podarował mi tekst Jeana Anouilha, pozostał on na stoliku nocnym. Następnie przykryły go gazety i czas. Później go otworzyłem, przeleciałem jedynie kilka stron. Moje serce nie było w Tebach. Zapachy czosnku, skóry i czerwonego wina, które wydzielali strażnicy Kreona, nie przykuły mojej uwagi. Włożyłem książkę do biblioteczki, zapomniałem o niej. Było to przed ośmioma laty.

Przeczytałem „Antygonę". Wstrząśnięty, wynotowując zdania, żeby wypowiedzieć je na głos.

*

Zatem „Antygona". Historia małej chuderlawej, córki Edypa i Jokasty, władców Teb. Po samobójstwie matki i wygnaniu ojca ich synowie walczą o tron na śmierć i życie. Naprawdę na śmierć i życie. Żaden z nich nie przeżyje. Królem zostaje więc Kreon, brat zmarłej matki. Twierdzi, jakoby z obu siostrzeńców wolał Eteoklesa od Polinejkesa.

Rozporządza, aby pierwszemu urządzić uroczysty pogrzeb, drugiemu odmawia pochówku. Co więcej, wydaje edykt, w którym skazuje na śmierć każdego, kto ośmieli się oddać hołd zwłokom pozostawionym na słońcu na pastwę kruków i szakali. Zamierza pozbawić tego „nicponia, buntownika i zdrajcę" opłakiwania i pogrzebu. Polinejkes kazał zamordować Edypa, a Kreon o tym wiedział.

Pewnego poranka jeden ze strażników pilnujących zwłok spostrzega, że ziemia wokół została zdrapana. Następnie zgodnie z obrzędami przysypano nią ciało, tworząc całun z pyłu. Kreon wpada we wściekłość. Oto jeden z poddanych go znieważył. Zdrajca zapewnił pariasowi uroczysty pochówek. Strażnik znajduje w gęstych zaroślach zardzewiały dziecięcy szpadelek. W południe Antygona zostaje pojmana. Przyszła sama, z ziemią pod paznokciami, ze zdartymi kolanami, aby dokończyć obrzędu. Ismena nie podążyła za nią. Jej o wiele ładniejsza siostra uczyniła wszystko, żeby ją od tego odwieść.

Kreon jest poruszony tą straszną wiadomością. Antygona to ukochana siostrzenica, która ma poślubić Haimona, jego syna. Wobec tego król proponuje, by zapomniała, by utrzymała całą sprawę w tajemnicy. Wszystko można załatwić suchym chlebem o wodzie i kilkoma klapsami, lecz Antygona odmawia. „Jest w tobie pycha Edypa", grzmi Kreon. Ona odpowiada, że nie wierzy w szczęście. Nie może paktować z życiem. Pragnie i oczekuje śmierci.

Upokorzony Kreon oddaje ją w ręce strażników, którzy grzebią ją żywcem. Jednakże w chwili gdy już mają zamurować pieczarę, król dowiaduje się, że jego syn Haimon dał się zamknąć razem z nią. Uprzątają czym prędzej spiętrzone kamienne bloki. Za późno. Antygona powiesiła się na nitkach pasa, które wyglądają jak dziecinny naszyjnik. Haimon trzyma ją w objęciach. Płacze. Na widok siwych włosów ojca w półmroku wstaje ze szpadą w dłoni. Kreon się cofa. Syn rzuca mu spojrzenie pełne pogardy. Po czym wbija ostrze we własny brzuch. Kreon stracił wszystko. Zostaje Eurydyka, jego królowa, jego żona, która dzierga bez końca dla tebańskiej biedoty. Kiedy jednak Kreon przybywa do niej z rozdartym sercem, zastaje tylko zwłoki. Ukończywszy rząd oczek, odłożyła druty. Wyciągnęła się na łóżku swego zmarłego dziecka. Poderżnęła sobie gardło pośród pluszowych ramek. Uśmiechała się, gdy wszedł Kreon.

KREON
Więc ona również. Wszyscy śpią. To dobrze. Dzień był ciężki. *(Po chwili głuchym głosem)* Na pewno dobrze jest spać.

Zamknąłem książkę. Byłem gotów na małą chuderlawą. Gotów na przyjęcie w siebie owej ofiary wybranej przez przeznaczenie. Gotów również poddać się braterskiemu obowiązkowi. Wiedziałem o niej tylko tyle, że zrezygnowała z życia. Wiedziałem o sobie tylko tyle, że mam ochotę żyć.

*

Przypomniałem sobie Sofoklesa. Kupiłem jego „Antygonę". A także tę Brechta. Oraz przekład Friedricha Hölderlina, na którym Brecht się wzorował. W notesie Sama napisałem: „Antygona tu i teraz". Urodzona w Grecji, wyobrażona w łapskach Rzeszy czy grana w okupowanym Paryżu, Antygona jest ponadczasowa. Aktualna.

Bez scenicznych kostiumów. Każdy aktor we własnym miejskim ubraniu – napisał Samuel Akunis. – *Należy stworzyć wrażenie, że widz patrzy na próbę. Zaskoczyć rozdźwiękiem między tekstem a strojem. Na premierze sztuki Anouilha w Atelier (4.02.44) Antygona miała na sobie czarną suknię wieczorową i krzyżyk na szyi. Kreon był we fraku z kamizelką i białą muchą, w lakierkach. Strażnicy nosili nieprzemakalne płaszcze i miękkie kapelusze (Gestapo?). Zamierzonym efektem były nie Teby, lecz okupowany Paryż zimą. Sztuka musi mówić o teraźniejszości.*

Sam nadawał kierunek przedstawieniu strona po stronie. Jego uwagi były stare. Pierwsza pochodziła z zeszłego roku. Wiedział, że przekaże je komuś innemu. Jego pismo było drobne, pochyłe, wyraźne. Pisał po francusku. Pisał dla mnie, teraz byłem o tym przekonany.

„Nie mylić brutalnego Kreona Sofoklesa z człowiekiem przepełnionym goryczą nakreślonym przez Anouilha. U Sofoklesa Kreon to postać tragiczna. U Anouilha to Antygona nosi w sobie tragedię...

Często powracało nazwisko Duruflégo. „Pie Jesu", jego Requiem. Na którymś marginesie nazwisko śpiewaczki Pilar Lorengar ze znakiem zapytania.

Będzie wiolonczela i mezzosopran. Zdecydowanie! Chcę usłyszeć, jak śpiewa: Pie Jesu Domine, dona eis requiem. Dona eis requiem sempiternam, *dokładnie w chwili gdy strażnicy wyprowadzają Antygonę.*

„Litościwy Jezu i Panie, daj im odpoczynek. Daj im wieczny odpoczynek", powtórzył to zdanie po francusku. Od wskazówek w postaci szkiców przez pozycje ciał po propozycje dekoracji – oto trzymałem przed sobą testament Samuela Akunisa. Wręczył mi go na szpitalnym łóżku wraz z listem od Anouilha i kipą swego ojca. Nie chciałem jej przyjąć. Nalegał. Pragnął, żeby Chór nosił ją na scenie. Żeby jarmułka z czarnego aksamitu odpowiadała chuście jednej, beretowi drugiego, kufiji, którą Antygona zarzuci na plecy.

– Ty będziesz Chórem, Georges. Tym, który nosi kipę.
– Uśmiechnął się słabo. – Będziesz Żydem.

*

Wraz z notesem, zapiskami, szkicami Sam wręczył mi listy motywacyjne aktorów, ich nazwiska, adresy. Wszyscy napisali do niego po francusku. Niektórzy zaledwie parę słów. Inni opowiadali o swoim życiu, dzielnicy, pasji scenicznej. Jedna kobieta wysłała nawet swoje CV. Po raz pierwszy wyczułem Bejrut. W pomiętym papierze, w młodzieńczym charakterze pisma. To wszystko istniało naprawdę. Antygona i Kreon dołączyli do listów własne zdjęcia.

Iman była młoda, szczupła, niebieska chusta odciągnięta do tyłu przesłaniała jej rude włosy. Dwudziestoletnia zaledwie. Wydała mi się zabójczo piękna. Być może zbyt piękna do roli „małej chuderlawej". Alabastrowa cera, jedwabiste włosy. „Trzeba będzie zubożyć tę twarz", napisał na odwrocie zdjęcia Sam. Zanotował także na czerwono: „Formalna zgoda Jasina, jej brata, bojownika FATAH-u". Z kolei Szarbel musiał mieć 30 lat. Powinien wyglądać na trzydzieści więcej. „Makijaż, siwe włosy. Piękna twardość". Młodzieniec miał twarz jak wykutą z granitu i niepokojące spojrzenie. Nie wiedziałem, czy pozował do roli czy taki był naprawdę. Umieściłem zdjęcia obok siebie. Antygona, Kreon. Iman, Szarbel, mój fundament. Pozostało siedem duchów do odkrycia.

Zatelefonowałem do Iman w pewien styczniowy poniedziałek. Rozległ się głos mówiący po arabsku, dziecięcy. Potem męski, znowu męski i nareszcie Antygony.
– Samuel?
– Dzień dobry, Iman, mam na imię Georges.
Ja mówiłem, Antygona słuchała. Oddychała głośno. Połączenie, telefon, wzruszenie. Opowiedziałem jej o wszystkim. Wiedziała o raku, o szpitalu. Próbowała się dodzwonić, ponieważ wieści nie były dobre. Szyici nie przyszli na spotkanie, a maronita...
– Szarbel?
– Tak, Szarbel. Jego brat nie chce, żeby przekraczał linię demarkacyjną.
– Musi?
Cisza po drugiej stronie.
– Jak to: musi? Wszyscy oprócz niego mieszkamy

w zachodnim Bejrucie albo na południowym przedmieściu. Nawet Nakad opuścił góry i przeniósł się do Hamry.

– Nakad?

– Druz. Jego rodzina przeprowadziła się naprzeciwko hotelu Cavalier. Przecież nie przekroczymy linii w osiem osób tylko po to, żeby się spotkać z jedną!

– To co zrobimy?

– Nie mam pojęcia. Jego rodzina nie chce go nawet dać do telefonu. Moim zdaniem jego brat się nie zgadza, żeby widywał się z muzułmanami. Wyobraża pan to sobie? Wyobrażałem sobie. Oczywiście. Lecz nie pojmowałem. Sam mówił, że pierwsze spotkanie miało miejsce w śródmieściu, odbyło się bez niego. Na rozczytanie tekstu. Opisał mi je tak, jak jemu opowiedziała Iman, łącznie ze śmiechami wszystkich uczestników i zapachami herbaty. Tylko że tego spotkania nigdy nie było. Palestynka przyznała się przede mną. To ona zmyśliła wielką próbę, żeby bardziej go nie ranić. Od kiedy reżyser trafił do szpitala, jako aktorka zaczęła się z nim obchodzić delikatnie. Ukrywała przed nim złe wieści i upiększała maleńkie postępy. Znała Ormiankę i wyznawczynię Kościoła chaldejskiego. Spotkała też druzyjskiego aktora i twierdziła, że wszyscy pozostali również się stawili. Któregoś wieczoru rozmawiała przez telefon z Ismeną. Owa rozmowa na odległość stała się dla Sama najważniejszą wymianą zdań. Wyobraził sobie, jak Antygona i jej siostra powtarzają tekst na środku ulicy, przy oklaskach dwudziestki roześmianych dzieciaków. Oznajmiła mi również, że szyita, który miał grać pazia, uświadomił sobie śmieszność swojej roli. Cztery zdania pod koniec. Zaledwie dziesięć słów. On i jego bracia podważali wszystko.

Reprezentowali połowę libańskich muzułmanów. Domagali się gwarancji, żeby uczestniczyć w przedsięwzięciu. Czy to wszystko? Nie. Aktorka grająca Ismenę pracowała nad tekstem Sofoklesa, próbowała przez trzy miesiące na próżno. I od kilku tygodni nikt nie ma wiadomości od Piastunki.

Byłem zdumiony. Poza wstępną zgodą wydaną Samowi przez Organizację Wyzwolenia Palestyny nie istniało nic. Nic nigdy nie istniało. Marzenie Sama opierało się na trzydziestu stronach notesu. Słuchawka telefonu parzyła mnie w ucho. Iman oddychała.

– Jest pan tam jeszcze?

Byłem tam, owszem. Stałem, potem usiadłem, następnie się załamałem.

– A pani, Iman? Jak wygląda pani sytuacja?

– Ja? Jestem gotowa – odparła Antygona.

Aurore weszła z Louise zaraz po powrocie ze żłobka. Właśnie odkładałem słuchawkę.

– To był Bejrut – powiedziałem.

– I?

– Są gotowi. Czekają tylko na mnie.

Dobrze kłamałem.

– W gruncie rzeczy chyba ci zazdroszczę – stwierdziła moja żona.

Uśmiechnąłem się. Brzuch wypełniał mi piach.

*

– Rozmawiałeś z Iman?

Sam wpatrywał się w sufit. Trząsłem się z wściekłości. W recepcji pielęgniarka zapytała, dokąd idę. Nie odpowiedziałem. Na korytarzu druga warknęła, że nie mam tu czego szukać. Że już po godzinach odwiedzin. Ruszyłem dalej. Zagrodziła mi drogę. Odepchnąłem ją. Z dłonią na jej ramieniu, żeby ją odsunąć. Z dyżurki wyszedł lekarz. Był wysoki, młody, miał już posiwiałe włosy.

– Ten pan nie ma prawa tu być! – zawołał niebieski fartuch.

Stanąłem oko w oko z lekarzem. Miał jasne spojrzenie. Nie bał się mnie.

– Pan jest z rodziny?

Wybuchnąłem.

– Z rodziny? Chce pan wiedzieć, gdzie jest jego rodzina? Jego rodzina nie żyje! Jego rodzinę zagazowano w Auschwitz! Rozumie pan, co mówię?

– Proszę się uspokoić.

Z jednej z sal wyszła pielęgniarka z palcem na ustach. Za głośno.

– Pytam, czy jest pan z rodziny, czy ma pan sprawę niecierpiącą zwłoki, żeby zakłócać spokój szpitala o tej porze.

Lekarz patrzył na mnie. Stałem naprzeciw niego. Wsadziłem ręce do kieszeni, żeby uśmierzyć ich drżenie. Mój gniew słabł. Żałowałem z powodu swojej miny, słów, marnych gróźb. Na korytarzu panowała cisza. Kobiety się bały, mężczyzna trzymał się dzielnie. Żałowałem. Wybiegłem z domu. Sam musiał poznać prawdę. Teraz, natychmiast. Musiał wiedzieć, że jego „Antygona" się zawaliła. Że jego aktorzy nigdy nie istnieli. Jeśli pojadę do Bejrutu, to tylko po to, żeby z tym skończyć. Przeprosić za niego, za siebie, odwiedzić po kolei wszystkie osoby, stowarzyszenia, instytucje, aby powiedzieć, że Samuel Akunis rezygnuje z projektu. Iman skłamała. Musiał się o tym dowiedzieć. Biegłem przez ulicę, w metrze, przez szpitalny hol, przez korytarz, do utraty tchu. Chciałem zobaczyć oczy mojego przyjaciela, jego dłonie w moich dłoniach, nawet tutaj, przy odgłosie bicia jego serca, ssania rurek, jego ciężkiego oddechu, przy odorze detergentów, rozkładu, czystości i agonii. Byłem mu winien prawdę.

– Ja jestem jego rodziną. Ma tylko mnie.

– O kim pan mówi? – zapytał lekarz.

– O sali niezapominajkowej – odparła pielęgniarka.

Lekarz popatrzył na zegarek, rękę podniósł na wysokość plakietki identyfikacyjnej.

„Doktor E. Cohen".

Następnie mi się przyjrzał. Spuściłem głowę, wbijając wzrok w jego nazwisko.

– Daję panu kwadrans. – Lekarz się uśmiechnął.

– Rozmawiałeś z Iman?

Usiadłem, wsunąłem dłonie pod uda. Pokiwałem głową. Byłem wstrząśnięty własną głupotą. Z sercem w rozsypce, z przerażeniem pielęgniarek tkwiącym we mnie.

– Zdała ci relację z próby?

Odpowiedziałem niejasno, mechanicznie.

Z próby? Tak, oczywiście. Ale nie z całej. Tylko z części. Było złe połączenie z Libanem. A poza tym trochę późno zadzwoniłem.

Sam odwrócił głowę. Nie zapaliłem światła w sali. Jedynie niebieską lampkę. Jego oczy spoglądały na mnie pytająco. Wobec tego odpowiedziałem.

– Chrześcijanin miał trudności z przekroczeniem linii z powodu brata, ale ją przekroczył. Przyszedł spóźniony, kiedy już trwało czytanie.

Wzrok Samuela. Otwarte usta, suche wargi.

– I?

– Iman powiedziała, że to było niesamowite. Haimon, Ismena, Piastunka, Eurydyka, strażnicy, wszyscy wstali i uściskali Kreona.

Sam się uśmiechnął. Jego grobowy głos.

– Widzisz, Georges. Teatr w pokoju, wszędzie indziej wojna.

Pokiwałem głową. Miażdżyłem udami dłonie. Zamknął oczy.

– To możliwe. Wiedziałem.

Powiedziałem mu też, że aktorzy znają swój tekst, może poza Ismeną, która recytuje w starym stylu, przybierając trochę śmieszne pozy. Szyici w końcu zgodzili się na swoje małe rólki i respektują zasady. Eurydyka bez końca dzierga szalik.

Uśmiech Sama.

– Iman powiedziała, że Piastunka jest w porządku, bardzo łagodna, idealnie swobodna. Kreon też znakomity.

– A Antygona?

– Jest gotowa. Powiedziała mi tylko tyle.

– Kiedy wyjeżdżasz?

– W przyszłym tygodniu.

Nie zastanowiłem się.

Sam przekręcił się do ściany, powoli odwrócił się tyłem do mnie.

– Weź ze stołu kopertę z płytą. Woreczek w torbie jest do podziału między Iman i Jasina, jej brata. Przyrzekłem im to.

I zasnął.

Korytarz był pusty. Minąłem pokój pielęgniarek. Poszedłem w stronę windy. Właśnie wysiadał z niej lekarz, trzymając w ręku jakieś dokumenty.

– Dał pan radę z nim porozmawiać?

Odpowiedziałem skinieniem głowy. Szukałem właściwych słów.

– Chciałem przeprosić.

– Za co?

– Za Auschwitz.

Wpatrywał się we mnie z zaciętą miną.

– Proszę to powiedzieć pielęgniarkom. Zranił je pan.

Nie czułem się na siłach, żeby zawrócić.

– Chce pan, żeby jakiś Cohen to za pana zrobił?

Zawróciłem do drzwi. Pielęgniarki nie wstały. Tkwiłem na progu skrępowany. Jedna z nich podniosła wzrok, druga nie przerwała czytania zapisanych stron. Przeprosiłem. Chciałem wytłumaczyć swój gniew, ból, strach przed utratą przyjaciela, Antygony, Bejrutu, czekającą na mnie wojną. Zabrakło mi słów.

– Proszę mi wybaczyć. To było głupie i niesprawiedliwe.

Młodsza skinęła głową. Druga popatrzyła na mnie.

– Przepraszam – wyszeptałem.
I uciekłem.

*

W kopercie od Sama znajdowały się adresy. Ambasady Francji w Bejrucie, rezydencji ambasadora Grecji, bezpośrednie numery telefonu do konsulów, ośrodków kultury, stowarzyszeń. Oraz rzeczy bardziej zagmatwane, takie jak nazwy oddziałów milicji wraz z bezpośrednimi namiarami, a także sposób skontaktowania się z władzami libańskimi. Do owej listy Sam dołączył pięć przepustek. Identyfikatory na moje nazwisko, które ofoliował. Jeden był po arabsku i francusku, z zielonym cedrem w czerwonym kółku i stylizowanym krzyżem Libańskich Sił Zbrojnych. Na drugim widniała mapa świata, a na niej oskard i obsadka ze stalówką druzyjskich socjalistów. Była przepustka armii libańskiej, Amalu, szyickiej milicji i palestyńskiego FATAH-u. Na każdym dokumencie miałem wykrzywioną twarz. Grymas ust, opadające powieki. Byłem oszołomiony. Automaty do zdjęć. Aurore miała rację. Wszystko było przygotowane od dawna.

Chciałem ją obudzić, żeby jej to powiedzieć. Nie mogłem. Spokojnie spała. Będziemy mieli mnóstwo czasu na przeklinanie naszego przyjaciela. Louise musiała płakać w nocy. Matka ułożyła ją na moim miejscu. Popatrzyłem na nie. Aurore spała na boku, jak zwykle, z obiema dłońmi pod policzkiem. Moja córka leżała na plecach z otwartą buzią. Pogłaskałem ją palcem po czole. Machnęła ręką, jakby chciała odpędzić letnią muchę. Po czym odwróciła się i wtuliła w matkę. Plecy mojej córki, plecy mojej żony, plecy mojego przyjaciela. Zupełnie jakby mnie zostawiali, jakby mnie każde po kolei opuszczało. Nie zapaliłem lampy. Sam podarował mi kościelne świece z wosku.

– Ciemność zwycięża – mawiał.

Zapaliłem dwie świeczki w kolorze kości słoniowej. Położyłem płytę Sama na adapterze. „Requiem, opus 9" Maurice'a Duruflégo. Nie znałem tego kompozytora. Lubiłem Mozarta, jak wszyscy. Faurégo, jak niektórzy. Jacques'a Mauduita, jak nader niewielu, chociaż napisał mszę na pogrzeb Ronsarda. Sam przyprawił mnie o dreszcze kadiszem żałobnika. Podarował mi także „Requiem" Dmitrija Kabalewskiego napisane „Ku pamięci tych, którzy polegli w walce z faszyzmem". Lecz poza kilkoma nutami, skradzionymi w czasie składania mu wizyt, nigdy nie słuchałem modlitwy, którą dla mnie przeznaczył.

Płytę nagrano w roku 1959. Śpiewała Hélène Bouvier, Orkiestrą Lamoureux dyrygował sam Duruflé. Usiadłem w półmroku. Wysłuchałem „Requiem". „Introit" wykonanego przez nowoczesne chóry. „Kyrie", „Sanctus", „Pie Jesu", które Sam ofiarowywał Antygonie. Zrobiłem tak jak on. Położyłem ramię adapteru z diamentową igłą na krysztale głosu dziewięć razy. Wino, zmęczenie, szpitalne zdenerwowanie, wstrząs wywołany zdjęciami, strach przed jutrem. Pozwoliłem, by mrok zagarnął całą przestrzeń. Drgając wraz z płomykami świec, z półprzymkniętymi oczami, z pięściami zaciśniętymi tak mocno, że paznokcie wbiły mi się w skórę dłoni. Następnie otworzyłem „Antygonę". Czytałem przez łzy.

ANTYGONA
Biedny Kreonie! Z moimi paznokciami połamanymi i powalanymi ziemią, z siniakami, które mi wycisnęli na ramionach twoi strażnicy, z moim strachem, co mi szarpie wnętrzności, ja jestem królową.

Słuchałem requiem. Głosy mężczyzn odpowiadały głosom kobiet. Zachowałem w kieszeni paczuszkę, którą miałem oddać Iman i jej bratu. Prezent od Sama spoczywał w przezroczystym woreczku ściągniętym czarną gumką. Dwadzieścia gramów brunatnego pyłu, czegoś pomiędzy niedokładnie przesianą mąką a mikroskopijnym żwirem. Chciałem go otworzyć, nie ośmieliłem się. Samuel Akunis, Żyd, który przeżył Holokaust, i grecki bojownik, wręczył mi ów pył bez nazwy dla pewnej młodej aktorki z Szatili i palestyńskiego bojownika. Czułem się w obowiązku dotrzymać jego obietnicy, nie zadając pytań.

10

Marwan

– Jorgos?

Mężczyzna szedł ku mnie z otwartymi ramionami. Pokręciłem głową.

– Przepraszam, nie. Mam na imię Georges i jestem Francuzem.

Marwan wybuchnął śmiechem.

– Jak Georges Habasz, przydomek Al-Hakim, palestyński terrorysta?

Trzymał moje zdjęcie, zerknął na nie, po czym wyciągnął do mnie rękę.

– Źle zapisałem twoje imię. Przykro mi. Ale skoro przysyła cię Samuel, *ahlan wa-sahlan!* Znalazłeś tu rodzinę i ziemię.

Miażdżył mi palce.

– Jestem Marwan, twój kierowca.

Musiałem mieć dziwny wzrok. Może rozgorączkowany. Znużony, zaniepokojony, już tęskniący do tego, żeby z tym skończyć. Przez całą drogę zapytywałem sam siebie, co ja tu robię.

– Nie wie pan, czy przejście przy muzeum jest otwarte? – zapytała mnie w samolocie siedząca obok kobieta. Nie, nie wiedziałem.

– A Ring? Podobno wczoraj rano można było przejść. Ring? Jaki Ring?

Była chrześcijanką z Al-Aszrafijji i zastanawiała się, jak przekroczyć linię.

– Jestem druzem. – Marwan się uśmiechnął.

Zgarnął mnie z płyty, zaraz jak wysiadłem z samolotu. Wyłuskał mnie z kolejki pasażerów jednym gestem, każąc podążyć za sobą. Dotarliśmy do jakichś drzwi, których pilnował żołnierz. Albo milicjant. Nie wiem. Mężczyzna miał opaskę na długich włosach, drelichową kurtkę i dżinsy. Karabin przesunął na plecy kolbą do góry. Marwan uścisnął mu dłoń. Tamten otworzył drzwi. Znaleźliśmy się przed taśmociągiem bagażowym.

– Daj mi paszport i zajmij się swoją torbą.

Wręczyłem Libańczykowi paszport. Całkowite zaufanie. A w dodatku brak wyboru. Sam opisał mi swego kierowcę jak księcia. Sześćdziesiątka, przystojny, wysoki, szczupły, kwadratowa twarz, siwe włosy, wąsy i stara blizna od kącika ust aż do prawej skroni. Właśnie blizna pierwsza rzuciła mi się w oczy. Potem jego wyciągnięta dłoń. Uśmiech. I ta jego wymowa z twardym i dźwięcznym „r", akcentująca zdania poprzez modulowanie ostatniej samogłoski. Są tacy ludzie. Po pierwszym spojrzeniu, po pierwszym kontakcie ze skórą coś zostaje przypieczętowane. Nie ma jeszcze nazwy, powodu, jeszcze nie istnieje. To instynkt szepcze, by iść jego śladem.

Marwan oddał mi podbity paszport. Jego samochód stał zaparkowany na chodniku przed lotniskiem. Czarny mercedes pokryty kurzem w kolorze ochry. Z jednej strony morze, budynki we mgle, w oddali góry. Wiosenna świeżość. Usiadł za kierownicą. Przyjrzał mi się.

– Jeździmy razem?

Powiedziałem tak. Oczywiście. Przybyłem tu na dwa tygodnie i miałem tylko jego.

Wydobył zza paska pistolet. Wyjął magazynek i podał mi go. Zawahałem się. Po czym go wziąłem. Był pusty.

– Otwórz drugą rękę.

Wysypał mi na nią osiem nabojów.

– Potrafisz naładować?

Powiedziałem tak. Niepewnie. Zdarzyło mi się to dwa razy u kumpla, kiedy zamierzaliśmy bawić się w wojnę. Wyjrzałem przez okno. Widać było przechodniów. Zasłoniłem dłonie kurtką. Drżałem.

– Robisz to na oślep? Prawdziwy zawodowiec, słowo daję!

Marwan znowu się roześmiał. Dźwięcznie, szczerze, pogodnie, bez zahamowań.

Sprężyna była twarda. Musiałem użyć całej siły, żeby włożyć naboje. Jeden zazgrzytał. Chrobot metalu. Wyskoczył gwałtownie, uderzając o mój kciuk. Był 10 lutego 1982 roku. Przyleciawszy godzinę wcześniej do Bejrutu, aby ocalić „Antygonę", ładowałem tokariewa, który należał do chichrającego się druza.

Marwan umieścił mnie na dwa tygodnie w hotelu Cavalier w centrum Bejrutu. Było to druzyjskie przedsięwzięcie prowadzone przez druzów, a mój gospodarz mieszkał ulicę dalej. Wieczorem w dniu mojego przyjazdu rozmawialiśmy o pieniądzach. Musiał to zrobić i miało to być zrobione. Samuel poradził sobie znakomicie. Mój pokój, posiłki, przejazdy wzięło na siebie stowarzyszenie artystyczne pod kuratelą ministerstw kultury i spraw zagranicznych. Podobnie jak wydatki na aktorów, posiłki, transport, hotel na wypadek zamknięcia linii. Marwan dostawał wynagrodzenie co miesiąc i po kryjomu od funkcjonariusza ambasady greckiej, który poznał, co to więzienie pułkowników.

– Ale czasami Sam miał gest – uśmiechnął się kierowca. Żona, czwórka dzieci, dwa samochody na utrzymaniu. Elegancki mercedes 280 SL, którym przyjechał po mnie na lotnisko, i czerwono-biała toyota corona z 1972 roku, którą od pięciu lat łatał po każdym ostrzale.

Do koperty Sam włożył funty libańskie i dolary, drugą walutę kraju. Mogłem zadzwonić do pewnej osoby z konsulatu francuskiego. Właśnie dzięki temu kontaktowi Sama repatriowano transportem sanitarnym do Paryża.

– Pieniądze nie będą dla ciebie problemem – powiedział Marwan.

Poczęstował mnie białą kawą, naparem z kwiatu pomarańczy. Siedziałem w jego salonie na dużej kanapie. On zajął miejsce w fotelu. Nakad, jego najstarszy syn, przycupnął na poręczy, reszta pozostała w progu. Palił papierosa. Złota ramka okalała dwóch mężczyzn podobnych do niego. Brata? Ojca? Wybuchnął śmiechem, powtarzając moje pytanie żonie, która właśnie weszła. Dzieci także się roześmiały.

– To jest Kamal Dżumblatt, a ten to Walid Bej, jego syn. Kamal był ojcem nas wszystkich. Syryjczycy zamordowali go w siedemdziesiątym pierwszym roku.

Marwan wzniósł za nich toast filiżanką.

– A Walid?

– To już inny człowiek. Ale tak czy inaczej nasz przywódca.

– Przywódca Libańczyków?

Śmiech Marwana. Tłumaczenie. Wybuchy wesołości wśród zgromadzonych dzieci.

– Druzów! Jesteś tutaj wśród druzów, trzeba by się zacząć uczyć! Oni są heterodoksyjnymi muzułmanami, dziećmi Ismaela i szyizmu. A także jedynymi, którzy mają duszę oraz bijące serce. Uśmiechnąłem się.

– Jak to: jedynymi? A co z resztą?

Skrzywił się.

– Kaci, niewolnicy, złodzieje. To nie są istoty ludzkie.

Nakad skinął głową, unosząc palec. Młody mówił po francusku z elegancją.

– Druzowie są dumni i prawi – oznajmił syn z uśmiechem.

Jego matka przyniosła nam podpłomyki, humus, tabule i jogurt z czosnkiem. Wypchnęła dzieci do przedpokoju. I Nakada razem z nimi. Marwan wstał. Wyjął z bufetu dwa kieliszki i butelkę.

– Araku?

Znałem ouzo. Sam dał mi spróbować jego libańskiego kuzyna, anyżowego alkoholu, który należy rozcieńczać wodą.

– Druzowie piją alkohol?

Roześmiał się.

– Nie. Ale ja palę i piję.

Odkroił powoli pasek pity i zanurzył go w purée z ciecierzycy.

– Powiedzmy, że mam własną doktrynę, jeszcze bardziej tajemniczą niż ta, która obejmuje naszą religię.

Dręczyło mnie jedno pytanie.

– Dlaczego powiedziałeś, że pieniądze nie są problemem? A co jest problemem?

Wypił duszkiem i stuknął kieliszkiem o drewniany stół.

– Prowadziłem tę rozmowę z Samuelem ze sto razy. W Libanie brakuje wszystkiego. Musimy się bić o szkolne zeszyty, o elektryczność, wodę, chleb, o łatanie podziurawionych dróg. A wy przyjeżdżacie sobie z Francji ze sztuką teatralną i wszystkie drzwi stają przed wami otworem. Wystarczy, że pstrykniecie palcami, a już przyjmują was we wszystkich ministerstwach.

– I to ci przeszkadza?

Pobladłem. Za szybko. Pomyśleć, zanim się coś powie. Nie znajdowałem się w auli otoczony kumplami. Ani nie prowokowałem właśnie kiepskiego przeciwnika. Byłem w Bejrucie pod dachem uzbrojonego druza, który ofiarowywał mi ochronę i pomoc.

Marwan nie podjął wyzwania.

– To mi nie przeszkadza, nie. Po prostu uważam, że Samuel i ty dbacie bardziej o siebie niż o nasz naród. Właściwie nigdy nie rozumiałem, czego wasz teatr szuka w naszym kraju. Chce ustanowić pokój? Tu trzeba o wiele więcej. Rozerwać nas na godzinę? W takim razie serdeczne dzięki, nie dokładajcie nam więcej.

Ponownie napełnił kieliszek.

– Sam właśnie umiera.

Nie znalazłem innej odpowiedzi. Marwan spojrzał na mnie. Przekrzywił głowę na bok, jakby we mnie czytał.

– Z początku nie brałeś udziału w projekcie, zgadza się?

– Tak. Miesiąc temu poprosił mnie, żebym go zastąpił.

– Dlaczego ty?

– Może dlatego, że ma tylko mnie.

Do pokoju weszła dziewczynka z talerzem ciastek.

– Robisz to więc dla niego?

– Robię to dla niego.

Czułym gestem pogładził po włosach swoją latorośl, która sprzątała nasze talerze.

– Jesteś Żydem?

Poszukałem jego wzroku. Nie patrzył na mnie.

– Bo co?

– Znaczy tak jak Samuel?

– Nie.

Marwan schrupał ciastko.

– Wobec tego dlaczego on ci ufa?

– Razem walczyliśmy, razem robiliśmy teatr. Był moim świadkiem na ślubie i jest ojcem chrzestnym mojej córki.

– Brat?

Brat. Kochałem to słowo bardziej niż jakiekolwiek inne. Skinąłem głową, nie wymawiając go. Brat, właśnie. Mój brat zrezygnował z zadania i poprosił, abym go zastąpił.

– Objaśnił ci sytuację?

Nie. Trochę. Niezbyt. Na linii demarkacyjnej odbywają się strzelaniny, na południu potyczki, na północy napięcie. Wiedziałem również, że aktorzy nigdy się nie widzieli.

Jeden z nich nie odważył się nawet udać na zachód, żeby wziąć udział w próbie. Pozostali zaś wahali się, czy zrobić pierwszy krok.

Marwan przytakiwał.

– Jak zamierzasz się do tego zabrać?

Sporo nad tym myślałem. W czasie pierwszego pobytu chciałem się spotkać z aktorami pojedynczo i wręczyć im po egzemplarzu „Antygony". Sam przepisał sztukę na woskówkach, następnie odbił na powielaczu, tak jak robiliśmy z naszymi ulotkami. Pragnąłem jednak, żeby mieli w ręku książkę. Przed wyjazdem kupiłem dziewięć egzemplarzy wydania z 1975 roku. Do każdego wsunąłem zdjęcie Jeana Anouilha i kopię jego dedykacji.

– Od kogo zaczynasz?

Chciałem się spotkać z Iman. Rozmawiałem z nią, powiedziała, że jest gotowa. Czułem, że będzie przywódcą. A poza tym to była ona, mała chuderlawa. Bez niej nic nie można by zdziałać. Była zarazem początkiem i fundamentem.

Następnie chciałem usłyszeć Szarbela. Zapytać, czy zgadza się grać, ale tak naprawdę, czy też wszystko to są tylko majaki w gorączce. Odpowiedzi Antygony i Kreona zdecydują co dalej. Jeśli oni się zgodzą, będę kontynuował. Najpierw pojadę się zobaczyć z szyitami, najważniejszymi w symbolice wspólnotowej. Liczyłem na Marwana w kwestii druza. Rozmowa o pokoju z katoliczką i o przetrwaniu z Ormianką nie wydała mi się czymś nie do przeskoczenia. Postanowiłem, że spotkam się z nimi na końcu.

Mój gospodarz się zastanawiał. Zapytał, czy mam przepustki dla milicji. Czy aktorzy wiedzą, że przyjechałem.

Czy mam ich nazwiska, dokładne adresy. Sam był tylko w Al-Aszrafijji, żeby wybadać chrześcijanina.

– Nie widziałeś się z nikim innym? Z Palestynką też nie? – zapytałem.

– Raz, ale tutaj. Nie w Szatili.

– Mógłbyś mnie wszędzie zawieźć?

– Tak. Płacą mi za to.

Odprowadził mnie do hotelu. Zaledwie jedna przecznica, jeden róg, kilkadziesiąt metrów. W ciemnościach mężczyźni napełniali piaskiem worki. Strzały z oddali. Drgnąłem. Moje pierwsze wojenne odgłosy. Trzask drewna, suche metaliczne echo rozlegające się po mieście.

– Kto strzela?

W holu Marwan wyciągnął do mnie rękę.

– Liban strzela do Libanu.

Wyjąłem notes Sama, by do niego napisać. Nie mogłem zasnąć. Byłem trochę zagubiony. Na lotnisku Marwan wybuchnął braterskim śmiechem. Wieczorem był daleki. Pomoże mi, nie angażując się. Byłem o tym przekonany. Nieufny kierowca, nic więcej. Być może wrogi. Liczyłem na człowieka, który na mnie nie czekał. Ta sztuka teatralna to było nasze marzenie, nie jego. Po raz pierwszy wyobraziłem sobie, jak wracam do Paryża ze spuszczoną głową. Wojna okazała się dla nas za mocna. Salwy grzmiały w nocy.

Antygona stała pod ścianą rozstrzeliwana przez całe miasto.

11

Iman

Ulica była wąska, wyboista, miejscami zalana. Samochody, furgonetki, wózki ręczne, klaksony z byle powodu, stragany z owocami, papierosami, podróbkami perfum, wszystko tutaj przypominało Bejrut w najbiedniejszej, najsmutniejszej, najbardziej zagubionej wersji. Marwan prowadził w milczeniu. Nie lubił Palestyńczyków. Powiedział mi to wprost. Na murach z pustaków wyblakłe plakaty czczące męczenników. Mężczyzn z karabinami pozujących przed śmiercią na tle słońca. Na tylnej półce i przy przedniej szybie druz położył dwa paski odcięte z kufiji. Zatrzymał się przed bramą obozu w Szatili i umieścił je na widoku, niedbale, żeby wyglądało, jakby zdjął z głowy chustę do prowadzenia samochodu. Nikt nie dał się nabrać na tę sztuczkę. Dowodziło to życzliwości. Byłem spięty, czujny. Mój kierowca nie miał broni na kolanach. Nigdy się nie dowiedziałem, czy rytuał, jaki mi narzucił na lotnisku, stanowił odzwierciedlenie rzeczywistego zagrożenia, sposób na przyłączenie mnie czy też ceremonię otrzęsin.

Serce mi się ścisnęło. Po raz pierwszy w życiu widziałem flagę palestyńską. Podarty strzęp zawieszony na balustradzie balkonu z kutego żelaza. Brakowało mi słów, by określić to miejsce. Ani dzielnica, ani miasto, ani dzielnica biedaków, ani getto, za to wszystkiego po trochu. Monotonny ciąg szarych budynków, niskich domów, zburzonych ślepych uliczek, odrapanych ścian, surowego betonu, ślepych okien, blachy falistej, nędznych sklepików z ziejącymi żelaznymi żaluzjami. Niebo przecinały druty elektryczne, całe setki, zwisając od okna do okna, z dachu na dach, biegnąc nad ulicami niekiedy na wysokości człowieka. W niektórych zaułkach sieć kabli ciążyła niczym noc. Na tarasach drut kolczasty upstrzony drżącymi strzępami. Szczątki papieru, kawałki plastiku, skapcaniałe piłki zapomniane przez wiatr. Jechaliśmy przy otwartych oknach. Powietrze było niezdrowe, zgniłe, ciężkie jak zepsuty owoc. Wszędzie na skrzyżowaniach dopalały się stosy śmieci. Do smrodu zgnilizny dochodził jeszcze szary dym. Brodziły w tym bosonogie dzieci. Biegły ze śmiechem za naszym czerwono-białym samochodem. Marwan odganiał je ręką. Był rozdrażniony. Zesztywniał.

– Fedaini – mruknął mój kierowca.

Drogę zagradzały trzy kanistry po benzynie. Napakowano je cementem i ułożono w barykadę, po czym ozdobiono kolorowym portretem Jasira Arafata. Na jednym z nich siedział mężczyzna z karabinem między udami. Wstał i przeładował go. Dwóch kolejnych siedziało pod ścianą na plastikowych krzesłach. Ten pierwszy podniósł dłoń. Miał chustę. Nasunął ją na twarz. Marwan zatrzymał samochód i wyłączył silnik. Uśmiechnął się do bojownika i popatrzył mu prosto w oczy, wysunąwszy głowę przez okno. Znałem ten uśmiech. Wyrażający obawę, niepokój, uśmiech podniesionych rąk. Palestyńczyk nakazał nam gestem wysiąść z samochodu.

– Przepustka – szepnął mój przyjaciel.

Wsunąłem rękę pod kurtkę. Nie pozwolił mi.

– Najpierw wysiądź. Bez gwałtownych ruchów.

Ulica była pusta. Druz przemówił. Palestyńczyk nie odpowiadał. Kazał mu otworzyć bagażnik, schowek na rękawiczki. Jeden z bojowników okrążał samochód, drugi przeszukał Marwana, potem mnie. Druz ciągle mówił. Wypełniał milczenie pozostałych. Roześmiał się z czegoś, wskazał na mnie palcem.

– Przepustka. Daj mu ją!

Wyciągnąłem wszystkie pięć przepustek ułożonych w wachlarz, trzymałem je niczym gracz w pokera karty. Marwan wytrzeszczył oczy. Trząsł się. Wzruszył ramionami, przeprosił bez słowa, z otwartymi dłońmi, błagając Palestyńczyka o wybaczenie. Mężczyzna w kufiji zsunął chustę. Wybuchnął śmiechem. Miał okrągłe okulary, kilkudniowy zarost. Przypominał studenta, nie milicjanta. Jego towarzysz wziął ode mnie talię. Wszystkie moje karty. Rozłożył je po kolei na dachu samochodu. Pozostali przysunęli się do niego ze śmiechem. Przepustka armii libańskiej, druzyjskiej *Postępowej Partii Socjalistycznej*, przepustka milicji chrześcijańskiej, szyicka przepustka ruchu Amal i przepustka FATAH-u. Bojownik chwycił tę ostatnią, dwa uzbrojone ramiona i granat na tle Palestyny. Wymachiwał nią jak grzechotką.

– *You speak English?*

Trochę, odparłem. Jak wszyscy. Marwan stanął obok mnie. Wodził po wszystkich przepraszającym wzrokiem. Nie odciął się ode mnie ani odrobinę. Czułem, że jest całkiem blisko. Wspierał mnie. Tego dnia poczułem się uspokojony na zawsze. Mojemu druzowi nie podobała się sztuka teatralna. Przyjął mnie nieufnie, miał wszakże dotrzymać słowa danego Samuelowi Akunisowi. Nie lubił Antygony, szanował ją.

Fedain pokazał mi przepustkę FATAH-u. Nadal się uśmiechał.

– *This is a wildcard. The only one!*

Pokręciłem głową. Nie rozumiałem.

– To dżoker – szepnął Marwan, nie spuszczając bojownika z oczu.

– *Joker! Yes! You understand joker? Arafat is the joker!*

Dżoker? Pokiwałem głową z niewinnym uśmiechem. Owszem, rozumiem. Oczywiście. Jedyna karta, która ratuje. Któryś z Palestyńczyków zgarnął wszystkie pozostałe. Udał, że chce je podrzeć. Mój druz znów się odezwał. Mówił, mówił, wskazywał samochód, pasażera, swoje serce. Usłyszałem słowo „Antygona". Tak mi się wydaje. Fedain zwrócił się z pytaniem do dowódcy. Tamten spojrzał wyrozumiale. Pokiwał głową. Ten, który trzymał przepustki, oddał mi je.

– *Ahlan wa-sahlan!* – oznajmił Palestyńczyk, poprawiając kufiję.

Zdanie wypowiedziane przez mojego druza na lotnisku. Oto miałem nową rodzinę i kolejną ojczyznę. Bojownicy podali mi ręce jeden po drugim. Ja w zamian wyciągnąłem do nich obie dłonie. Bałem się wcześniej. Zdałem sobie z tego sprawę teraz, kiedy życie wracało do normy. Serce, które do tej pory szeptało, znów zaczęło bić. Miałem spierzchnięte wargi. Dolna popękała mi, gdy się uśmiechnąłem. Marwan siedział w samochodzie, ja ciągle dziękowałem fedainom. O mały włos im nie powiedziałem, że we Francji ich wspieraliśmy. O mało nie opowiedziałem o naszych manifestach, o bójkach z syjonistami, o ich flagach namalowanych na paryskich chodnikach. Marwan zatrąbił. Wołał mnie. Dobrze zrobił. Moja radość za bardzo przypominała panikę. Właśnie go upokarzałem.

– *Jalla szabab!* – rzucił Palestyńczyk.

Jedźcie stąd. Ruszajcie. Witajcie w Szatili.

Podążaliśmy główną ulicą, następnie skręciliśmy przed szpitalem. Marwan był szary na twarzy, miał rozchylone usta. Ręce drżały mu na kierownicy. Patrzył w lusterko wsteczne. Stanął przed dzikim terenem, wzbijając tuman szarego pyłu. Opuścił dach.

– Wysiadaj, Georges.

Osłonięty rogiem muru wyciągnął do mnie dłoń.

– Daj mi przepustki.

Rozglądał się dokoła.

– Kiedy przyjeżdżasz do jakiegoś obozu, wszyscy inni są twoimi wrogami. Rozumiesz to?

Rozumiałem.

– Jeżeli członek milicji żąda od ciebie przepustki, wyciągasz przepustkę wydaną przez jego ruch. Nie inną. Jasne?

Pokiwałem głową.

– Nie możesz więc trzymać ich razem. Musisz je powkładać do różnych kieszeni.

– A jak mam zapamiętać, która jest w której?

Przez ulicę przejechał z hałasem pikap Toyota. Marwan zanurkował pod maskę, jakby sprawdzał silnik. Na pace znajdowało się trzech uzbrojonych bojowników palestyńskich i ciężki karabin maszynowy.

Druz się wyprostował.

– Nie kłam. Kogo popierasz?

Spojrzałem na niego, nie pojmując.

– Zapomnij, że jestem druzem. Kogo w tej wojnie rozumiesz?

Bąknąłem coś. Nie wiedziałem. Byłem tu dla pokoju, nie dla wojny. Wspomniałem o „Antygonie". Po palestyńskiej blokadzie mój kierowca zastawił na mnie pułapkę. Po raz kolejny byłem zgubiony.

– Odpowiedz, Georges. To ważne. Falangistów? Chrześcijan?

Pokręciłem głową. Nie ich, nie. W 1975 roku „Czarne Szczury" wyruszyły z Assas, żeby się do nich przyłączyć, żeby walczyć z libańską lewicą i Palestyńczykami.

– Palestyńczyków – odrzekłem.

Marwan wzruszył ramionami. Wyciągnął z mojej talii kartę FATAH-u.

– Arafata? W takim razie połóż go na sercu. W ten sposób będziesz pamiętał.

Wsunął kartonik do lewej kieszeni mojej koszuli.

Pokazał mi kartę druzyjską.

– Płacisz mi? W takim razie włóż Dżumblatta po stronie portfela.

Znów się uśmiechnął jak na początku.

– Armia libańska? Do paszportu. To oficjalny dokument. Możesz go wyjąć wszędzie, nikt nie będzie miał ci tego za złe.

Pozostali jeszcze szyici Amalu i milicje chrześcijańskie.

– Usiądziesz na nich, zgoda?

Seria z karabinu w oddali. Dwie następne bliżej. Zastygłem. On nie.

– Twoim zdaniem libańscy chrześcijanie to faszyści? Prawy pośladek, skrajna prawica.

– Amal lewy pośladek?

Marwan podał mi ze śmiechem ostatnią przepustkę.

– *Jalla!* Każesz na siebie czekać swojej Antygonie.

*

Iman przesunęła wyżej białą chustę, pozwalając się wymknąć płowemu kosmykowi. Obserwowałem ją w ciszy, gdy pochwyciła moje spojrzenie. Odwróciłem wzrok. Uśmiechnęła się, widząc moje zakłopotanie.

Było nas w ciemnościach jakieś pięćdziesiąt osób, siedzieliśmy na pustakach między dwoma zburzonymi budynkami. Na dzikim terenie przekształconym na godzinę w scenę teatralną. Bez estrady. Portyk sklecony naprędce w kurzu. Palestynka siedziała z boku. Zasłaniała dłonią usta. Tłumaczyła mi wiersze poety Mahmuda Darwisza, czekając, aż recytujący dokończy zdanie, aby je powtórzyć po francusku.

Pisz!
Jestem Arabem

Pracuję z towarzyszami w kamieniołomach
*mam ośmioro dzieci...**

Aktorzy byli dziećmi. Pięcioro przybyło z Sabry, reszta mieszkała w Szatili.

– Jestem ich nauczycielką – powiedziała mi wcześniej Iman.

Po raz drugi stwierdziłem, że jest piękna. Zbyt piękna, żeby o tym nie myśleć. Wyższa, niż sobie wyobrażałem, także młodsza. Włożyła odświętną czarną sukienkę z czerwono-zielonym haftem. Mówiła inaczej niż pozostali, z mocnym śpiewnym akcentem. Wybrała ten tekst we wrześniu i wystawiła na scenie wraz z uczniami. Próbowali przez kilka miesięcy, nim go zagrali. Wśród niewielkiego zgromadzenia znajdowali się rodzice i przyjaciele. Wielu miało przy sobie latarki, którymi celowali w scenę niczym kieszonkowymi reflektorami. Marwan odjechał. Ustaliliśmy godzinę powrotu. Kiedy dotarliśmy na miejsce, Palestynka spojrzała na druza, lecz nie podała mu ręki. On musnął się po sercu opuszkami palców.

Kiedy Iman nie tłumaczyła, powtarzała bezgłośnie kwestie dzieci.

...dziadek był fellahem
bynajmniej nie arystokratą
A mój dom... chata stróża
z drewna i trzciny...

---

* Przeł. Jolanta Jasińska.

– Ona mieszka dokładnie naprzeciwko Pierre'a dentysty – powiedział mi Sam.

Przy bramie Szatili wystarczyło zapytać o jego gabinet, a potem iść tam, gdzie wskazywały wyciągnięte palce. Uprzedziłem o swojej wizycie. Iman przygotowała tacę z herbatą. Wypiliśmy ją na dworze, stojąc w uliczce. Nie wpuściła mnie do środka. Do niskiego domu zagrodzonego kratami. Wszystko było sfatygowane. Dach z blachy falistej wzmocnionej plastikowymi plandekami, dwie szyby z kartonu. Ściany pokrywały liszaje. Nie widziałem jej matki. Ojciec nie wyszedł. Dostrzegłem go w mroku pokoju. Na progu śmiały się dwie dziewczynki.

– Jasin – przedstawił się młody człowiek, który wyłonił się za moimi plecami.

Był to ten sam Palestyńczyk w okrągłych okularach, który dopiero co śmiał się przy blokadzie, trzymając w ręku moją talię przepustek. Starszy brat Iman miał bardzo łagodną twarz i spokojne spojrzenie.

– A więc to był pan? Francuz od teatru?

Tak, to ja byłem tym Francuzem. Popatrzył na mnie. Mówił kiepską angielszczyzną.

– I przyjechał pan ustanowić pokój w Libanie?

Nie kpił. Chciał mnie zrozumieć. Uśmiechnąłem się.

– Chcę tylko dać przeciwnikom szansę rozmowy.

– Wrogom.

– Jak pan uważa.

– Rozmowy poprzez recytację tekstu, który nie jest ich, zgadza się?

– Poprzez zespołową pracę nad wspólnym projektem. Poprawił pasek od karabinu.

– W takim razie to forma wytchnienia?

Słowo to bardzo mi się spodobało. Powiedziałem „tak".

Teatr jest wytchnieniem.

Po herbacie Iman wręczyła mi latarkę. Przemierzaliśmy uliczki w jej blasku. Wykradałem jej wdzięczny cień. Chciała, żebym przyszedł akurat tego wieczoru, aby usłyszeć „Legitymację", napisaną przez Darwisza w 1964 roku. O Antygonie porozmawiamy innym razem. Przed wysłuchaniem pragnęła na mnie popatrzeć. Drżałem w ciemności. Po obu stronach sceny, zakreślonej plecakami uczniów, paliły się dwa koksowniki. Czasem tekst zakłócał jakiś daleki wystrzał. Tylko ja podskakiwałem na jego dźwięk. Dzieci grały, Iman tłumaczyła. Wpatrywałem się w twarze w blasku ognia. Kobiet, dzieci, starców o siwych brodach. Trzech bojowników opierało się o ścianę, odłożywszy karabiny na ziemię. Wcześniej przyszedł mnie powitać jakiś palestyński polityk, którego przyprowadził Jasin. Podając mi rękę, oznajmił, że ta sztuka teatralna to piękny pomysł. Poczułem ulgę. Przynajmniej jeden człowiek wie, po co przyjechałem do tego kraju. Tamtego wieczoru nie znajdowałem się w Libanie, Bejrucie ani nawet w Szatili. Byłem w miejscu wygnania. Na pozbawionym powietrza skrawku ziemi między dwiema szarymi ścianami. Pod nisko wiszącym niebem poprzecinanym drutami. Otworzyłem notes Sama. Wszystko dla niego zapisałem. Kilka słów na temat dostojeństwa twarzy. Na temat twardości niektórych spojrzeń. Na temat włosów Iman, jej bladych dłoni, jej oszałamiającej

urody. Po jej pierwszym uśmiechu wiedziałem, że będzie
Antygoną.

Pisz na pierwszej stronie:
nie darzę ludzi...

Dziewczynka nie mogła sobie przypomnieć.
– ...nienawiścią – podpowiedziała po arabsku Iman.
Mała uśmiechała się przepraszająco do publiczności.
Szukała matki, Iman, pomocnych słów.
– Nienawiścią – powtórzyła Iman.
– Nienawiścią... – wybąkała dziewczynka.
Nauczycielka wstała. Uczennica wyciągnęła do niej ra-
miona. Może ośmiolatka, gotowa się schować. Iman usia-
dła razem z nią na rumowisku.

...na nikogo nie napadam...

wyrecytowała Palestynka.
Szepnęła coś małej na ucho.

...lecz gdy jestem głodny
jem mięso tego, kto na mnie napada

powtórzyła uczennica.
Iman wstała, wznosząc ramiona do nieba. Wszystkie
dzieci wyprostowały się i wzięły pod boki.

Strzeż się!

Po czym skupiły się wokół nauczycielki.

Strzeż się... Strzeż się mojego głodu
I mojego gniewu!

wrzasnęła Antygona. Następnie się skłoniła.

Podniosłem się wśród oklasków i okrzyków kobiet. Dzieci wyciągały z kieszeni ryż i obrzucały nas nim. Z okien naprzeciwko, z kilku tarasów jakieś cienie podzielały tę wesołość. Po czym nagle wszyscy się rozproszyli.

– Kwestia bezpieczeństwa – wyjaśniła Iman.

Fedaini opróżniali miejsce szerokimi gestami. Jasin klaskał w dłonie. Naród, który stał się na powrót rodzinami, czmychał przez obóz.

Marwan siedział w samochodzie po przeciwnej stronie ulicy, ze zgaszonymi światłami.

– Możemy się spotkać jutro?

Iman skinęła głową.

– Sądzę, że tak – odparła.

Serce mi waliło. Było to spotkanie służbowe. Miałem wrażenie, że kradnę jej pocałunek. Umówiliśmy się poza obozem, w kawiarni w śródmieściu. Nie chciała ani spojrzeń brata, ani śmiechów sióstr. Podałem jej drżącą dłoń. Jacyś ludzie przechodzili. Odwróciła się.

*

– Pierwsza rzecz to przedostać się na wschód. Musi pan przekonać brata Szarbela, podobnie jak Sam przekonał mojego.

132

Piłem piwo, Iman nie tknęła swojego napoju gazowanego.

– Na linii demarkacyjnej, dokładnie naprzeciw Żółtego Domu, jest kino w ruinie. Właśnie tam zamierzał wystawić „Antygonę".

Patrzyłem ukradkiem na Iman. Dziewczyna rozmazywała szklanką mokre koła po drewnianym stole. Od początku rozmowy spuszczała głowę.

– Co to jest Żółty Dom?

Tym razem Palestynka podniosła wzrok. Wyglądała na zaskoczoną.

– Budynek Barakatów, jeśli wolisz.

Nic nie wolałem. Chciałem tylko zrozumieć. Ona zaś spokojnie wyjaśniła.

– Zaraz jak miniesz Ring, drogę szybkiego ruchu, dojeżdżasz do skrzyżowania Sodeco, które znaczy wejście do Al-Aszrafijji, sektora chrześcijańskiego. Żółty Dom jest tam. To strategiczna forpoczta. Z jego trzech pięter falangiści kontrolują cały sektor. W każdym oknie znajduje się strzelec. Jeżeli zjawisz się bez uprzedzenia, zginiesz.

– A kino?

– Z drugiej strony, przy drodze do Damaszku. Ani na zachodzie, ani na wschodzie, pośrodku.

– Sam wspominał mi o tym.

– Chciał się skontaktować z oddziałami milicji w sprawie trzygodzinnego rozejmu. Mówił, że skoro w każdym obozie jest aktor, to będzie możliwe.

– Uwierzyłaś mu?

– Nie – odparła Iman. Po czym wykonała nieokreślony gest. – Ale jeśli chrześcijanie się zgodzą, dobra nasza.

– A druzowie? Szyici? Palestyńczycy?

– FATAH dał zgodę. Druzowie pójdą w jego ślady.

– A szyici?

– Trzeba ich przekonać. To kłamcy, ale Sam żywił silną nadzieję.

Uśmiechnąłem się.

– Szyici to kłamcy?

Machnęła ręką, jakby to było oczywiste.

– Dogmat im na to pozwala.

– Mówi przez ciebie Palestynka?

– Sunnitka.

Wypiłem piwo duszkiem. Było gorzkie. Zakręciło mi się w głowie. Oto dwudziestoletnia smarkula tłumaczy mi, że aby wystawiać na scenie, muszę paktować z siłami, które toczą ze sobą wojnę. Sam rozminował teren z władzami i Palestyńczykami, lecz nie z innymi bojownikami. Po uzyskaniu odpowiednich pieczątek pozostało opuścić karabiny.

– Mogę dostać zobowiązanie od FATAH-u na piśmie?

Uśmiechnęła się.

– Jedyną rzeczą, którą Samowi udało się wyszarpnąć, jest pozwolenie palestyńskie.

– Ale ja nie mam żadnych śladów na piśmie.

– Wystarczy moje słowo czy chcesz zawracać głowę Arafatowi?

Byłem spięty. Przeprosiłem. Przez szybę kafeterii widziałem samochód Marwana. Jego twarz zwróconą w naszą stronę.

– Palestyńczycy to węże – powiedział mi wcześniej. – Nie nadstawiaj im ręki. Gryzą.

Tym razem jednak Iman chwyciła moją wyciągniętą dłoń wraz z zawiązanym przezroczystym woreczkiem. Zatrzymała ją w swojej, a razem z nią prezent od Sama, obojętna na przechodniów zaludniających trotuar.

– Pomyślał o tym – mruknęła Antygona. Uśmiechnęła się. Spuściła wzrok.

– To ziemia z Jafy – szepnęła. Zacisnęła pięść na paczuszce. – Odrobina Palestyny do podziału między mojego brata i mnie.

Pozostało mi dziesięć dni. Postanowiliśmy spotkać się ponownie w przeddzień mojego wyjazdu. Już mi się ściskało serce.

12

Jusuf Butrus

– Proszę, żebyś milczał w czasie jazdy – oświadczył Marwan.

Wyjaśnił, że przez osiem minut będziemy na widoku. W śmiertelnym niebezpieczeństwie. Że znajdziemy się w wizjerach wszystkich snajperów w mieście. Najpierw szyitów i naserowców okupujących wieżowiec Mirr. Czterdziestopiętrowy dom w budowie, który wojna oddała bojownikom. Następnie karabiny będą nas śledzić wzdłuż całego Seraju i placu Męczenników. Nigdy nie wiadomo, co zrobi palec na spuście. Docierając do skrzyżowania Sodeco, ryzykowaliśmy, że strzelcy chrześcijańscy wezmą nas na cel. Ci ukryci w wieżowcu Rizk, który góruje nad Al-Aszrafiją, i ci broniący Żółtego Domu. Marwan położył mi dłoń na ramieniu.

– Co dokładnie powiedział ten kataebista?

– Brat Szarbela?

– Tak. Co powiedział?

– Powiedział, że nie panuje nad wszystkim.

– Tak ci powiedział przez telefon?

– Tak.

– Ale nie zabronił ci przyjść?

– Nie. Powiedział mi wręcz, żebym dotarł do Sodeco przed ósmą.

Marwan sprawdził przednie koło kopniakiem. Do anteny samochodowej i do klamek przywiązał kawałki białego prześcieradła. Sapał. Mówił do siebie po arabsku. Machał ze złością bez powodu.

– Jestem już za stary – oznajmił, otwierając przede mną drzwi.

Wypił całą wodę prosto z butelki, po raz kolejny nakazał mi milczeć podczas jazdy. On będzie mówił i tyle.

– Masz nie oddychać. Jestem sam w samochodzie, słyszysz?

– Dlaczego?

Spojrzał na mnie.

– Nie chcę pamiętać, że tu jesteś. Narażanie własnego życia to aż nadto dla jednego człowieka.

Usiadł z przodu, polecił mi się położyć z tyłu na dywaniku, między przednim siedzeniem a kanapą.

– Dlaczego już teraz?

Rąbnął obiema dłońmi w kierownicę.

– *Astaghfiru-Allah!* Wybacz mi, Boże.

Wyskoczył z auta. Trzasnął drzwiami, odwrócił się do mnie tyłem i ruszył szybkim krokiem.

– Marwan!

Krzyknąłem. Zrobiło mi się przykro. Przystanął na środku ulicy. Po czym obejrzał się bez słowa. Zawrócił. Nie czekając, położyłem się tak, jak chciał. On zajął swoje miejsce. Nie włączył silnika. On, ja, cisza. A potem pomodlił się szeptem. Kilka słów z dłonią zaciśniętą na drewnianym różańcu wiszącym na lusterku wstecznym. Zdjął go, włożył do schowka na rękawiczki. Następnie zsunął się w fotelu osłonięty tablicą rozdzielczą, twarz ledwie wystawała mu nad kierownicę.

Ulica była pusta. Wstawał dzień. Jechaliśmy powoli. Szybciej aż do wiaduktu. Wjazd na Ring, samochód pędził jak szalony. Miałem wrażenie, że siedzę w startującym samolocie. Zamknąłem oczy. Mknęliśmy w czerwonej trumnie narażeni na pociski z całego miasta. Spanikowałem. Mój przyjaciel powinien był pomalować samochód na barwy wojenne, na asfaltowo, nijak.

– Wieżowiec Murr – szepnął druz.

Otworzyłem oczy, uniosłem się nieznacznie. Budynek był po prawej stronie, ogromny, wznosił się do nieba. Jego zabójcze okna szpiegowały nas. Zacisnąłem pięści. Czekałem. Ani jednego strzału. Tylko warkot silnika.

– Minęliśmy go – mruknął Marwan.

Seria z karabinu. Daleko, tuż obok. Nie wiem. Kolejne serie. Pojedyncze strzały.

– Al-Murabitun! – warknął druz.

Naseryści. Celowali do nas.

Cztery gwałtowne wystrzały. Karoseria jak rąbana młotem. Samochodem zakołysało.

– Niech Bóg ma nas w swej opiece!

Marwan jechał ostrym zygzakiem. Kolejne wystrzały. Gwizd. Odgłos jak w kinie, Płonąca Osa, o której piszą w książkach. Tylna szyba roztrzaskała się na kawałki.

Deszcz szkła. Zerwałem z fotela dwie poduszki, żeby osłonić głowę.

– Jesteśmy na linii wieżowca Rizk.

Czekałem na kolejną salwę. Ale nic. Silnik ryczał. Opuściliśmy Ring, tymczasem wjechały na niego, trąbiąc, dwa auta. A także wyjąca karetka. Marwan zwolnił.

– Skrzyżowanie Sodeco.

Zatrzymał samochód. Zaparkował na porośniętym chwastami chodniku i odrzucił do tyłu głowę. Siedziało tam na piętach dwóch taksówkarzy.

– Możesz wysiąść, Georges.

Po czym okrążył auto, kręcąc głową. Skrzywił się. Podszedł do niego kolega. Trzy kule przebiły klapę bagażnika. Dwie następne przedziurawiły dach. Uderzenie w drzwi od mojej strony. Osa weszła od lewej, wyszła przez szybę. Przecięła kabinę tuż nade mną. Marwan obejrzał dokładnie opony, reflektory, silnik.

– Czekam na ciebie do ósmej rano.

– Nie jedziesz?

Druz popatrzył na mnie z uśmiechem.

– Chcesz mojej śmierci?

Zapalił papierosa, którego podał mu jeden z kierowców.

– Jak mam się dostać dalej?

– Weź tę taksówkę.

Tamten kazał sobie zapłacić z góry. W dolarach. Marwan stał plecami do mnie. Otworzył woreczek z chlebem. Drżał. Ja szczękałem zębami. Pokonaliśmy kawałek drogi razem ze śmiercią.

Wysiadłem z taksówki z podniesionymi rękami, z torbą zwisającą na rzemieniu z nadgarstka. Za betonowymi blokami przycupnęło dwóch falangistów osłoniętych przez wrak spalonego autobusu. Jeden z nich wrzasnął do taksówkarza, żeby opuścił skrzyżowanie. Następnie dał mi znak, żebym się zbliżył. Kiedy znalazłem się w odległości dziesięciu metrów od niego, rozkazał mi uklęknąć. Położyć ręce na karku. Podszedł ciężko, z wycelowanym karabinem. Na rękawie koszuli cedr z dwiema szablami. Jego towarzysz trzymał mnie na muszce wsparty łokciami o worek piasku. Jakiś rozkaz z oddali. Krzyk. Serie pocisków.

– *Szu baddik?*

– *Français! French!*

Chrześcijanin podszedł bliżej. Podniósł dłoń i poruszył palcami.

– Paszport!

Był młody, na głowie miał hełm, twarz pomazaną na zielono i brązowo. Odruchowo wsadziłem rękę do kieszonki koszuli i wyciągnąłem palestyńską przepustkę. Ujrzałem ją w końcach palców. Koszmar. Uzbrojone pięści, granat, sztandar. Zmroziło mnie. W jednej chwili uszło ze mnie powietrze. Zaraz zginę z rozdziawionymi ustami. Upuściłem dokument. Falangista przeładował M16 i wezwał posiłki. Rozdarłem tylną kieszeń spodni. Podałem mu właściwą przepustkę. Spoliczkował mnie, wyrwał z ręki dokument, jednocześnie depcząc glanem po tamtym. Uważnie obejrzał moje zdjęcie, przeczytał nazwisko. Po czym podniósł kartę FATAH-u zamaszystym gestem i rzucił mi ją w twarz.

– Żryj!

Mówił po francusku. Spojrzałem na niego. Na niego, na złoty krzyż wiszący mu na szyi. Otworzyłem dłonie.

Nie pojmowałem. Libańczyk rzucił się, chwycił mnie za włosy, pociągnął do tyłu, przyciskając mi do skroni lufę.

– Zeżryj swoje gówno!

Cisnął mnie do przodu. Upadłem. Tkwiłem na czworakach. Miałem pustkę w głowie. Całkowitą pustkę. Ani jednego słowa. Ani jednego obrazu. Ani jednej myśli. Byłem jałowym człowiekiem. Słyszałem, ale przestałem funkcjonować. Zostawiłem swoje lęki po stronie pokoju. Groźby, obawy, strachy sprzed wojny ucichły wraz z tym niedorzecznym rozkazem. Zjedzenie papieru oznaczałoby moją śmierć. Nie czułem palców. Ból kolana pozostał w Paryżu. Moje serce drzemało. Podniosłem przepustkę. Podarłem ją na dwa, potem na cztery, następnie na osiem kawałków. Zyskiwałem na czasie. Na zdjęciu robiłem zeza ze śmiechem. Włożyłem do ust pierwszy kawałek, skręciwszy go jak papieros. Nie żuć. Nie jeść. Połknąć szybko na surowo. Drugi był trudniejszy. Powinienem się bać albo wstydzić, albo wstydzić się, że się boję. Nic. Wyobraziłem sobie, że podnoszę się siłą do pionu, stawiam czoło jak Joseph Boczov i wyrywam temu człowiekowi serce zębami. Tymczasem zjadałem swoją nikczemną papkę, klęcząc w kurzu niczym pies. Karton nie przechodził mi przez gardło. Przylepiał się do podniebienia, do języka, rozpadał się, odrzucał moje ciało. Unoszący się ze żwiru pył kaleczył mi gardło. Zakasłałem. Zostały jeszcze dwa kawałki Palestyny do zdradzenia.

Milicjant splunął na ziemię.

– Jazda! Dość, *chalas*!

Wstałem z dłońmi na karku. Chrześcijanin wyjął z torby nadajnik. Podał moje nazwisko. Zrozumiałem słowo

„Francuz". Poszliśmy w kierunku zielonej linii. Opustoszałą dzielnicę opanowały rośliny. Korzystając z nieobecności ludzi, wszystkim zawładnęła dzika przyroda. Zagarnęła wybebeszone ulice, nasypy, piasek. Z poszarpanych balkonów spływały krzaki jeżyn. Zrodzona z asfaltu sosna opierała się o ścianę. Środek skrzyżowania zajmowały zarośla, kolczaste krzewy, gigantyczne paprocie, fikusy. Chodniki przypominały niespokojne wzgórza. Wszędzie na murach napisy i trupie czaszki ostrzegały, że wszystko jest zaminowane. Na przeciwległym chodniku okazały żółty trzypiętrowy dom. Na budynku Barakatów wojenny ażur. Na ulicach wokół dwa jeepy Libańskich Sił Zbrojnych, karabin maszynowy zainstalowany na ciężarówce. Biegliśmy, żeby przemierzyć plac pokryty łuskami i gruzem. Oni przodem, ja z tyłu. Przestałem ich bawić. Na podziurawionym jak sito progu za betonowymi blokadami czekał na mnie mężczyzna. Drelichowa kurtka, okulary przeciwsłoneczne, czarny beret, pistolet za paskiem. Uśmiechał się szeroko, schodząc po wybebeszonych schodach. Ów dom nie był wojenną ruiną. Był samą wojną. Ostrzały skuły go niczym miedzianą tacę, od dachu aż do ziemi. Nie ostał się ani jeden nietknięty skrawek. Wszędzie na delikatnych kolumnach, balkonach, romańskich oknach kropkowania po seriach, ślady po pojedynczych wystrzałach, draśnięcia po granatach, dziury po pociskach rakietowych, otwarte rany zadane przez moździerze. W promieniach wschodzącego słońca gruzy antycznej areny.

Mężczyzna spojrzał na zegarek.

– Ósma dziesięć. Moi ludzie pana opóźnili, przykro mi.

– Upokorzyli mnie.

Wracało życie. Pastwiło się nad moim ciałem.

– To byki, a pan wymachiwał czerwoną płachtą.

– Wiedział pan, że przyjadę. Zaufałem panu.

Ciągle ten jego uśmiech.

– Ano słusznie. I nadal pan żyje. – Podał mi rękę. – Jusuf Butrus, brat Szarbela.

Podążyłem za nim pod łukiem bramy. Następnie przez wewnętrzny dziedziniec. Był to labirynt pustych, ogromnych, pooranych pociskami pokojów. Majestatyczny pałac. Mijając ziejące okna, bojownicy chylili głowy. Wcześniej ułożyli stos worków z piaskiem aż do sufitu.

– Masz przepustkę nocną?

Brat odezwał się do mnie, nie odwracając się. Przemierzał sale, prześlizgiwał się przez dziury w ścianach.

– Muszę być na zewnątrz jutro o ósmej.

Zatrzymał się, stanął twarzą do mnie.

– Kto to?

– Jak to kto?

– Kim jest twój kierowca?

Zawahałem się. Po co?

– To druz.

Chrześcijanin ruszył dalej.

– Brzydko śmierdzi, odkąd się zjawiłeś.

Roześmiał się. Milicjanci milczeli. Jedni siedzieli oparci o ścianę, inni leżeli na materacach. Mieszanina wojskowych drelichów, spodni moro, skórzanych kurtek. Minął nas mężczyzna w zielonej budrysówce. Inny miał na głowie hełm armii libańskiej. Przeszliśmy wzdłuż balustrad z kutego żelaza, wspięliśmy się po schodach. Przejechałem ręką po obtłuczonej mozaice.

– Art déco – powiedział milicjant. – Nie do wiary, co? Są jeszcze kafelki z lat trzydziestych, malowidła, drewniane łuki, fragmenty marmurowych kolumn. To jeden z najpiękniejszych budynków Bejrutu. Wzniesiono go w dwudziestym czwartym roku, ukończono w trzydziestym drugim i zniszczono w ciągu dwóch miesięcy.

Otworzył poszarpane drzwi, żeby mnie przepuścić. Był to ciemny pokój. Okna zamurowano pustakami. Powyrywane ze ścian przewody elektryczne wszędzie pozostawiły ziejące otwory. Mężczyzna usiadł w fotelu, wskazawszy mi dziurawą kanapę. Ostrożnie położył pistolet na stoliku kawowym. Colt 45 armii amerykańskiej, wypucowany jak na paradę. Ozdobił kolbę błyszczącym tworzywem imitującym kość słoniową, wyżłobił, umieścił na niej cedr Falangi. Podłoga w pokoju, tak jak wszędzie, zawalona była gruzem, papierami, resztkami jedzenia. Ściany pokrywały gazety.

Otworzyły się drzwi. Ukazała się w nich głowa młodego człowieka.

– Herbaty? Kawy? – zapytał gospodarz.

Jusuf Butrus zapalił papierosa.

– Albo alkoholu, jeśli chcesz. Tutaj nie jesteśmy wśród twoich muzułmańskich kumpli.

Chciało mi się pić. Poprosiłem o wodę. Po Ringu krwawiła mi warga.

– Zresztą zaraz. Przede wszystkim mam jedno pytanie. – Wsunął broń pod poduszkę fotela. – Jesteś chrześcijaninem?

Wykonałem nieokreślony gest.

– Jestem ochrzczony.

Maronita potrząsnął głową. Odpowiedź mu się nie spodobała.

– Dlaczego zachodni chrześcijanin nastaje na chrześcijanina z Libanu?

– Nie rozumiem.

– Możesz mi powiedzieć, co wy do nas macie?

– „Wy" to znaczy kto?

– Ty, ochrzczeni z Francji i skądinąd. Co myśmy wam zrobili?

Napiłem się. Przyglądał mi się bez surowości. Chciał wiedzieć.

– To przecież wy wymyśliliście „palestyńskich postępowców" i wszystkie te brednie, nie? Co wy tam sobie myślicie w tym Paryżu? Że tutaj trwa bójka między prawicą a lewicą, jak u ciebie na uniwerku? Jesteś na uniwerku, nie?

– Zostanę profesorem historii.

Falangista się roześmiał.

– Student w twoim wieku? Dobrze się składa. Jestem twoim uczniem, a ty dasz mi lekcję, zgoda? A więc naprawdę wierzysz, że Palestyńczycy, szyici i inni to demokraci? A my, kim my jesteśmy? Nazistami? To jest właśnie historia, profesorze?

Wypił kawę duszkiem, po czym odstawił szklankę na podłogę suchym gestem.

– Wiesz, co się wydarzyło w Ad-Damurze w siedemdziesiątym szóstym roku? Twoi przyjaciele postępowcy wymordowali i poćwiartowali setki chrześcijan. Wiesz o tym?... A w Karantinie? A w Tall az-Zatarze? Ilu Palestyńczyków zabili chrześcijanie?

Dopiłem swoją wodę.

– Jestem tutaj, żeby rozmawiać o pańskim bracie, nie o pańskiej wojnie.

Falangista przyjrzał mi się.

– Masz dzieci?

– Córkę, Louise.

– W takim razie posłuchaj uważnie, co ci powiem, panie intelektualisto. Bijemy się tutaj o wartości, które są waszymi wartościami.

– Nie wydaje mi się.

Podniósł rękę.

– Pozwól mi mówić. Jesteśmy na froncie Zachodu. Na pierwszej linii. I widzisz, za każdym razem gdy wracam na górę, na swoje miejsce, za każdym razem gdy otwieram ogień, bronię Louise.

– Nie może się pan wyrażać w ten sposób.

– Co ty sobie wyobrażasz? Kiedy palą nasze kościoły i urządzają rzezie w naszych wioskach, na chodnikach leży pełno zakrwawionych Louise.

– Wy też urządzacie rzezie!

– Po to, żeby rzezie ustały!

Zerwał się na nogi. Bałem się, że wyjdzie z pokoju. Odwrócił się do mnie plecami, oparł ręce o ścianę i stanął w rozkroku. Wykonywał ćwiczenia. Ruchy głową, przyciągając po kolei kolana do brody.

– Między Mekką, Moskwą i Arafatem tę twoją Louise czeka piękna przyszłość.

Zamilkłem. Schodami unosiły się do góry kuchenne zapachy. Powiedziałem sobie, że muszę iść. Nic nie posuwało się do przodu. Ten gość zabawiał się z Francuzem przed powrotem do urządzania jatek. Stanowiłem jego rozrywkę. Wstałem.

– Opowiedz mi o „Antygonie".

Spokojny głos. Badał mnie oparty plecami o ścianę, wyciągając jak najwyżej ramiona. Otworzyłem torbę.

– „Antygona" została napisana przez...

– Przestań, to wiem. Opowiedz mi o swoim projekcie.

Nabrałem głęboko powietrza. Stało się. Było tu i teraz. Wszystko to, co zbudowałem w głowie, w trzewiach. Wszystko to, co napisałem, powtarzałem, przygotowałem dla aktorów, nadeszła ta chwila. Myślałem, że falangista usłyszy mnie jako ostatni. Słuchał mnie jako pierwszy. Opowiedziałem mu więc o Anouilhu. Wyjawiłem mu Samuela. Wyjaśniłem, że mój przyjaciel wpadł na pomysł, by wykraść wojnie dwie godziny, zabierając po jednym sercu z każdego obozu. Słuchał, jak sądzę. Przeciągał się na podłodze, czasem patrzył na mnie.

– Dlaczego akurat Liban?

– Właśnie ze względu na Ad-Damur i Karantinę.

– Uważasz, że wina leży po obu stronach?

– Obie strony ucierpiały.

Do pokoju wszedł maronicki żołnierz, niosąc tacę. Chleb, purée z bobu i miseczka tabule. Dwa talerze. Byłem jego gościem. Jedliśmy bez słowa, tkwiąc w tej pozbawionej powietrza klitce. Siedzieliśmy na podłodze naprzeciw siebie. Odgłos radia za drzwiami. Kroki na schodach. Dwa wystrzały pod tarasem. Śmiechy. Koszary pośrodku rzymskiego teatru.

Jusuf Butrus wstał.

– Co do Szarbela, dostaniesz odpowiedź do jutra.
Wiem, że oszalał na punkcie tego projektu. Tylko że nie
sam decyduje o losach zielonej linii.
Ja również wstałem.
– Jak da mi pan znać?
– Powiem ci to prosto w oczy. Zostajesz.
Ruszył ku drzwiom. Zwróciłem się do jego pleców:
– Co mam robić?
– Zatrzymuję cię. W nocy będziesz czuwał, więc od-
pocznij po południu.

*

– Abu Ammar? Jazda! *Jalla!*
Spałem. Jeden z żołnierzy przykrył mnie kocem, kiedy byłem pogrążony we śnie. Panował ziąb. W pierwszych
dniach budziły mnie wystrzały. Potem napełniły spokojem. Nie lubiłem zakłamania ciszy.
– *Jalla!*
Jakiś falangista potrząsał mną ze śmiechem. Nazwał
mnie Abu Ammar, wojennym pseudonimem Jasira Arafata. Bojowników rozbawiła historia połkniętego dokumen-
tu palestyńskiego. Poderwawszy się, otworzyłem torbę.
Sprawdziłem. Paszport, dolary.
Przeszliśmy na drugą stronę Żółtego Domu, za świe-
tlik, który wykoncypował sobie architekt. Pokonawszy
dwa rzędy rozwalonych schodów, wkroczyłem do bastionu
snajperów. Żadna ściana budynku Barakatów nie oparła się
wojnie, tymczasem tutaj, w umocnionym przez milicjan-
tów pokoju, ani śladu dziur po kulach, rys, nic. Wznieśli

sięgający do sufitu mur, szaniec z surowego wapienia. Nie popisali się starannością. Bloki nie były równo ułożone. Zaprawa wyciekła z nich aż do samej podłogi. W tej grubej na metr osiemdziesiąt fortyfikacji wojenni architekci wyżłobili trzy prostokątne otwory strzelnicze pozwalające na umieszczenie broni i amunicji. Karabin wsunięto w otwór, który wychodził na stare okno albo na wyrwę w ścianie obłożoną workami z piaskiem. Z ulicy nikt nie mógł podejrzewać, że znajduje się tam zabójca.

Kiedy się zjawiłem, Jusuf Butrus właśnie ładował karabin. Twarz miał pomazaną sadzą.

– *Ahlan wa-sahlan!* – Falangista uśmiechnął się na mój widok.

Miałem nową ojczyznę i nową rodzinę.

On strzegł muru, który umożliwiał strzelanie przez siedem różnych otworów. Ze swej pozycji omiatał wzrokiem całą drogę do Damaszku. Dwie szpary w drzwiach, dwa okna, a także dwie linie strzału blisko kolumnady balkonu. Schylił się, żeby wyjść mi na spotkanie. Był odmieniony. Uśmiechnięty, niemal wytworny. Dwaj kolejni snajperzy wsparci na łokciach przy murze naprzeciwko, z głowami na obramowaniach otworów strzelniczych.

– Przedstawiam ci Kima i Roberta.

Uścisnąłem im dłonie.

– Jutro ich miejsca zajmą Tarzan i Katol. A moje Begin.

– Begin? Jak ten Izraelczyk?

„Chcę powiedzieć prawdę, moja dusza uleci za chwilę", napisał na ścianie w korytarzu Begin.

– Tak. A Tarzan jak ta małpa – zarżał Robert.

W osłoniętym pomieszczeniu było ich tylko trzech,

każdy miał u stóp butelkę wody i termos z kawą. Na zewnątrz ociągał się zmierzch. Była to okrutna godzina.

– Francja robi porządne rzeczy, wiesz? To pochodzi od was...

Chrześcijanin pokazywał mi właśnie karabin z jasnego drewna z lunetą celowniczą.

– Przedstawiam ci mojego przyjaciela FR-F1. Dwójnóg, chwyt pistoletowy, noktowizor, cały nowoczesny komfort. Poza tym ma zasięg ośmiuset metrów. Można się czuć bezpiecznie.

Wrócił do swojego otworu strzelniczego. Dwaj pozostali wpatrywali się w ciemność.

– No to posłuchaj mnie uważnie, Georges. Masz na imię Georges, zgadza się?

Skinąłem głową.

Poklepał się po udzie, jakby przywoływał psa.

– Twoje miejsce jest tutaj. U moich stóp. Masz siedzieć plecami do ściany. W porządku?

– A mam jakiś wybór?

Odgłos sprężyny. Naboje wsuwane do magazynka.

– Tak naprawdę to nie. Ale wyjaśnię ci. Chcę, żebyś oparł się ramieniem i łopatką o moją nogę. Chcę je czuć przez cały czas. Rozumiesz?

– Dlaczego?

– To taki mój myk. Chcę czuć życie obok siebie.

– Często to moje miejsce – rzucił Kim, nie oglądając się.

Szczęk zamka. Podał mi watę do uszu.

– Jeszcze jedno. Ja strzelam, ty siedzisz cicho. O nic nie pytasz. Ani mnie, ani pozostałych. Zwłaszcza jak gość kojfnie.

– Mam usiąść z prawej czy z lewej strony?

– Jak chcesz się opychać gorącymi łuskami, to z prawej.

Usiadłem ciężko po jego lewej stronie. Chrześcijanin przysunął się bliżej. Uściskał mnie. Czułem bijące od niego ciepło.

– Masz wszystko? Wodę, cierpliwość?

– Mam wszystko.

W rogu pokoju latarka z pomalowanym na niebiesko szkłem. Jej światło przygasało. Wpatrywałem się w plecy bojowników zastygłych z rozsuniętymi nogami. Opierałem się o brata Szarbela. On opierał się o mnie. Oddychałem powoli. Rozmyślałem o Marwanie, który spał w samochodzie. O Iman, która śniła za okratowanymi oknami. O sercu Sama, które piszczało w szpitalnej sali. O Louise, która zajmowała moje miejsce w łóżku. O Aurore. Znajdowałem się w Bejrucie. W samym sercu wojny. Było to zarazem straszne i oszałamiające. Nie po to przyleciałem tutaj. Nie takie zlecenie powierzył mi Sam. Pistolet druza, karabin chrześcijanina. Miałem styczność z metalem, nie z ludzkim sercem.

Robert i Kim wystrzelili niemal równocześnie. Huk był potężny. W pokoju rozległo się echo, przez otwór strzelniczy wleciał ogień, dym, proch. Brzęk łusek o posadzkę. Jedna doturlała się do mojego buta. Dymiła. Nigdy jeszcze nie widziałem bitwy z tak bliska. Zadymę, przemoc, gniew tak, ale nie śmierć ludzi. Czułem, jak noga chrześcijanina sztywnieje. Potem drży. Mój Boże. On się trząsł. Jego drgawki przebiegły po moim ciele. Podtrzymywałem go z całych sił. Powściągałem. Najpierw oklaskiwałem Palestynę, teraz przyłączałem się do przeciwnego obozu.

Oddał trzy strzały. Przepotężne. Odrzut przeniósł się na jego obojczyk, klatkę piersiową, nogi, moją szyję, obojczyk, ramię. Miedziane łuski rąbnęły o ścianę. Nie włożyłem waty do uszu. Teraz mi w nich świszczało. Krzywiłem się. Nie dało się oddychać, ponieważ w powietrzu pełno było kwaśnego prochu. Noga snajpera zaczęła się uspokajać. Twardniała. Jusuf Butrus odsunął się ode mnie. Pozwoliłem mu wybrać pozycję. Wszystko wróciło. Ciemność, cisza. Na zewnątrz inni strzelali. Wyobrażałem sobie fasadę naszego domu w ich lunetach celowniczych. Zapadała noc. Byliśmy już tylko cieniami muskanymi przez błękit ślepej lampy. Zastanawiałem się, co widzą moi strzelcy. Reflektor samochodu? Niedosuniętą zasłonę, która zdradza pokój mieszkalny? Papieros podawany nieostrożnie z ręki do ręki?

To było przerażające. Wstrząsające. Przez chwilę myślałem, że w ciągu pięciu dni przeżyłem więcej niż przez całe życie. I że żaden pocałunek Louise nigdy nie dorówna małej Palestynce, która przypominając sobie słowa poety, podnosi pięść. Potrząsnąłem głową. Naprawdę. Potrząsnąłem, żeby wypędzić to, co było w środku. Zrobiło mi się wstyd. Mogłem wrócić nazajutrz, rzucić to, odzyskać spokój, natychmiast. Uśmiech Louise i pieszczota Aurore były jedynymi rzeczami na świecie, które sprawiały, że żyłem. I powtarzałem to sobie. I już nie byłem tego zbyt pewien. Wystraszyłem się więc naprawdę, po raz pierwszy od przyjazdu. Nie ludzi, którzy zabijają, ani tych, którzy zginą. Wystraszyłem się samego siebie.

– Georges?

Podniosłem głowę.

– Znasz Victora Hugo?

Rozdziawiłem usta. Falangista poprawił broń zapatrzony w zmierzch. Na kolbie przykleił Matkę Boską z książeczki do nabożeństwa. Niebieska szata, złożone dłonie, między cierpieniem a wesołością.

– Znasz?

Oparłem lekko łokieć o jego udo, aby powiedzieć „tak".

Jutro, wczesną godziną, gdy wioskę świt bieli,
*Wyruszę, kochanie. Wiem, że na mnie czekasz**

wyrecytował zabójca.

Ja także zadrżałem. Całe moje ciało przeszył dreszcz, nie mogłem się powstrzymać. Płakałem. Trudno. Tym razem poczułem, jak jego noga przychodzi mi z pomocą. Wiedziałem, że moje drżenie promieniuje na niego. Że moje ukradkowe łzy wznoszą się ku jego ramieniu, dłoni, palcowi spoczywającemu na kabłąku spustu.

Będę szedł przez góry, gmatwaninę kniei,
Czymże wobec pustki ta droga daleka?
Będę szedł wytrwale, z pochyloną skronią,
Oczy me oślepną, nie usłyszę zgiełku,
Samotny, nieznany. I przeżegnam dłonią
Dzień i noc jednako. I rozpacz mą wielką.

A potem pociągnął za spust. Dwa razy. Zaraz potem trzeci. Tym razem bez drżenia, toteż wcale nie czułem,

---

* Przeł. Marta Kuszewska.

że coś się zbliża. Jego ciało zesztywniało za sprawą wojny. Niczego nie zmieniły moje łzy. Ani uroda Aurore, ani kruchość Louise, ani mój strach. Strzelił do miasta, do powiewu wiatru. Strzelił do świateł nadziei, do ludzkiego smutku. Strzelił do mnie, do nas wszystkich. Strzelił do mieniącego się złotem wieczoru, do bukietu zielonego ostrokrzewu i kwitnących wrzosów.

13

Nabil, Nimer, Husajn i Chadidża

Nazajutrz Marwan posadził mnie obok siebie, na przednim fotelu, jak na tronie. Wzięliśmy mercedesa, znak, że będzie to spokojna przejażdżka. Prowadził przy otwartym oknie, z piosenkami Farida al-Atrasza na ustach. Wyruszyliśmy przed świtem, aby przedostać się przez Sydon wczesnym rankiem. Marwan nie lubił południa Libanu, ale je szanował. Kiedy Bejrut wpadał we wściekłość, druzowie i szyici często stawali ramię w ramię. Przymierze mogło w nocy lokalnie ulec zmianie z powodu miejsca na parkingu czy krzywego spojrzenia, lecz dowódcy twardo trzymali swoje wojska w ryzach. Po wyjeździe z Sydonu podążyliśmy drogą na An-Nabatiję, do serca królestwa szyitów. Mieszkały tam straże Kreona, a także Eurydyka. Znajdowaliśmy się jeszcze w Libanie i trochę w Iranie. Bardziej religijny niż ruch Amal, który uważał za skorumpowany, Amal Islamski chciał założyć w kraju cedru republikę mułłów. Marwan opowiadał to wszystko, stukając się palcem w czoło. Ojciec naszej trójki aktorów był dygnitarzem tego ruchu w An-Nabatijji. Bez jego zgody młodzi ludzie nie mogli niczego przedsięwziąć. A tym bardziej wystąpić w sztuce teatralnej. Egzemplarz „Antygony" znajdował się w rękach duchownych od wielu lat. Przestudiowali go. I pragnęli udzielić nam odpowiedzi osobiście. Marwan nie wierzył w ich błogosławieństwo. Twierdził, że ta wycieczka będzie prawdopodobnie ostatnia. I że ich odmowa będzie oznaczała mój wyjazd.

To samo myślał wcześniej o falangistach. Kiedy wróciłem na linię po wyjściu z Żółtego Domu, przywitał mnie z miną kogoś, kto przepowiedział klęskę. Tkwił z opuszczonymi ramionami i rozdziawionymi ustami: Jusuf Butrus zgodził się ze śmiechem.

– Proponujesz mojemu młodszemu bratu pogrzebanie żywcem Palestynki?

Libańskie Siły Zbrojne przystały na opuszczenie gardy. Na cztery godziny w tym tygodniu, żeby aktorzy mogli nawiązać kontakt między sobą, i na trzy godziny w piątek 1 października 1982 roku, w dniu jedynego przedstawienia. Był to dzień świętej Teresy od Dzieciątka Jezus. Chrześcijanie wzięli ten wybór na siebie. Zawieszenie broni pozostanie w sferze lokalnej, wokół budynku Barakatów. Nie był to ani rozejm wojskowy, ani akt polityczny, tylko ludzki gest.

– To jakby pozwolić sanitariuszowi przyjść po bitwie – wyjaśnił Jusuf Butrus.

Chrześcijanin nie mógł zakazać dwugodzinnej łaski. Przeczytał „Antygonę", uznał uporczywe obstawanie młodej kobiety przy śmierci za śmieszne, niepotrzebne, bezcelowe i bezpodstawne. Twierdził, że jej ślepy upór jest sprzeczny ze zdrowym rozsądkiem. Podobało mu się, że jej młody brat ucieleśnia potężnego Kreona. Tego, który dowodził miastem, którego bał się lud, który działał na rzecz wszystkich, który chodził z podniesionym czołem, który unikał hańby.

– To trochę bardziej skomplikowane – odparłem.

Milicjant spojrzał na mnie z uśmiechem.

– Takie odczytanie mi pasuje. I chciałbym, żeby tobie też odpowiadało.

W drodze powrotnej na zachód Marwan bezustannie mamrotał po arabsku. Ani jeden strzał nie pożegnał nas przy wyjeździe ani nie powitał przy powrocie. Czerwony samochód pełnił funkcję białej flagi, tak jakby wszyscy zabójcy z linii się zmówili.

Wieczorem druz sprawiał wrażenie niezadowolonego. Żart trwał. Lepiej, nabierał kształtu. Palestyńczycy, chrześcijanie. Moim zdaniem liczył na szyitów, żeby „Antygona" odleciała pierwszym samolotem.

W Libanie dotąd zobaczyłem jedynie miasto. Nagle u stóp suchych wzgórz, drzew oliwnych, ciągnących się bez końca borów sosnowych pomyślałem, że powinniśmy opuścić Bejrut, aby zagrać „Antygonę". Ofiarować buntowniczce coś więcej niż zniszczone kino. Piękno tej ziemi, wzburzone niebo. Lepiej grać pod jesiennymi gwiazdami niż dla ludzi na rumowisku.

– To piękne, prawda? – zapytał Marwan.

Czytał w moim milczeniu. Powiedział, że góry Szufu są jeszcze bardziej wstrząsające. Wodospady, szczyty, cedry, kobiety i mężczyźni z Alajhu, serca z kamienia i miodu. Przysunąłem się do szyby. Zostawiliśmy wojnę po tamtej stronie. Wyobraziłem sobie, jak Aurore i Louise pokonują to wzgórze ze śmiechem. Chciałbym, żeby były tutaj, razem ze mną w samochodzie. Tylko przez chwilę. Na czas jeziorka, dziecka na osiołku, które podniosło rączkę. Na czas starca siedzącego na skraju drogi. Na czas orła przedniego.

Dotarliśmy do An-Nabatijji wraz z zimowym słońcem. Ludzie z Amalu Islamskiego poprowadzili nas przez miasto aż na wschodnie przedmieście. Do niskiego domu pokrytego workami z piaskiem. Po raz kolejny ustaliliśmy, że Marwan zostanie w samochodzie. Często niepokoiła mnie jego samotność. On jednak odpowiadał, że woli ciszę od pewnych spotkań. Kiedy udawałem się na swoje rozmowy, on siadał za kierownicą i czytał, spał, godzinami słuchał radia. Samochód był jego drugim domem. Zabierał ze sobą wodę, chleb, kawę. Mógł tak tkwić całą wieczność, nie wypuszczając z rąk kierownicy.

– Zostaniesz przyjęty przez szajcha Mu'ammara as-Sadika, ojca twoich aktorów. Wuj też tam będzie – wyjaśnił Marwan.

Poprosił, żebym w progu zdjął buty, żebym nie wyciągał ręki pierwszy, żebym nie patrzył mu w oczy, żebym nie zadawał pytań, tylko odpowiadał na jego pytania. Jestem *haram*, nieczysty. Nie wolno mi go zbrukać. Po raz kolejny miałem gardło ściśnięte ze strachu. Trzeba było mi powtarzać, uspokajać mnie. Przynosiłem wiadomość, która nie pochodziła ode mnie. Broniłem projektu, którego nie zapoczątkowałem, lecz spełniałem ostatnią wolę umierającego. I dla niego, dla tego człowieka, przyjaciela, brata byłem gotów podjąć wszelkie ryzyko.

Zdjąłem buty. W drzwiach dwóch brodatych mężczyzn uzbrojonych w karabiny. Długie białe galabije, nakrycia głowy, ciemne twarze. Jeden z nich mnie przeszukał. Obmacał mi pachy, rękawy, pasek, plecy, brzuch, genitalia, pośladki, każdą nogę osobno, kostki, podeszwy stóp. Stałem tyłem do budynku, z podniesionymi rękami. Marwan przeciągał się w samochodzie, rozprostowując ramiona. Miałem ochotę się uśmiechnąć. Nie obdarzył mnie spojrzeniem.

Pokój był mały, wyścielany dywanem i poduszkami. Ani stołu, ani krzesła. Okno zasłonięte zieloną kotarą. Na ścianie, obok sury w złotej ramce i gobelinu z Mekki, fotografia irackiego mauzoleum imama Alego w An-Nadżafie. Do środka wszedł strażnik, niosąc fotel ogrodowy. Postawił go naprzeciw ślepego okna. A potem czekałem. Godzinę. Dwie. Nie wiem. Siedziałem po turecku, następnie niemal leżałem z powodu rwącego kolana. Kiedy pojawił się szajch, brodacz kazał mi gestem wstać. Za szajchem przybyło trzech innych ludzi. Dwóch młodych o ponurym spojrzeniu i potężny mężczyzna, który usiadł w kącie na podłodze. Duchowny zajął miejsce w fotelu. Sędziwy starzec wsparty na lasce. Był odwrócony tyłem do mnie.

– Jest pan tutaj, ponieważ ja tak sobie zażyczyłem.

Zadrżałem. Mówił w trudnym do zrozumienia angielskim. I zwracał się do ściany.

– Długośmy rozmawiali o pańskiej sztuce wraz z moim bratem Hasanem, niechaj Bóg ma go w swej opiece.

Przyjrzałem się potężnemu mężczyźnie. Pokiwał głową.

– On się sprzeciwia temu projektowi. Uważa, że aktor upodabnia się do niewiernych. Odgrywanie roli to kłamanie. To się wiąże z grzechem. On uważa, że ten, kto naśladuje jakąś grupę, zostanie uznany za członka tej grupy.

Hasan wpatrywał się we mnie. Jego twarz pozostała bez wyrazu. Słyszał słowa swego brata i słuchał mojego wzroku. Szukał odpowiedzi w głębi mnie.

– Nie czytałem pańskiej sztuki, ale Nabil, mój najstarszy, uczynił to za mnie. Powiedział, że jest wolna od potwarzy. Że nie przedstawia ani Proroka, niechaj spłyną nań modlitwa i zbawienie boże, ani jego wysłanników. Że nie brak w niej szacunku dla jego wielkich towarzyszy. I że nie obraża także islamu. Że nie kryje w sobie ani nagości, ani obelgi, ani innego brudu.

Szajch wydobył z rękawa chusteczkę, otarł oczy.

– Synowie powiedzieli, że rola strażników będzie polegała na tym, by byli blisko dowódcy, strzegli go niczym ojca i dbali o poszanowanie dla jego autorytetu. Wytłumaczyli mi, że jakaś młoda kobieta rzuca mu wyzwanie. Że za jego pośrednictwem drwi z boskiego prawa i że ten podążający słuszną drogą kalif kładzie kres owemu zuchwalstwu.

Starzec zamilkł. Odwrócił się nieznacznie, wpatrzony w podłogę.

– Tak jest, prawda?

Spojrzałem na Hasana, na strażników. Żaden z nich mi nie pomógł.

– Prawda?

Brat zachęcił mnie ruchem głowy. Głos miałem wątły.

– Jak najbardziej, szajchu Mu'ammarze as-Sadik.

Cisza. Odwrócił się do ściany. „Antygona" okradana to przez jednych, to przez drugich, i ja, który kiwałem głową z braku odwagi.

– A jaka jest rola staruszki? Dlaczego ona dzierga?

Działać szybko. Zebrać się w sobie.

– To żona kalifa. Jest bardzo pobożna i przez całe życie robi na drutach ciepłe ubrania dla miejskiej biedoty.

Znów cisza.

– To *zakat*. Jałmużna dla ubogich – szepnął duchowny.

Kolejna cisza.

– *Radija Allahu anha*. Oby Bóg był z niej zadowolony.

Na początku rozmowy chciało mi się śmiać. Ten człowiek mówiący do kotary, tamci, którzy obwąchiwali mnie niczym sfora sarnę. A potem stal broni, łagodny głos, starannie dobierane słowa. Byłem niemal spokojny, siedziałem z dłońmi schowanymi pod uda. Najpierw Anouilha rozłożyli na czynniki pierwsze chrześcijanie, potem przerobili go szyici. Kreon, znużony wojną starzec, który chce dla swego ludu jedynie pokoju. Kreon, który próbuje ocalić swą siostrzenicę aż do końca. Kreon, który wykonuje brudną robotę, żeby nadal rządziło prawo. Po jednej stronie linii Kreon zostaje dowódcą falangistów, po drugiej zaś oświeconym kalifem. W głowie rozbrzmiewała mi dziwaczna muzyka. Coś pomiędzy pułapką a zdradą. Strażnicy nie spuszczali mnie z oczu. Stali pod ścianą. Hasan się modlił albo zabijał czas przesuwaniem paciorków różańca z czarnego kamienia. Przyszedł mi na myśl Charles Maurras. Tam, w tym przepojonym wiarą pokoju. Sam pożyczył mi kiedyś jego tekst, w którym Antygona ukazana była jako uległa dziewczynka posłuszna zgodnym prawom Boga, ludzi i miasta. „Kto gwałci owe prawa? Kto się im wszystkim sprzeciwia? Kreon!", napisał w roku 1948 Maurras. Jego zdaniem zarządzenie Kreona było bezprawne, jako że nie obwieścił go Zeus. Pod jego piórem Antygona stała się niczym innym jak „dziewiczą matką porządku". A Kreon? „Anarchista to on! Nikt inny jak tylko on!"

Tekst ten budził w Samie śmiech. A także irytację. Maurras wznosił pomnik Sofoklesowi, Akunis stawiał ołtarz Anouilhowi.

– Właśnie takie rozdźwięki to woda na młyn lewicy i prawicy – mawiał mój przyjaciel.

Uważał, że w porównaniu z licznymi sposobami odczytywania tego dramatu polityka czy ekonomia mówią niewiele na temat naszych różnic. I oto na drugim końcu świata, siedząc na sadżdżadzie z krępującą dziurą w skarpetce, nabożnie kiwałem głową na myśl o histerycznej Antygonie, której szczęśliwie sprzeciwia się mądry władca.

Szajch zastukał laską. Brat pomógł mu się podnieść. Nie spojrzał na mnie.

– Wybór piątku na przedstawienie to dobra rzecz.

Po czym opuścił pokój, ciągnąc nogą tak jak ja. Zostałem sam, stojąc, czując bolesne mrowienie od stóp aż po miednicę. Korytarz był pusty. Drzwi wejściowe otwarte na oścież. W ogrodzie, siedząc na murku, czekało trzech młodych ludzi, a także stara kobieta w czarnej chuście. Najstarszy z chłopców uśmiechnął się do mnie. Cudownym, wzruszającym uśmiechem. Z radością zwycięzcy. Podszedł do mnie, wyciągając ręce.

– Dzień dobry, Georges, jestem Nabil. Strażnik i posłaniec.

Zawahałem się. O mało nie padłem mu w ramiona. Był to ładny dzieciak, miał około 25 lat, dżinsy i podkoszulek. Chwycił swego brata za rękę.

– A to Nimer, który będzie także paziem.

Zbliżył się trzeci, również wyciągając dłonie, jak pozostali.

– Husajn. Ja gram tylko strażnika, ale i tak tam jestem. Był najmłodszy. I on to zrobił. Uściskał mnie. Śmiał się. Jego bracia też. Zatańczyliśmy radośnie w kółko u bram ponurego mauzoleum.

– *Ahlan wa-sahlan!*

To było oszałamiające. Miałem nową ojczyznę i nową rodzinę. Dzień po dniu rozmaici ludzie ofiarowywali mi kawałek swego kraju.

Marwan wysiadł z samochodu. Uśmiechał się oparty o drzwi. Przeklęty Francuz przekonał szyickiego dygnitarza. Nawet się nie domyślał, że to ja zawróciłem z drogi.

– Chadidża – szepnął Nabil, przedstawiając żonę.

Już miałem wyciągnąć rękę. Jeszcze trochę, a ją również bym pocałował. Husajn mnie powstrzymał. Stojący po drugiej stronie ulicy Marwan chwytał się za głowę.

Był 18 lutego 1982 roku. Wyznaczyłem spotkanie na 24 lutego, w przeddzień wyjazdu. Falangiści, Palestyńczycy i szyici zgodzili się, żeby trwało od ósmej do południa i odbyło się w kinie Beaufort, na linii demarkacyjnej.

Niemal pobiegłem do samochodu, oglądając się trzykrotnie z uniesionymi rękami, aby pożegnać gospodarzy. Staruszka wpatrywała się we mnie. Jedną ręką podtrzymywała chustę pod oczami. Z pierwszego piętra jakaś postać obserwowała mój odjazd.

– Pozostaje tylko przekonać druzyjskiego aktora – powiedziałem, zajmując miejsce w lodowatym aucie.

– Druzyjskiego aktora? – powtórzył Marwan.

– Wiesz, gdzie go można znaleźć?

Ruszył ze śmiechem.

– Mojego syna? Mam nadzieję, że w domu.

14

Haimon

Wpatrywałem się w Marwana. Po kryjomu wpatrywałem się w jego profil, jak zawsze gdy prowadził. Tym razem nie bał się ani kul, ani bomb. Nie jechał śmiertelną drogą ani nie przedzierał się przez wąskie gardło wroga. Był u siebie mój druzyjski książę. Palił papierosa, trzymając go między palcami środkowym i serdecznym. Jego żona też tam była. Nie znałem jej imienia. Przedstawił mi ją, mówiąc:

– Moja żona.

Krążyła w tę i z powrotem z ciastkami, herbatą i białą kawą.

Mój gospodarz zaprosił kilku przyjaciół, dziesięciu. Siedzieli w kółku w salonie, na kanapie, na paru krzesłach, na rozłożonych na dywanie poduszkach. W większości byli ubrani na czarno, na głowach mieli białe czapki. Islam określał tych mężczyzn jako odszczepieńców. Nie chcieli uznać Proroka, szariatu. Ich religia nie znała ani liturgii, ani miejsca kultu.

Marwan odstąpił mi swój fotel. Zaczekał, aż przybędą goście ucałowani kolejno w progu na powitanie, po czym wstał. Przemówił po arabsku. Kilka poważnych słów ze zmrużonymi oczyma. Nie zadał pytania. Nie oczekiwał odpowiedzi. Wyraził moc tego, co musiało zostać powiedziane.

Usiadł z powrotem. Następnie wszedł Nakad. Delikatny i wytworny.

Miał na sobie tradycyjne popielate szarawary z krokiem na wysokości ud i tarbusz owinięty białym turbanem. Wysunął się na środek pokoju. Popatrzył na nas zdziwiony, jakby dopiero odkrył naszą obecność. Stanął naprzeciw ojca, skłonił się, jego wzrok wędrował ode mnie do niego.

– Haimon – rzekł Nakad.

Druz zamierzał wygłosić pierwsze kwestie swojego tekstu. Spuścił i podniósł głowę. Odkaszlnął. Nabrał powietrza.

– Przecież dobrze wiesz, że ci wybaczyłem, ledwo zdążyłaś trzasnąć drzwiami za sobą. Jeszcze nie ulotnił się zapach twoich perfum, a już ci wybaczyłem. Komu ty ukradłaś te perfumy?

Poderwałem się błyskawicznie.

– Ismenie – odparłem.

Chłopak był zaskoczony. A potem się uśmiechnął. Jął recytować dalej:

– A szminkę, puder, piękną suknię?

– Także jej.

– I na jaką to uroczystą okazję chciałaś być tak piękną?

Stałem twarzą do niego. Powinien uściskać Antygonę. Czyli mnie. Naprowadziłem go. Otworzył ramiona, schroniłem się w nich. Pomruki w pokoju. Marwan powiedział coś po arabsku. Nakad zesztywniał.

– Mój ojciec wyjaśnia pozostałym, że odgrywa pan rolę kobiety.

Skinąłem mu głową.

– Nie przejmuj się tym. Deklamuj dalej.

Zrobił wdech.

– I na jaką to uroczystą okazję chciałaś być tak piękną?

– Powiem ci. Och, mój najdroższy, jaka ja byłam głupia! Cały wieczór stracony. Taki piękny wieczór.

Marwan tłumaczył na użytek gości. Czuł się skrępowany. Jego syn obejmował mężczyznę, obcego pod jego dachem.

– Będziemy mieli inne wieczory, Antygono.

– Może już nie.

Wyswobodziłem się powoli. Nakad zastygł z otwartymi ramionami. Tymczasem ja zacząłem bić brawo. Okrążyłem pokój, klaszcząc w ręce, spoglądając kolejno na gości Marwana. I wszyscy wstali. Najpierw sam gospodarz, zachęcając resztę. Następnie jego towarzysze. I żona, która pozostała za drzwiami, i pochowane dzieci. Nakad źle recytował swój tekst, ale go znał. Uścisnąłem mu dłoń, puszczając w ten sposób w niepamięć nasze przytulenie.

– Nauczyłeś się roli na pamięć?

Cofnął się trzy kroki.

– Antygono! Antygono! Na pomoc! – Następnie zdjął nakrycie głowy. – To moja ostatnia kwestia, nie?

Przytaknąłem. Moja Antygona istniała, mój Haimon też.

Marwan nie pojmował znaczenia sztuki, podarował jej wszakże swego syna. Rewelacja ta mną wstrząsnęła. Przyjaciel stał do mnie tyłem. Wyjaśniał gościom, że moją rolę zagra kobieta. Że ów uścisk będzie więc czymś naturalnym. I że postać jego syna to człowiek zakochany, odważny, szlachetny, który woli umrzeć wraz ze swą oblubienicą, niż żyć bez niej. Haimon był bojownikiem, buntownikiem występującym przeciwko tyranowi, który uciskał jego naród. Marwan tłumaczył, że Nakad otrzymał najpiękniejszą rolę, największą ze wszystkich. Że ucieleśnia wzór, nadzieję, życie. Że w sztuce umrze za umiłowanie wolności i sprawiedliwości. A także z miłości do kobiety tak pięknej jak kobiety z ich gór. Powiedział, że jego syn gra druza. Jedynego, który ma duszę i bijące serce.

Położyłem mu dłoń na ramieniu.

15

Simona

We wtorek 24 lutego 1982 roku zjawiłem się w teatrze pierwszy, o siódmej rano. Wyprzedziłem rozejm o sześćdziesiąt minut. Ring był pusty, zabójcy spali. Marwan prowadził bez słowa. Był wściekły. Błagał mnie, żebym nie igrał z losem. Zarzekał się, że karabiny nie umilkną przed ustaloną godziną. Tylko że ja potrzebowałem tego potajemnego świtu. Musiałem wejść na salę w samotności, poruszać się po scenie, sam przeprowadzić próbę głosu. Wobec tego zgodził się mnie zawieźć.

Jakieś sto metrów przed skrzyżowaniem Sodeco druz poprosił, żebym wysiadł. I zostawił mnie tam, na końcu linii demarkacyjnej. Na opustoszałej ulicy w czasach rumowiska. Jak okiem sięgnąć szare budynki zniszczone przez salwy artyleryjskie, poskręcane belki, betonowe pagórki opanowane przez chwasty. Porzucił mnie, podniósłszy ręce, z białą opaską na ramieniu.

Zastygłem po trzech krokach. Nagły krzyk za moimi plecami. Następny wprost przede mną. Echo męskich głosów. Groźba w ciszy kamieni. Wstawał dzień. Byłem na celowniku Jusufa Butrusa. W wizjerze milicjanta z wieżowca Rizk. W lunecie szyity z drogi do Damaszku. Wiedziałem, że palce się wahają, pieszcząc zakrzywioną stal spustu. Nigdy w całym swoim życiu nie czułem się tak bardzo śmiertelny. Z podniesioną głową, z otwartymi ustami, szedłem jak ktoś, kto się poddaje. Potykałem się o wojnę. Wpatrywałem się czujnie w okna. Okraczałem płaskorzeźby uszkodzone przez stalowe odłamki. Posuwałem się krok za krokiem po stłuczonym szkle. Przestałem oddychać. Spoglądałem na księżycową fasadę kina Beaufort po drugiej stronie ulicy. Zadręczałem się. Nie okazywałem ani strachu, ani wrogości. Byłem jednym z tych kruchych cieni, którymi karabiny się nudzą.

Wszedłem do budynku od zachodniej strony linii. Wszystko było zdewastowane i wspaniałe. Bez drzwi. Dziura w fasadzie wywalona przez pocisk rakietowy. Szyld zwisał nad podłogą podtrzymywany przez przewody elektryczne. Tylko trzy ściany. Czwartą zmiotło. Eksplozja zerwała dach. Była to arena pod gołym niebem, teatr otwarty dla lwów. Kule mogły sobie utorować drogę wprost do serc aktorów. Ogień oszczędził cztery rzędy krzeseł. Były pokryte aksamitem i szarym pyłem. Pozostałe siedzenia zmiażdżyły belki. Ekran był rozdarty, ale dekoracje pozostały, jakby obiecane przez Sama stojącego w martwym polu sceny.

– Jak go zobaczysz, będziesz w szoku – powiedział mi kiedyś.

Nie kłamał. Zabrakło mi tchu. Noga odmówiła posłuszeństwa. Przysiadłem na rumowisku, żeby się rozejrzeć. Trzy kolumny korynckie stojące na piedestałach, głowica każdej rzeźbiona w kwiaty akantu. Wykonano je z gipsu, pomalowano na postarzany różowy kolor imitujący porfir. Dekorator starannie je wyżłobił. Wyrzeźbił na gzymsie fryz z motywem roślinnym i uszkodził fronton, tak jak zrobiłby to czas.

– Zobaczysz, to świątynia Zeusa – uśmiechnął się Grek.

Czwarta kolumna, którą połamano celowo, leżała na podłodze w poprzek schodów wiodących do namalowanych drzwi.

Sam spędził w kinie godzinę, siedząc niemal na moim miejscu, bez pozwolenia milicji, wpatrzony w tę namiastkę perystylu. Marwan mu wszystko wyjaśnił. Otóż w pierwszych dniach wojny domowej pewna cypryjska trupa urządziła próbę „Bojomiry" Arystofanesa. Opowieści o pięknej Atence, która proponuje swym siostrom oraz kobietom Sparty, aby nie kochały się z mężami, dopóki będą ze sobą walczyli. Kiedy pierwsze pociski smugowe skrzyżowały się nad budynkiem, robotnicy budowali właśnie dekoracje. Cała scena miała zostać otoczona kolumnami, ale walki uniemożliwiły przedstawienie. Aktorzy, dekorator i jego ludzie uciekli pod ostrzałem. Reżyser, niczym kapitan okrętu, nie chciał opuścić kina. Żołnierze libańscy musieli go wyciągnąć siłą z budynku. Prasa pisała, że częściowo postradał zmysły. Że się szamotał, płakał ze złości, z rozpaczy, że wykrzykiwał na ulicy słowa Lizystraty:

Jeżeli my, kobiety, chcemy naszych mężów
zmusić, by wojowanie rzucili i pokój

zawarli, to nam trzeba wstrzymać się – (...)
wstrzymać trzeba się od... tego".

Reporter „L'Orient – Le jour" dokładnie zacytował to zdanie. I tyle bejrutczycy dowiedzieli się na temat sztuki. Kino nie miało okien. Pociski zadbały o to, by wszędzie je narysować, a także pootwierały drzwi i wyżłobiły tarasy. Oszczędziły za to dekoracje. Kule najrozmaitszego kalibru poorały tylną ścianę. Kilka z nich podziobało schody z szarego stiuku, dwie kolumny były obtłuczone. Wstałem. Pogładziłem pierwszą, ledwie upstrzoną przez odłamki. Położywszy dłoń na gładkich rowkach, wiedziałem, że Bojomira ofiarowuje ową dumę Kreonowi. Te kolumny, te trzy stopnie schodów staną się jej pałacem dumy.

Chwyciłem notes Sama, pióro. Poprosił, żebym nigdy do niego nie dzwonił. Chciał, żebym pisał. Żebym wszystko notował. Swoje wrażenia, obawy, zarówno piękne rzeczy, jak i te najpaskudniejsze. Nie chciał dalekiego głosu w słuchawce. Wobec tego pisałem.

Do dekoracji będzie mi potrzebna czerwona tkanina. Materiał, który pokryje cały tył, od tympanonów po cokoły. Który przysłoni część sceny, ścieląc się aż do stóp aktorów. To będzie strefa władzy. Kreon, Antygona, Haimon, Ismena, Eurydyka, strażnicy, wszyscy będą mieli tu swoje miejsce, siedząc nieruchomo na schodach w chwili podniesienia kurtyny, gdy blask rozświetli rumowisko.

W rogu sceny pocisk dokonał kompletnego spustoszenia. Zerwał wykładzinę, parkiet, beton, ryjąc aż do czerwonej ziemi. Ów występ, sunący do pierwszego rzędu krzeseł, ów

---

* Przeł. Stefan Srebrny.

ponury stos, ów pokryty piaskiem obszar stanie się miejscem zbrodni Antygony. Właśnie tam, u stóp widzów wykopie ona grób, zapewniając pochówek swemu wyklętemu bratu. Szpiegowało mnie słońce. Spojrzałem w niebo. Dochodziła ósma. Byłem przemarznięty do szpiku kości. Wspiąłem się na scenę po rozwalonych schodach. Popatrzyłem na widownię, na pobrudzone krzesła. Na sufit, który runął na podłogę.

– W każdym razie trzeba będzie trochę pozamiatać – powiedział mi Sam.

Byłem przeciwny. Chciałem zachować szczątki tego świata. Wyobrażałem sobie Antygonę pokrytą pyłem. I Kreona w pałacu, po którym hula wiatr.

Włożyłem kipę Sama. Chciał, żeby Chór wystąpił w nakryciu głowy na cześć wszystkich jego bliskich. On, ja nie byliśmy dla niego ważni. Ojcowa jarmułka miała się wymieszać z kufiją, turbanem, fezem, krzyżem i półksiężycem. Żeby tu, w tym miejscu, tego właśnie wieczoru, na oczach wszystkich znalazły się również Saloniki.

– Będziesz Żydem – powiedział.

Odparłem, że brakuje mi odwagi. Człowiek nie staje się Żydem za sprawą aksamitnej czapki.

– Zadajesz sobie zbyt dużo pytań. Postać to postać. Właśnie tak widzę Chór, i to ty masz się w niego wcielić.

– Chór to poniekąd ktoś, kto obserwuje. Nie boisz się, że uznają cię za Żyda, który komentuje spisek z zewnątrz? – zapytała go Iman.

– Wolisz, żeby organizował go od wewnątrz?

Nigdy się nie dowiedziałem, co zaszło między nimi. Ale coś zaszło. On mówił o niej ze wzruszeniem, ona wspominała go ze smutkiem. Na jednym zdjęciu ona spogląda w obiektyw, on żarliwie się w nią wpatruje. Była to wyjątkowa scena, uchwycona wewnątrz jakiegoś mieszkania. Iman podaje mu ze śmiechem ramię. Nie ma twarzy zasłoniętej chustą.

– Pan Samuel?

Przez szczelinę w kamieniach na salę weszła siwowłosa kobieta, dźwigając torby. Nosiła białą opaskę.

Czym prędzej zdjąłem kipę i ścisnąłem w dłoni.

– Jestem Simona, panie Samuelu.

– Mam na imię Georges.

Spojrzała na mnie nieufnie.

– Zatem nie jest pan Samuelem.

Odrzekłem, że nie. Wyjaśniłem, że Sam jest chory. Podała mi rękę.

– Nie musi się pan wstydzić swojej religii, wie pan?

Schowałem kipę do kieszeni.

– To rekwizyt teatralny, nic więcej.

Wpatrywała się we mnie z uśmiechem. Następnie rozejrzała dokoła.

– Byłam bileterką w tym kinie w siedemdziesiątym piątym roku.

Nosiła złoty krzyżyk i szary płaszcz.

– Przysyła mnie Jusuf Butrus – oznajmiła.

Skinąłem głową.

– Zapewnił mnie, że nie będę zawadzać w dniu przedstawienia.

Bileterka. Przyszedł mi na myśl zabójca deklamujący Victora Hugo. Bezsens wojny. Mieliśmy grać Anouilha przywaleni ruinami, z bileterką, która się nami zaopiekuje. Która przywita widza przy drzwiach. Poprowadzi go na miejsce wśród porozbijanych kamieni, łusek i potłuczonego szkła.

– Stanie pani przy wschodnim wejściu? – zapytałem.

– Przy bramie Sodeco, tak.

Wyjaśniła, że przydałby się ktoś przy zachodnim wejściu, aby powitać gości przybyłych z innego obozu. Że ona nie może się tym zająć. Następnie postawiła płócienne torby w kącie sali. Podeszła do pierwszego krzesła, przykryła je kawałkiem materiału i usiadła na nim bez słowa, po czym osłoniła nogi lekkim kocem.

Publiczność nie może być obecna na tym spotkaniu, tak ustalili walczący. Tylko aktorzy i ja mieliśmy prawo wejść do kina. Widząc moje spojrzenie, Simona pomachała z rozbawieniem. Podniosła rękę i poruszyła dłonią, pokazując białą opaskę, symbol zjednoczenia narzuconego przez obydwa obozy.

– Proszę się nie obawiać, oni wiedzą, że tu jestem.

Po czym otworzyła torbę i wypiła butelkę wody.

Jej obecność mnie krępowała i jednocześnie uspokajała. Ta kobieta była u siebie. Zachowywała się jak właścicielka tego miejsca. Postanowiłem więc być jej gościem. Usiadłem na krześle obok niej, naprzeciw pustej sceny. Wyciągnęła osobliwy haft z niebieskimi refleksami, igły i nici. Można było na nim dostrzec dwie kobiety zagubione we mgle. Jedna była odwrócona plecami, druga patrzyła na nas. Jej twarz stanowiła białą plamę.

– Zna pan Eliego Kanaana? – zapytała Simona.

Nie. Nie znałem.

– To jeden z największych malarzy w naszym kraju – wyjaśniła, nie przerywając pracy. Wyszywała ściegiem atłaskowym, nadając wełnie grację rysunku tuszem. – Zainspirował mnie jeden z jego obrazów. Dwie kobiety, które czekają. Ale czekają nie wiadomo na co.

– A według pani?

Gęsto wbijała igłę, co pewien czas poprawiając zsuwające się okulary.

– Na co czekają? Poza śmiercią nic nie przychodzi mi do głowy.

Simona byłaby piękną Eurydyką zgarbioną nad gobelinem, ani na chwilę nie odrywając wzroku od robótki.

– Dlaczego śmierć?

– Bo nie opuszczamy świata w inny sposób.

Ona szyła. Ja czytałem na nowo kwestie Chóru.

– Śmierć zabrała mi wnuczka. Był w Ad-Damurze w lutym siedemdziesiątego szóstego roku. – Podniosła wzrok. – Zna pan Ad-Damur?

Skinąłem głową.

– Ale nie Eliego Kanaana?

– Ale nie Eliego Kanaana.

– Przez chwilę sądziłam, że nic pan o nas nie wie.

– Wiem, co się wydarzyło w Ad-Damurze.

– Nie. Proszę tak nie mówić. Nie wie pan. Nikt nie wie, co to jest rzeź. Opowiada się wyłącznie o krwi zabitych, nigdy o śmiechu morderców. Nikt nie widzi ich oczu, gdy zabijają. Nie słyszy, jak śpiewają na cześć zwycięstwa w drodze powrotnej. Nikt nie mówi o ich kobietach, które wywieszają zakrwawione koszule na tarasach jak flagi.

Simona cierpliwie operowała kolorem niebieskim. Pracowała nad prawym górnym brzegiem, nad ciemną, delikatnie wycieniowaną nocą przechodzącą w błękit, potem w błękit królewski, potem w bladość, potem w biel.

– Miał na imię Marun. To był nasz aniołek. Poderżnięto mu gardło.

Wpatrywałem się w igłę, w wełnę. Zastanawiałem się, czy pozostali też się zjawią.

– Był w wojsku libańskim?

Simona uniosła igłę i pokręciła głową.

– Miał osiemnaście miesięcy, panie Georges.

Dokładnie w tym momencie do teatru wszedł młody człowiek, ratując mnie przed utonięciem i powiedzeniem paru słów za dużo. Przybył ze wschodu. Towarzyszyli mu dwaj uzbrojeni falangiści. Obaj zostali na progu.

– W południe – szepnął im chrześcijanin, zanim zawrócili.

Wstałem, aby go powitać, i pocałowałem Simonę w ramię. Zaskoczyło ją to. Nie znalazłem innego gestu, by wyrazić współczucie.

Kreon był pierwszy z mojej trupy. Zbliżył się do mnie bez uśmiechu.

– Szarbel.

Uścisnął mi dłoń jak człowiek, który niczego się nie boi. Był taki, jak podszeptywało jego zdjęcie. Wysoki, twardy i budzący lęk, lecz miał spojrzenie dziecka. Trzeba będzie posypać mu talkiem włosy, narysować kręgi pod oczami, nadać królewskiej bladości.

– Dziękuję za to, co pan zrobił.

– Co takiego zrobiłem?

– Przyjechał pan do domu Barakatów, żeby przekonać mojego brata.

Nadal trzymał moją dłoń w swojej.

– Wykazał się pan odwagą.

Następnie włożył ręce do kieszeni i w milczeniu omiótł spojrzeniem salę, obracając się powoli wokół własnej osi.

– Był pan tu już?

Splunął na podłogę.

– Nikt tu nie wchodził od siedmiu lat.

Podszedł do krzeseł, zmierzył wzrokiem ściany, potknął się o belkę. Wspiął się na scenę niczym biegacz wytyczający trasę, po czym przemaszerował energicznym krokiem od krawędzi do krawędzi. Instynktownie rozpoznał swój pałac. Schody, kolumnady, zniszczony parkiet.

– Moglibyśmy dać tkaninę tutaj – rzucił Kreon, wskazując podziurawiony kulami mur.

– Takie są plany – odparłem.

Popatrzył na mnie. Po raz pierwszy się uśmiechnął. Usiadł na skraju sceny i spuścił nogi. Zerknął na zegarek.

– Postępowcy się spóźniają – zażartował.

Simona się roześmiała. Młodzieniec skłonił się jej lekko, unosząc dłoń niczym aktor dziękujący publiczności. Po czym wydobył z kurtki khaki egzemplarz „Antygony" i zaczął go studiować.

Iman nadeszła od zachodu, w białej chuście nasuniętej na czoło. Wraz z moją Antygoną w ruinach zjawiły się Ismena i Piastunka. Palestynka znała wyznawczynię Kościoła chaldejskiego i Ormiankę. Uczyniłem z niej swego posłańca.

Wystarczyły dwie godziny, żeby zgodziły się wejść na scenę. Przekroczywszy próg, Iman od razu zdjęła opaskę. Była spięta. Szarbel zauważył jej gest, toteż i on ściągnął swoją. Ja również wsunąłem ów kawałek tkaniny do kieszeni. Obydwie aktorki zrobiły to samo. Zostawiliśmy ich wojnę za drzwiami naszego teatru. Na widok trójki kobiet Simona wstała. Oto bileterka brała je pod swoje skrzydła.

Chrześcijanin zszedł ze sceny i wytarł dłoń o spodnie. Kiedy się z nim witałem, poczułem, że jego ręka jest zimna od potu. Podobnie jak u brata, skutek wzruszenia. Iman i Szarbel stali twarzą w twarz. Instynktownie on rozpoznał w niej Antygonę, ona domyśliła się, że to Kreon. Chociaż ich sobie nie przedstawiłem, oboje aktorzy wiedzieli.

– Szarbel – wyszeptał chrześcijanin, przykładając dłoń do serca.

– Iman – odrzekła Palestynka, podając mu rękę.

Młodzieniec potrząsnął głową z uśmiechem. Uścisnął wyciągniętą dłoń.

– Przepraszam. Nie przypuszczałem, że sunnitka uściśnie dłoń mężczyźnie.

– Nie wiedziałam, że falangista prosi o wybaczenie – odparowała Iman.

– Jestem maronitą, nie falangistą.

Iman przedstawiła mi Ormiankę Jewkinię i Madeleine, wyznawczynię Kościoła chaldejskiego.

– Możesz im uścisnąć dłonie – powiedziała do Szarbela.

– Jesteś dumą Edypa – rzucił chłopak.

Iman się uśmiechnęła. Po czym odetchnęła w napięciu, z opuszczonymi pięściami. Pochyliła głowę, szukając w głębi siebie innego spojrzenia niż swoje. Szarbel pojął, co robi młoda kobieta. Poszedł w jej ślady. Przestałem oddychać. Dziewczyna podniosła głowę. Chłopak popatrzył innymi oczami. Była to cudowna chwila. Dwoje aktorów mierzyło się wzrokiem. Ani chrześcijanin, ani sunnitka, ani Libańczyk, ani Palestynka. Dwie postaci teatralne. Antygona i Kreon. Ona z niego drwiła. On rzucał jej wyzwanie. Ona pójdzie nawet na śmierć. Tkwili nieruchomo przez minutę, wychyleni do przodu, ku sobie, patrząc jedno drugiemu w oczy bez słowa. Simona zakryła dłonią usta. Pozostałe kobiety zastygły. Nagle Iman wybuchnęła śmiechem.

– To obiecujące. – Chrześcijanin się uśmiechnął.

– Zaczęliście beze mnie?

Czar prysł, gdy Nakad wszedł przez szparę od zachodu. Syn Marwana był ubrany jak typowy współczesny chłopak. Wyjaśniłem jego ojcu, że Haimon nie może grać narzeczonego Antygony w szarawarach, czym lekko go zirytowałem.

– W takim razie nikt nie będzie wiedział, że jest druzem?

Zawarłem z nim układ. Zgodziłem się na tarbusz przykryty turbanem.

Zaraz po nim do kina od strony drogi do Damaszku wkroczyli szyici. Tym razem Iman nie wyciągnęła ręki. Przedstawili się sobie nieśmiało, po kolei. Staruszka również trzymała się z tyłu.

– Mamy wodę w butelkach i koce – rzuciła im Simona. Roztarłem dłonie. Nie przypuszczałem, że będzie aż tak zimno. Wstał dzień. Na niebie pojawiło się zachęcająco blade słońce. Spojrzałem na mój zespół. Wszyscy byli obecni. I wszyscy patrzyli na mnie.

– Proponuję wejść na scenę. I mówmy sobie po imieniu.

Wyjąłem z torby duże zdjęcie z próby generalnej „Antygony", która odbyła się w teatrze Atelier w Paryżu 4 lutego 1944 roku. Fotografia ta stanowiła mój plan sceny. Posadziłem Antygonę samą na prawym skraju sceny. Kreon zajął miejsce pośrodku, na krześle wyrwanym z widowni. Obok niego przystanął paź. Haimon, Ismena i Piastunka przycupnęli na kolejnych stopniach schodów. Znalazłem wygodne krzesło dla starej Eurydyki, dwóch strażników zostawiłem w głębi sceny, pod kolumnami. Puściłem w obieg fotografię, gdy tymczasem Simona wręczyła każdemu koc.

– Prezent od chrześcijan z gór Liban – rzucił Szarbel.

– To doprawdy rozczulające – odrzekł Nakad.

Z wyjątkiem dwójki szyitów wszyscy moi aktorzy mówili biegle po francusku. Nimer i Husajn miewali trudności, toteż gdy nie byli pewni jakiegoś słowa, używali arabskiego. Za to ich przyrodni brat Nabil spędził część dzieciństwa w Belgii.

– Istnieje wiele podobieństw między tamtą próbą generalną a naszym spotkaniem.

Głos mi drżał. Ręce też. Byłem wzruszony. Iman wspierała mnie wzrokiem.

– Mamy dwudziesty czwarty lutego, to zdjęcie zrobiono czwartego dnia tego samego miesiąca trzydzieści lat temu.

Stara szyitka zniknęła pod kocem falangistów.

– Zimno wam? Im też było zimno. Tamtego wieczoru aktorzy mieli na sobie fraki, a kobiety suknie wieczorowe, ale ukryli pod kostiumami swetry i spodnie narciarskie. Jean Davy, który grał Kreona, włożył frak. Widzowie szczękali zębami. A wiecie dlaczego?

– Bo była zima – odparł Nakad.

– Bo była wojna.

Spojrzałem kolejno na moich aktorów.

– To są dwa punkty wspólne.

Opowiedziałem im. O nieogrzewanym teatrze, o oświetleniu zmajstrowanym z luster, które chwytały światło dzienne. O alarmach, o publiczności, która w czasie przedstawienia schodziła dwa, trzy, cztery razy do schronów.

– Anouilhowi nie udało się wynegocjować zawieszenia broni? – rzucił Nakad.

– Nie było tam mojego brata, żeby mu pomóc – odrzekł z uśmiechem Szarbel.

– *Ma chalas!* Dość tego! – ucięła stanowczo Iman.

Nakad przewrócił z pogardą oczami. Szarbel podniósł rękę. Dwaj uczniacy.

Wyciągnąłem z kieszeni złożoną kartkę. Przez wiele dni, niezbyt w to wierząc, pisałem scenariusz tego spotkania z dokładnością do każdej kwestii. Musiałem powrócić do rozkładu dnia. Nie dopuścić, żeby młodość wzięła górę nad aktorstwem. W tych ścianach nie chciałem mieć Iman, Szarbela czy Nakada. Jedynie Antygona, Kreon i Haimon mieli prawo oddychać.

– Przede wszystkim chciałbym wam przekazać braterskie pozdrowienie od Samuela Akunisa, mojego przyjaciela i brata. Niektórzy z was dobrze go znają, inni nie. Nieważne. Wszyscy wiecie, kim jest.

Aktorzy wpatrywali się we mnie otuleni kocami. Tylko Iman nie skorzystała ze swojego, zostawiwszy złożony obok siebie.

– Ta sztuka to on. To jego pomysł. Jego życie. Wybrał was wszystkich, wybrał mnie. Zawsze pamiętajcie, że stoi u naszego boku. Nawet leżąc na szpitalnym łóżku, nadal pozostaje waszym reżyserem. Sztukę tę zadedykujemy waszemu krajowi, pokojowi i Samuelowi Akunisowi.

– Ty też jesteś Żydem?

Spodziewałem się tego pytania, lecz nie z ust Iman. Simona mi się przyglądała.

– Nie.

– Jesteś chrześcijaninem? – dodał Szarbel.

– Jestem Francuzem.

– Możesz powiedzieć: nie, jestem tylko Francuzem?

– Jestem także Francuzem.

Szarbel skrzyżował ramiona, jakby był z siebie zadowolony.

– Skąd to przesłuchanie?

Pytanie zadała Madeleine, Piastunka. Po czym jęła mówić dalej:

– Kiedy tu przyszliśmy, zdjęliśmy opaski. Proponuję, żebyśmy zapomnieli także o naszych religiach, imionach, obozach. Jesteśmy aktorami.

Wstała. Była starsza od reszty.

– Jestem Piastunką. Opiekuję się Ismeną i Antygoną od dziecka. Kocham je jednakowo. To wszystko.

Ismena przyklasnęła pierwsza, za nią Antygona.

185

– Mam na imię Ismena – odezwała się z kolei Ormianka. – Jestem ładna, próżna, nie mam ani odwagi, ani siły, ani wiary siostry. I kocham życie.

Powszechne oklaski.

Przysiadłem na stopniu schodów. Pozwoliłem im działać. Byłem rozgorączkowany.

– Jestem Haimon. I nie jestem druzem – uśmiechnął się Nakad.

Włożył na głowę biały fez i powoli owinął go turbanem.

Gwizd podziwu, śmiechy.

– Jestem zatem synem Kreona i kocham Antygonę. Wkrótce mamy się pobrać. Jestem gotów dla niej umrzeć. Zresztą umrę dla niej.

Oklaski.

Następnie podniósł się Nabil. Przemówił w imieniu swoich braci, zacisnąwszy przed sobą pięści.

– Jesteśmy strażnikami Kreona. Strzeżemy jego prawa. Nie zadajemy sobie takich pytań jak inni ludzie. Wykonujemy rozkazy, żeby awansować. Jeśli trzeba będzie zabić w tym celu, zabijemy.

Chwila pełnej skrępowania ciszy, potem nieśmiałe klaśnięcie. Wzrok Nabila, jego głos, gesty opowiedziały nam o czymś innym niż Teby.

Simona krążyła między nami, podając kubki z wodą i kanapki. Zapisywałem coś w notesie Sama. Dodawałem sobie kontenansu. Nic z tego wszystkiego nie mogło przepaść.

Chadidża podniosła dłoń na znak, że chce zabrać głos. Powiedziała kilka słów, drugą rękę przytknąwszy do chusty. Pełny zażenowania wzrok Nabila.

– Moja ciotka mówi, że tu jest, bo szajch Mu'ammar as-Sadik ją o to poprosił.

– Ale czy dotarło do niej, że gra w sztuce teatralnej? Młodzieniec przetłumaczył jej moje pytanie. Odpowiedziała cicho. I wszyscy aktorzy wybuchnęli śmiechem. Posłałem Nabilowi pytające spojrzenie.

– Wie, że ma nam zrobić na drutach swetry.

– Tłumacz dla mnie, dobrze?

Strażnik podszedł do Eurydyki. Ja zaś przemówiłem.

– Jest pani żoną króla Kreona. Przez całą sztukę dzierga pani ubrania dla tebańskiej biedoty. Jako że pani syn umiera przez pani męża, odbierze sobie pani życie.

Znów śmiechy. Stara szyitka oświadczyła, że ani jej się śni umierać. Oświadczyła, że nikt nie ma prawa odebrać sobie życia. Że nie odważyłem się powiedzieć tego wszystkiego, kiedy zwróciłem się z prośbą do władz religijnych.

Zdjęła koc z nóg. Podniosła się, jęcząc.

Trójka braci także wstała.

– Ona chce odejść – oznajmił Nabil.

Zbliżyłem się do niej. Serce przestało mi bić. Po spotkaniu miał po nich przyjechać kierowca, żeby ich odwieźć do An-Nabatijji. Zapłaciłem za kurs. Teraz na zewnątrz nikt na nich nie czekał. Sztuki bez czworga aktorów nie da się wystawić. Nabil ciągle tłumaczył cichym poważnym głosem. Wyjaśniłem, że nie widać śmierci Eurydyki. Że nie zabija się na naszych oczach. To Chór, ja powiadamiam Kreona. Ona będzie musiała jedynie dziergać. Nic więcej. Ja mówiłem, ona odpowiadała. Twierdziła, że odgrywanie kobiety, która popełnia samobójstwo, oznacza stanie się tą kobietą. Oznacza oszukiwanie innych poprzez przybieranie cudzej postaci. Oznacza obrażanie Boga.

Napełniłem płuca całym powietrzem wokół siebie. Zamknąłem oczy.

– Eurydyka nie umrze. Przetłumacz!

Rzuciłem to ot tak, zaskoczony własną wypowiedzią. Nabil popatrzył na mnie.

– Mam jej to powtórzyć?

– Eurydyka nie umrze, przekaż jej.

– A Antygona też wyjdzie z tego cało? – zażartował Szarbel.

Wykonałem gwałtowny gest.

– Wszystko w swoim czasie.

– Moja ciotka chce, żeby dał pan słowo – oświadczył szyita.

– Ma moje słowo.

– Nie. Musi jej pan to powiedzieć prosto w twarz.

Stara kobieta wpatrywała się we mnie z lękiem. Skłoniłem się, nie odrywając od niej wzroku. Zdjęła chustę.

– Proszę pani, daję pani słowo honoru, że Eurydyka, żona Kreona i matka Haimona, nie targnie się na swoje życie.

Podczas gdy jej bratanek tłumaczył, przyglądała się moim wargom, nie rozumiejąc wypowiadanych przeze mnie słów. Kiedy skłoniłem się po raz drugi, skinęła głową i ponownie usiadła na krześle, wspierając się na swych bratankach.

Nie śmiałem spojrzeć w rozbawione oczy Iman, ale czułem na sobie jej wzrok. Popatrzyłem na swój plan niczym ktoś, kto się zgubił i odwrotnie czyta mapę. Właśnie zdradziłem Anouilha, żeby się przypodobać zagorzałej wyznawczyni Alego, stryjecznego brata i zięcia Proroka. Nie mogłem dopuścić, by zapadło milczenie. Wezwałem na pomoc Iman. Z odsieczą przybył mi jednak Szarbel.

– Mam na imię Kreon. Jestem królem Teb. Miałem dwóch siostrzeńców, Eteoklesa i Polinejkesa, którzy polegli bez powodu w bezsensownej bitwie. Obaj byli łotrzykami z jednej paczki, którzy usiłowali po kolei zamordować swego ojca Edypa. Aby ocalić honor rodziny, okłamałem swój lud. Zrobiłem z Polinejkesa nicponia, a z Eteoklesa dobrego chłopca. Urządziłem temu drugiemu państwowy pogrzeb. Pierwszemu odmówiłem pochówku, grożąc śmiercią każdemu, kto by go pogrzebał.

Nagrodziłem Szarbela oklaskami. Brat Jusufa Butrusa wzruszył mnie. Przeczytał sztukę. Pojął, jaka jest jej stawka. Przede wszystkim zaś pozwolił, aby Iman zaprezentowała się na scenie.

– Mam na imię Iman, jestem Palestynką. Moi przodkowie mieszkali w Jafie. Będę grać rolę Antygony, tej, która mówi „nie". Tej, która sprzeciwia się rozkazom, zakazom, radom. Tej, która wszystko robi na przekór. Tej, która nie odpowiada na pytania tak jak inni. Tej, która chce, by jej brata pochowano w ojczystej ziemi, a nie pozostawiono psom na pożarcie. Tej, która będzie drapać ziemię paznokciami, aby przysypać jego ciało zgodnie z rytuałem. Tej, która powie królowi, swemu wujowi Kreonowi, człowiekowi słabemu, że się go nie boi. Tej, która nie zgodzi się, żeby zatajono tę historię przed ludem Teb. Tej, która będzie krzyczeć, że to ona, Antygona, Palestynka Iman chciała pogrzebać brata w ojczystej ziemi. To ona zrezygnuje ze szczęścia u boku Haimona. Z życia ze wszystkimi. I wybierze śmierć, żeby nie zdradzić siebie.

Tym razem nic. Ani szmeru w tej poranionej sali. Iman ciągle stała. Z podniesioną głową, ze zmarszczonymi brwiami, rozchylonymi ustami, drżąc. Wówczas podszedł do niej Szarbel. Podniósł z podłogi koc i przykrył jej ramiona owym podarkiem, którego nie chciała.

– Nie jestem falangistą – powtórzył młody chrześcijanin.

Otuliła się pledem. Uśmiechała się do mnie, nagrodziłem ją więc oklaskami. Wstałem z ostatniego stopnia schodów i pogratulowałem aktorom. Wszystkim. Każdemu po kolei. Powinszowałem im zuchwałości. Żaden bojownik, ukrywający się za kolbą karabinu gdziekolwiek w mieście, nigdy nie zdobyłby się na taką odwagę jak oni. Kochałem ich tak, jakby kurtyna nagle opadła, przesłaniając widownię, która zgotowała nam owację.

*

W lutym 1944 roku, w wieczór próby generalnej, po ostatnich słowach Chóru nastąpiła grobowa cisza. „Trwała minutę, może dwie", opowiadali aktorzy. Wieczność bez ani jednego szmeru na sali, ani jednego kaszlnięcia, ani jednego skrzypnięcia fotela. Stłoczeni za kurtyną przybici aktorzy szeptali między sobą. Niektórzy mieli łzy w oczach. Nikt nie wierzył w tę sztukę.

– Dwadzieścia przedstawień to będzie koniec świata – oznajmił Anouilh.

– O ile uda nam się je zrobić – odparł reżyser.

***

Po wojnie dramaturg przyznał się, że na pomysł adaptacji „Antygony" wpadł latem 1941 roku na widok czerwonych afiszów, którymi naziści oblepili mury Paryża. W Wersalu 27 sierpnia dwudziestojednoletni robotnik Paul Collette otworzył ogień do kolaborantów Pierre'a Lavala i Marcela Déata. W odwecie tego samego dnia w fortecy Mont Valérien zostało rozstrzelanych pięciu więźniów aresztowanych za udział w manifestacji komunistycznej: Roger-Henry Nogarède, Alfred Ottino, André Sigonney, Raymond Justice i Jean-Louis Rapinat. Najmłodszy miał 20 lat, najstarszy zaledwie 34. I właśnie na widok obwieszczenia o ich egzekucji, słowa „Bekanntmachung" wypisanego czarnymi literami na krwi, Jean Anouilh miał sobie przypomnieć młodą rebeliantkę, która zginęła za to, że rzuciła ziarenko piasku w tryby bezdusznego prawa. Podobnie jak ona, Collette działał sam. Absolutnie sam i z własnej inicjatywy. Torturowany przy rue des Saussaies przez Gestapo, nie wyjawił nic poza swoim nazwiskiem.

Pisarz unowocześnił wówczas dramat Sofoklesa, ryzykując, że ściągnie na siebie gromy. Gdy niemiecka cenzura dała mu zielone światło, w prasie podziemnej rozpętała się burza przeciwko sztuce popierającej kolaborację. Kreon w opozycji do Antygony był dla niej jak Montoire* w opozycji do Ruchu Oporu. Był buntem stłamszonym

---

* W miejscowości Montoire-sur-le-Loir w 1940 r. odbyło się spotkanie marszałka Pétaina z Adolfem Hitlerem zapoczątkowujące kolaborację rządu francuskiego z reżimem faszystowskim.

przez prawo. Natomiast dla rzesz ludzi Antygona stanowiła ucieleśnienie sprzeciwu. Oddając życie, skazała Kreona na samotność ludzi przegranych. Jej śmierć miała oznaczać jego upadek. Z jego królestwa Antygona uczyniła gniazdo gniewu. Zdziesiątkowała rodzinę kata, zostawiając go samego z trzema strażnikami, którzy wkrótce go zabiją, przyklasnąwszy pierwszemu lepszemu władcy silnej ręki.

Ukryci za kurtyną wszyscy myśleli to samo. Ta sztuka nigdy nie powinna była zostać wystawiona. I wszyscy mieli potworne wrażenie, że teraz od parteru dzieli ich ściana. Czwarta ściana. Okazywało się, że ona istnieje naprawdę. Z betonu, stali, tłamsząca wszelkie tchnienie życia. Nieprzepuszczająca niczego z zewnątrz. Pozostawiła ich na scenie samych, porzuconych. Tak jakby teatr nagle się nad nimi zamknął. Jeden sufit, cztery mury. Przez całą minutę czuli się zamurowani.

Po czym sala wydała przeciągły ryk. Ryk ogromnej radości złożony z płaczu i wiwatów. Kurtyna się rozsunęła. Wszystko się powywracało. Ludzie powchodzili na krzesła, podnieśli ręce, żeby jeszcze głośniej oklaskiwać buntowniczkę Antygonę.

Gdy w teatrze Atelier rozlegały się owacje, od prawie trzech miesięcy naziści przetrzymywali dwudziestu dwóch mężczyzn z czerwonego afisza, innego, z tego, na którym widniały nazwiska Missaka Manukiana, Josepha Boczova oraz ich cudzoziemskich towarzyszy. Siedemnaście dni później, 21 lutego 1944 roku, padli od ich pocisków. „Nie wiem już, dlaczego umieram", szepnęła Antygona. „Umieram jako regularny żołnierz francuskiej armii wyzwoleńczej", odpowiedział jej Manukian.

*

Wówczas głos zabrał Husajn. Mówił wolno, po arabsku. Paź spoglądał wyłącznie na mnie. Chadidża, stara szyitka, kiwała głową i powoli klaskała, jakby nagradzała dzieci za przedstawienie.

– Husajn mówi, że się nie zgadza. Że Palestynka złamała nasz pakt.

Nabil tłumaczył. Iman wpatrywała się w niego twardym wzrokiem.

– Mój brat mówi, że przyszedł, bo ta kobieta jest Antygoną i niczym więcej. Doskonale zrozumiał, że odegrała przed nami wielką scenę odrzucenia praw, ale tutaj to niemożliwe. Albo w takim razie on odzyska swoją prawdziwą tożsamość.

Paź przemawiał. Nie domyśliłem się twardości pod maską dziecka.

– Nazywam się Husajn as-Sadik – rzekł jego brat. – Moje życie jest zagrożone przez palestyńskich wahabitów, którzy uczynili z ziemi moich przodków swój „FATAH-land". Zachowują się, jakby byli w podbitym kraju, grożą naszym ojcom, wychodzą z naszych restauracji bez płacenia, nie zwracają uwagi na nasze kolejki, kradną nasze samochody i nasz chleb. Skoro Arafat oskarża Izrael, że skradł mu Palestynę, ja oskarżam Palestyńczyków, że osiedlili się w kraju, który do nich nie należał.

Stara szyitka nadal przyklaskiwała rytmicznie słowom swego młodszego bratanka.

– Przerwijmy to więc, proszę. Powiedziałem, że jestem paziem Kreona, nie synem poniżonego narodu. Iman jest tylko Antygoną. Jest tutaj dlatego, że uszła do teatru, a nie dlatego, że mieszka w obozie dla uchodźców. A ja i moi bracia właśnie z tego powodu znaleźliśmy się tutaj. Nosimy tragiczne maski. One pozwalają nam być razem. Jeżeli je zdejmiemy, włożymy z powrotem opaski, a wtedy znów będzie wojna.

Wszyscy zamarli. W absolutnej ciszy. Właśnie dotarliśmy do ruin.

– Iman?

Palestynka popatrzyła na mnie. Wzruszyła swymi dziecięcymi ramionami.

– Jestem Antygoną. To Antygona jest tutaj dzisiaj.

Skłoniłem głowę. Odetchnąłem.

– Dziękuję wam obojgu.

Następnie klasnąłem niczym nauczyciel, wywołując szmer typowy dla końca lekcji. U drzwi stali chrześcijańscy milicjanci. Marwan szpiegował nas przez ścianę. Stara szyitka gładziła bratanka po czole. Simona chwyciła mnie za ręce. Iman zbierała swoje rzeczy, samotna i spięta. Wszystko to było takie kruche. Zakręciło mi się w głowie. Jeszcze jedno słowo na boku, jeden gest za mało, jedno spojrzenie za dużo i wszyscy rzucą się z powrotem do walki.

Puściłem w obieg notes, aby każdy, kto ma telefon, zapisał mi swój numer, i podałem im własny. Mogli do mnie zadzwonić w każdej chwili.

– Koniec prezentacji. Pierwsza próba w piątek czwartego czerwca, w łatwiej dostępnym miejscu. To za cztery miesiące. Czyli jutro. Nauczcie się więc tekstu. Dziękuję wszystkim. *Szukran*. I powodzenia...

16

Echkol Cohen

Aurore i Louise czekały na mnie za barierkami przed roz-
suwanymi drzwiami hali przylotów. Nie wracałem ani do
żony, ani do córki, tylko do całego poprzedniego życia.
Wiedziałem o tym. Czułem to, wsiadając na pokład samolotu, który zabierał mnie znów do ich spokoju. Lecąc
nad Bejrutem z czołem przytkniętym do szyby, poddałem
się smutkowi. Sam już nie rozumiałem, dlaczego właściwie wracam. Dlaczego nie zostałem, aby prowadzić próby.
Aby pokazać im gesty, spojrzenia. Aby przekroczyć linię
dla Szarbela, przemierzać kraj dla Nabila, poprawiać Nakada, który deklamuje, jęcząc, schronić się bezszelestnie
w uśmiechu Iman. Zrobiłem sobie przerwę bez powodu.
Traciłem czas. Wobec tego powiedziałem sobie, że wracam dla Sama. Aby opowiedzieć mu o cudzie, którego
dokonał.

Ściskało mnie w żołądku przez całą podróż. Spoglądałem na fotografię, z którą nigdy się nie rozstawałem. Aurore i ja tulący naszą córeczkę. Pokochałem uśmiech tych
ludzi. Ojca, matki, dziecka. Byli mi zarazem bliscy i obcy.

Szczególnie ojciec. Był tam rozpromieniony ze szczęścia, przy nim na wieczność obydwie jego kobiety. Jego świat kończył się na granicy ich skóry. Z pewnością powracał z daleka. Przeżył samo sedno egzystencji, jej surowość, kruchość namiętności, a potem opuścił ręce. Teraz te dwa uśmiechy w pełni wystarczały jego uśmiechowi. Rodzina, praca, mieszkanie, samochód, miłość, którą mógł dać, otrzymać, łagodność wielkich cieni w letni wieczór. Po długotrwałym boju w towarzystwie innych, po wspólnych nadziejach, wspólnych cierpieniach bez słowa zaprzestał walki. Nie domyślał się, że świat nadal walczy bez niego. Zapomniał o własnym gniewie. Jego pięść zamieniła się w otwartą dłoń. Przejechałem palcem po mojej ojcowskiej twarzy, po oczach żony, po włosach dziecka. Przyciąłem zdjęcie, nadając mu owalny kształt, żeby zmieściło się w portfelu. I oto już upodobniło się do wspomnienia. W mojej dłoni cała trójka przypominała wytarte wyszczerbione portrety, zapomniane na grobach. Wieczne uśmiechy skrywające umarłych.

Aurore miała na sobie czerwoną sukienkę, którą lubiłem. Na policzku Louise widniał namalowany motyl. Obie podśpiewywały w samochodzie.

– Mama, tata, mama – gaworzyła Louise, fikając.

– Tata wrócił – nuciła jej matka, trzymając jedną rękę na kierownicy, drugą na moim udzie.

Narzucałem rytm podniesionym palcem, cały czas się uśmiechając. Wcale się nie odzywałem.

– Opowiedz o Bejrucie – poprosiła Aurore.

– Będzie trudno. Ale damy radę. Teraz porozmawiajmy o czymś innym, dobrze?

Z plecakiem na grzbiecie wyrzekłem jedynie te słowa. Aurore spojrzała na mnie. Nie. Nie chciała rozmawiać o czymś innym. Życie rozdzieliło nas po raz pierwszy. Bała się o siebie, o Louise, o mnie, bała się pierwszego dnia i przez wszystkie następne. Zastanawiała się, do jakiego stanu doprowadzi mnie wojna. Chciała więc wiedzieć wszystko. Wszystko usłyszeć. Domagała się, bym opowiedział o aktorach i o mieście. Domagała się Antygony, teatru, zielonej linii, koloru nieba. Aby mnie odzyskać, musiała wiedzieć, co za sobą zostawiłem. Pragnęła Iman, Szarbela i wszystkich innych. Chciała się mną karmić. Gdy wyjechałem, prowadziła lekcje, chroniła nasze dziecko, czuwała nad jego trudnym snem. Załatwiała sprawunki, kupowała mleko, wodę mineralną. Szukała niedzielnych zajęć w zimowym słońcu. Spotykała się z matką, z paroma przyjaciółmi. Oglądała moją wojnę w telewizji. Wypatrywała nazwy „Bejrut" w tytułach gazet. Czekała na mnie przez cały ten czas, naprawdę. Liczyła godziny, dni, źle spała. Dręczył ją lęk. Jej niespokojna skóra była pocętkowana łupieżem różowym od podstawy szyi po talię, na piersiach i na plecach. Widziała mnie martwego. Innym znów razem popełniającego zdradę. Odchodzącego dla innej, dla bojowniczki, która nie ma dziecka, nie musi pokonywać stałej trasy autobusem ani kupować dobrze wypieczonej półbagietki, gdy nadejdzie zwyczajny wieczór. Widziała mnie kochającego tę obcą nam kobietę, tak jak pokochałem ją pierwszego wieczoru. Moją feministkę, moją wojowniczkę, moją Bretonkę. Budziła się odrętwiała, nienawidząc mnie dlatego, że upadłem. Że leżałem na ziemi z rozpostartymi ramionami albo w ramionach innych niż jej. Nieważne. Rankiem byłem dla niej stracony.

– Tata wrócił – nuciła moja żona.

Przyglądała mi się kątem oka. Coś nie grało. Domyślała się tego. Szukałem dłoni Marwana na kierownicy. Pod lusterkiem wstecznym brakowało druzyjskiego różańca. I muzyki, napięcia, Ringu, zbliżającej się linii demarkacyjnej. Nawet strzałów w oddali. Brakowało mi także Iman. Opuściłem szybę, aby odetchnąć podmiejskim powietrzem. Oschły głos mojej żony:

– Wieziesz z tyłu dziecko, pamiętasz?

Pamiętałem. Podniosłem szybę i zamknąłem oczy.

*

Widząc mnie w korytarzu, doktor Cohen wyszedł mi na spotkanie z wyciągniętą ręką zastępującą uśmiech.

– Oto więc człowiek, który położy kres wojnie w Libanie?

Sam wszystko mu opowiedział. O „Antygonie" granej gołymi rękami w mieście, w którym czyjeś inne ręce duszą. Minąłem wraz z nim pokój pielęgniarek, po raz kolejny spuszczając głowę. Przed otwarciem drzwi do sali lekarz przyjrzał mi się. Mojej bladości, mojemu lękowi.

– Samuelowi się pogorszyło, ale walczy.

Spał. Wyobraziłem go sobie martwego. Miał żółtą twarz. Czubek nosa, podbródek, niektóre palce były niemal czarne. Sapał jak miech kowalski. Z całego ciała sterczały mu rurki. Moja noga drżała. Byłem zlodowaciały.

Lekarz stał za mną.

– Czy on mnie słyszy?

– Tak, oczywiście. Będzie mógł pan z nim porozmawiać.

Pochyliłem się.

– Sam?

Mężczyzna położył mi dłoń na ramieniu.

– Proszę zaczekać, aż się obudzi.

Przysunął mi krzesło, po czym opuścił salę i cicho zamknął za sobą drzwi. Usiadłem więc, opierając kolana o ramę łóżka. Mój przyjaciel schudł. Nad jego klatką piersiową umieszczono podpórkę w kształcie łuku, aby nie ciążyła mu pościel. Leżąca na stoliku nocnym „Libération" głosiła, że libańskie rakiety uderzyły na Izrael. Na gazecie spoczywało komboloi o bursztynowych paciorkach. Grecki różaniec dla mojego przyjaciela Żyda. Jeszcze jeden odwiedzający, który zrobił co mógł. Uśmiechnąłem się. Sam śnił o czymś. Jęczał cicho przy każdym oddechu, jakby powietrze go raniło. Miał wilgotny kaszel. Kardiologiczny monitor się rozszalał, pulsował. Sam odetchnął gwałtownie jak ktoś, kto się prawie topi. Poruszył dłonią, palcem uwięzionym w pulsoksymetrze. Następnie powoli otworzył oczy. Nie ruszając głową, spojrzał na sufit, na ścianę, na okno. Dotarłszy do mnie, zawahał się. Był zagubiony. Zatrzymał na mnie niewidzący wzrok. Podniosłem dłoń, jakbym machał do kogoś na peronie.

– *Ahlan wa-sahlan*, Sam.

Uśmiechnął się. Następnie zamknął powieki. Kiedy powrócił, odnalazłem jego ślad. Ślad mojego Sama, mojego Greka, mojego brata. Pochyliłem się. W jego oczach były smutek i cisza. On wpatrywał się w coś innego niż ta sala. Obserwował krzątającą się śmierć.

– Opowiadaj.

To nie był głos, ledwie westchnienie.

Przyglądał mi się nieobecny.

Opowiedziałem więc. Wyjąłem z kieszeni notes i zacząłem czytać, robić miny, odtworzyłem każdy gest, każdy kolor, każdy zapach. Weszła pielęgniarka, żeby poprawić mu poduszki. Nie siedział ani też całkiem nie leżał. Patrzył na mnie. Uśmiechał się. Otwierał usta, aby zadać pytanie, które nie padało. Opowiedziałem mu o Marwanie, o przekroczeniu linii, o An-Nabtijji i szyickich braciach, o fortecy Jusufa Butrusa, o zabójcy ze skrzyżowania Sodeco. Opisałem mu kino, nasz teatr. Przedstawiłem mu Simonę, jej zarżnięte dziecko, duchy z Ad-Damuru. Naśladowałem szajcha Mu'ammara as-Sadika, który znienacka się odwrócił i przemawiał tylko do ściany. Odegrałem przed nim przerażenie Chadidży na wieść o samobójstwie Eurydyki. Deklamowałem kwestie Haimona głosem Nakada, który grał swoją życiową rolę. On zaś spoglądał na mnie niczym rozbawione dziecko. Oczy mu się śmiały, błyszczały, cieszyły ze wszystkiego.

– A Iman?

Ten sam ledwie słyszalny szept.

Mówiłem o Szatili, Mahmudzie Darwiszu, dzieciach recytujących piękno pośród śmierci.

– A co z Iman? Widziałeś się z Iman?

Chyba się zaczerwieniłem. Wydukałem kilka słów. Będzie przepiękną Antygoną. Jest delikatniejsza niż reszta, bardziej inteligentna, gotowa do życia.

Sam zastygł wpatrzony we mnie. Zamilkłem. On czekał. Po czym wzruszył ramionami. Ze znużeniem.

– Aurore wie?

– Aurore?

Odpowiedziałem zbyt szybko, zbyt szorstko. Aurore? Ona nie musi nic wiedzieć. Zresztą nie ma nic, o czym musiałaby się dowiedzieć. Po próbie odwiozłem Iman do Szatili. I co? Co w tym złego, że wziąłem ją za rękę w ciemności? Powiedziałem jej po prostu, że jest wzruszająca.

– Francuzi łatwo się wzruszają? – zapytała wtedy.

Owszem, odparłem. Nie wszyscy, tylko niektórzy.

– A co to znaczy być wzruszającą? Wytłumacz mi.

Powiedziałem, co o niej wiem. Że ma klasę w obecności dzieci, w obecności aktorów. Powiedziałem, że jej twarz jest smutna i piękna. I spojrzenie. Powiedziałem, że ma takie białe dłonie.

– Jesteś żonaty?

Tak. Z cudowną kobietą. A także mam dziecko. Małą córeczkę, która śmieje się w głos.

– W takim razie nie wolno ci rozmawiać o mojej twarzy, spojrzeniu czy dłoniach – odrzekła Iman.

Cofnąłem rękę, którą trzymała w palcach.

– Nie igraj z nią ani z żadnym z nich – szepnął Sam. Był wyczerpany. Zamknął oczy.

– Wyznaczyłem ci spotkanie z Antygoną, nie z Iman.

Byłem na niego wściekły. Nie miałem sobie nic do zarzucenia. Nic się nie wydarzyło. Byłem także wściekły na siebie. Twarz Palestynki pochylała się nad moją dzień i noc. Prześladowała mnie. Miałem wrażenie, że dopuszczam się zdrady.

– Przysięgnij mi – odezwał się Samuel z zamkniętymi oczami.

Przysunąłem się jeszcze bliżej, niemal przytykając wargi do jego warg.

– Przysięgnij mi, że wystawisz „Antygonę" za wszelką cenę.

Oparłem czoło o jego czoło, zamknąłem oczy tak jak on. Chwyciłem jego twarz w dłonie.

– Przysięgam, Samuelu.

Spał. Wyszedłem. Na korytarzu oparłem się o ścianę. Przy windzie czekał lekarz. Powoli odsunął się od drzwi.

– Kawy?

Opuściliśmy szpital. Kończył zmianę dyżurem domowym. Zaprowadził mnie naprzeciwko, do zwykłego baru. Podążyłem za nim. Nie wiem dlaczego. Obiecałem Aurore, że prędko wrócę z powodu Louise i jej zimowego kaszlu. Tylko że odprawiałem pokutę. Zachowałem się nieprzyzwoicie wobec tego lekarza i pielęgniarek w kwestii Auschwitz. Nie byłem z siebie dumny i teraz za to płaciłem. Usiedliśmy przy oknie; nie wiedziałem, czy on będzie mówił, czy ja mam to zrobić.

– Nie jesteśmy tu po to, żeby się okłamywać, prawda?

Skinąłem głową i zamówiłem piwo. On poprosił o zieloną herbatę.

– Nowotwór zaatakował wątrobę pańskiego przyjaciela, kości też. Poza płucami, głową, brzuchem dokuczają mu żebra i kręgi. Szkielet stał się jego wrogiem. Robimy co w naszej mocy, żeby mu ulżyć, ale morfina nie rozwiązuje wszystkiego.

– Zna pan datę?

Lekarz podniósł wzrok.

– Datę wyswobodzenia?

Skinąłem głową. Wyswobodzenie. Nigdy bym nie wpadł na to słowo.

– Nie znam. Przed końcem roku.

Spojrzałem na niego. Popijał herbatę, obserwując szpital.

– Dlaczego zaciągnął mnie pan do baru, żeby mi o tym powiedzieć?

Doktor Cohen się uśmiechnął.

– Ponieważ jest coś jeszcze.

Długo rozmawiał z Samem. Tunezyjczyk z Grekiem. Zanim mojemu przyjacielowi się pogorszyło, opowiedział mu swoje życie. Saloniki, opór wobec junty pułkowników, swoje nadzieje co do Palestyny, tak jak człowiek umierający uwalnia się od wspomnień. W ciągu tygodni został jego powiernikiem. A lekarz spowiednikiem Sama.

Doktor Cohen również zrzucił z siebie spory ciężar. Jako młody syjonista wstąpił w szeregi Bejtaru. I zachował po tym zobowiązaniu szczególną ranę. A Sam był za to odpowiedzialny, ja także. Obaj odkryli to przypadkiem. Lekarz zaciągnął mnie na drugą stronę ulicy właśnie po to, żeby mi o tym powiedzieć.

Pewnego kwietniowego wieczoru 1974 roku, będąc studentem medycyny, brał udział w manifestacji poparcia dla CaHaL-u w Palais de la Mutualité w Paryżu. Na chodniku przed drzwiami lewicowcy namalowali wielką flagę palestyńską. Ledwie zdążyła wyschnąć, Cohen przybył ze swymi towarzyszami, aby ubezpieczać okolicę. Wiadra z farbą porzucono na osłonach drzew wraz z pędzlami i rękawicami. Chociaż miało to miejsce osiem lat wcześniej, nadal budziło w lekarzu wstręt. Poprzedniego dnia w Kirjat Szemonie palestyńskie komando zamordowało dziewięcioro dzieci.

– Długo siedziałem na chodniku, wpatrując się we flagę. Umoczyłem palce we wszystkich czterech kolorach farby. W czarnym, zielonym, białym, czerwonym.

Spoglądałem na lekarza. Unikał mojego wzroku.

– Zastanawiałem się, jak to możliwe. Jak ludzie mogli pokryć farbą krew tych dzieciaków. Nie byłem wściekły. Nie czułem także nienawiści. Po prostu nie rozumiałem.

Znów ujrzałem Samuela, jak samotny wśród nas zaklinał nasze sumienia.

– Próbowałem wyobrazić sobie twarze tych ludzi, ich głosy, życie. Zastanawiałem się, jak się czuli po tej rzezi.

Szukałem właściwych słów.

– Zrobiliśmy to, żeby przypomnieć o cierpieniu narodu.

Popatrzył na mnie.

– W dniu, kiedy ginął inny naród?

Zdaje się, że wzruszyłem ramionami. Pogardliwym gestem, którego nie znoszę.

– Nie myśleliśmy o tym w taki sposób.

– Kiedy wy malowaliście flagę, Samuel ściskał kipę swojego ojca.

– Palestyna nie ma nic wspólnego z masakrą Żydów z Salonik.

Lekarz spuścił głowę.

– Wiem. Za to wy mieliście coś wspólnego z masakrą dziewięciorga dzieci.

Chciałem wstać. Doktor Cohen położył mi dłoń na ramieniu.

– To, co robicie w Bejrucie, jest dobre. Łączenie społeczności we wspólnym marzeniu o pokoju jest czymś słusznym i dobrym. Chciałem to panu powiedzieć.

Doznałem wrażenia, że on siłą wdziera się w naszą tajemnicę.

– Chciałem poza tym powiedzieć, że czuję ulgę. Teraz wiem, że ci, którzy namalowali tę flagę, są zdolni usłyszeć cudzy ból.

Podniósł się i położył banknot między naszymi szklankami.

– Pan ma córkę Louise, zgadza się?

Skinąłem głową.

– Niech Bóg pana przed tym ustrzeże, ale jeśli wojna postawi na pańskiej drodze martwe dziecko, niech pan je opłakuje. I proszę uczcić także męczenników z Kirjat Szemony.

Lekarz się uśmiechnął. Wyciągnął do mnie dłoń. Wstałem, żeby ją uścisnąć. Nosiłem głęboko w sercu Louise i jej beztroski śmiech. Chroniłem tam Maruna, wnuka Simony zaszlachtowanego w Ad-Damurze. A także uczniów z Szatili recytujących wygnanie. Było jeszcze tak wiele miejsca do zajęcia.

– Przyrzeka pan?

– Przyrzekam, doktorze.

– A ja będę się modlił za pańską córeczkę.

Lekarz powoli włożył zimowy płaszcz. Był inny, wyciszony. Wyższy niż w szpitalu, bardziej majestatyczny, również piękniejszy. Nie wybaczył, ale usłyszał. Jego gestom zaś towarzyszył złocisty blask.

17

Chór

W południe 4 czerwca 1982 roku moi aktorzy zajęli miejsca wokół owalnego stołu przykrytego białym obrusem z tłoczonego papieru. W zamian za umieszczenie reklamy w programie teatralnym i jego logo na plakatach Grecki Ośrodek Kultury otworzył dla nas na weekend dużą salę w odrapanym budynku w dzielnicy Bir Hasan. Na ścianie plakat ze świątynią Zeusa szeptał postaciom z „Antygony", że są mile widziane. Po kilkudniowym odcięciu w zachodniej części miasta znów pojawiła się woda. Prąd też. Iman była tu u siebie. Żeby uczestniczyć w próbie w ten piątkowy poranek, wystarczyło jej przejść przez ulicę prowadzącą na lotnisko.

Aktorzy szyiccy przybyli poprzedniego dnia. Spędzili noc u krewnych w Dżinah, tuż obok miasteczka sportowego. Marwan przywiózł mnie wraz z Nakadem, który głośno powtarzał swoje kwestie przez całą drogę. Jewkinia i Madeleine zjawiły się jak zwykle razem. Kokietka Ismena upięła włosy do góry, pozwalając się wyślizgnąć kilku kosmykom na czole. Co do Piastunki, to poprzestała na włożeniu bluzki w kwiatki. Poprosiłem każdego aktora, aby wszedł na scenę z jakimś rekwizytem. Druz przyniósł swój fez w plastikowej torbie. Iman schowała rude włosy pod czarno-białą kufiją. Na widok Palestynki przebranej za fedaina Szarbel sposępniał. Poprzedniego dnia palestyńskie komando usiłowało zabić ambasadora Izraela w Londynie.

– To na cześć tego? – burknął młodzieniec.

– To nie jest sztandar, tylko chusta – odparła Iman.

– Powinienem był włożyć drelich brata, wtedy bylibyśmy równi.

Chrześcijanin miał zły humor. Narażał się, przekraczając w pojedynkę linię przy muzeum. Przejąłem z powrotem dowodzenie.

– Jaki przedmiot przyniosłeś, Szarbelu?

Młody człowiek owinął w papier gazetowy laskę ze srebrną gałką. Była to zarazem szpada.

– To słabość i wszechmoc Kreona – odrzekł Szarbel, wspierając się na niej niczym znużony starzec.

Strażnicy przyszli bez niczego, za to każdy zapuścił wąsy. Dokładnie takie same, łączące się z idealnie przystrzyżoną kozią bródką.

– To bardziej dyskretne od munduru i nadaje wszystkim trzem strażnikom spójności – wyjaśnił z uśmiechem Nabil. – Ale nie zamierzamy udawać szyitów.

Iman rzuciła mu ponure spojrzenie. Incydent jeszcze nie dobiegł końca.

Zanim zaczęliśmy, poprosiłem ich, żeby robili notatki. Po trwającym trzy dni czytaniu będziemy się spotykać w tym samym miejscu 17, 18 i 19 września. Od piątku do niedzieli, aby skorzystać z tego, że jedni i drudzy mają dni wolne. Następnie 24 i 25 tegoż miesiąca. A 26 września, też tutaj, odbędzie się próba generalna przy drzwiach zamkniętych. Jedyne przedstawienie damy zaś 1 października, tak jak było ustalone. Do tego czasu nie będziemy mogli urządzać prób w kinie Beaufort. Zagramy bez siatki. Na szczęście pomieszczenie, w którym się znajdowaliśmy, odpowiadało rozmiarami scenie. Będziemy więc próbować w prawie rzeczywistych warunkach. Mieliśmy mało czasu. Zdawałem sobie sprawę, że w innym życiu trzeba by pomnożyć liczbę naszych spotkań przez dziesięć, lecz wojna ofiarowywała nam tylko tę jedną szansę. I nie wolno było jej zmarnować.

Wszyscy aktorzy robili notatki. Poza Iman. Ona zapisała jedynie daty na dłoni.

– Są pytania?

Ormianka Jewkinia podniosła rękę.

– Nigdy nie ośmieliłam się zapytać, ale właściwie dlaczego „Antygona”?

Byłem w trakcie sortowania fiszek. Przerwałem tę czynność.

– Dlaczego „Antygona”? To znaczy?

– Liban jest krajem w stanie wojny, a my nie zajmujemy się tekstem, który mówi o pokoju. Nikt nie wyciąga do nikogo ręki, a na koniec wszyscy umierają, nie?

Iman klasnęła w dłonie ze śmiechem.

– To sztuka, która mówi o godności – odparł Szarbel.

– Godności Kreona czy Antygony?

Pytanie to zadał Nabil.

Ta wymiana zdań zarazem napełniła mnie szczęściem i wprawiła w lekkie niezadowolenie. Sądziłem, że odbyli tę rozmowę z Samem, że temat „dlaczego" jest zamknięty. Iman widziała w tekście wezwanie do buntu. Nakad uważał, że to dowód miłości. Zdaniem Nabila i Nimera „Antygona" była symboliczna dla miast opuszczonych przez Boga. Według Madeleine Anouilh opowiadał o absolutnej samotności władzy i kruchości wieku dorastania.

– Antygona to dzieciak, który uważa się za pępek świata – rzucił po arabsku Husajn.

Iman się oburzyła. Podobnie jak Nakad, jej sceniczny ukochany. Wszyscy mówili jednocześnie. Wobec tego podniosłem ręce.

– Samuel kocha ten tekst, ponieważ napisano go w najczarniejszej godzinie naszej historii. Kiedy wszystko było stracone. Każde z was może czerpać z niego siły.

Piastunka kiwała głową. Iman także, zgadzała się z tym. Mówiłem dalej:

– Ja zaś kocham lekcję tragedii, jakiej udziela ta sztuka, dystans wobec banalności dramatu. Przypomnijcie sobie, czego Chór uczy nas o tragedii. Mówi, że tragedia to czysta sprawa, coś, co pozwala odetchnąć, coś wygodnego. W dramacie, wraz z jego niewinnymi, zdrajcami, mścicielami, umieranie staje się przeraźliwie skomplikowane. Człowiek się szamocze, bo ma nadzieję, że się wywikła, to interesowne, haniebne. A jeśli z tego nie wychodzi, to prawie wypadek. Natomiast tragedia jest bezinteresowna. Pozbawiona nadziei. Owej ohydnej nadziei, która wszystko niszczy. W tragedii nie warto już niczego próbować. Tragedia jest dla królów.

Nabil się uśmiechnął. Nimer tłumaczył na użytek Husajna, który z trudem nadążał. Szyici przybyli bez Chadidży, która uznała, że nie ma sensu przez trzy dni z rzędu przerabiać oczko prawe, oczko lewe i tak w kółko.

Szarbel otworzył książkę. Iman poszła w jego ślady, potem Nakad i pozostali. Zauważyłem, że każde z nich popodkreślało wiersze, pozaznaczało urywki, pozaginało rogi kartek. Napracowali się. Ja także. Przeczytałem krótki wstęp.

– No więc jestem Chórem. Przybywam ze starożytnej Grecji. Jestem tym, co Anouilh pozostawił z Sofoklesa. Jestem na marginesie. Jestem narratorem. Przedstawiam postaci, opowiadam, uprzedzam fakty. Jestem zarazem posłańcem śmierci i głosem rozsądku. Będę krążył wokół was, ale wy w ogóle nie będziecie zwracać na to uwagi. Wy przemawiacie do innych postaci, podczas gdy ja zwracam się do publiczności. Tylko ja burzę czwartą ścianę. Tylko ja akceptuję fikcyjny charakter mojej roli. Tylko ja przerywam iluzję. Widz mnie widzi, aktor ignoruje. Jestem na scenie, ale pozostaję na marginesie. Nie patrzcie na mnie, kiedy recytuję. Mówcie, gdy nadejdzie wasza kolej, potem nieruchomiejcie. Samuel pracował z dwoma technikami, którzy przylecą z Francji, żeby zająć się oświetleniem. Postać, która mówi, znajduje się w świetle reflektora, ledwie kończy swoją kwestię, zamienia się w słup soli. Stoi albo siada w ciemności. Kiedy kurtyna się podnosi, wszyscy jesteście na miejscu. I na koniec wszyscy będziecie na miejscu. Publiczność musi to skojarzyć z grą w szachy. Figury są nieruchome, po czym przechodzą z pola na pole popychane przez Chór albo przeznaczenie.

Nakad przyglądał mi się, poruszając wargami. Serce powtarzało mu bez przerwy, że musi być Haimonem. Iman patrzyła w niebo. Szarbel pisał.

– Dalej. Jedziemy szybko po kolei.

Poprosiłem każde z nich, aby opowiedziało mi pokrótce o swych teatralnych doświadczeniach. I aby przeczytało fragment tekstu, który najtrafniej odmalowuje jego postać. Rozpoczęła Madeleine. Chrześcijanka ze Wschodu, 40 lat. Przez dziesięć lat uczęszczała na kurs teatralny Chaldejskich Cór Maryi. Jej szkolny repertuar pochodził wyłącznie z Biblii. Jeden jedyny raz zdradziła Pismo Święte i zagrała Dorynę w „Świętoszku". Była młoda. Jeszcze teraz czerwieni się, mówiąc o tym.

– Słuchamy cię, Madeleine.

– Więc tak. To jest na początku, kiedy Piastunka zaskakuje Antygonę rano na bosaka. Mała spała poza domem. Właśnie oddała cześć martwemu bratu, ale Piastunka myśli, że spotkała się potajemnie z jakimś chłopcem.

Madeleine obserwowała nas. Była pierwsza, jednocześnie zażenowana i dumna. Otworzyła swój egzemplarz. Jechała palcem wzdłuż liter.

Piastunka

Udawaj wariatkę, udawaj! Znam tę piosenkę. Ja też byłam dziewczyną – przed tobą. I też nie żadną trusią, ale upartą jak ty, tak, tak. Gdzieś była, ladaco?

Nabil miał 28 lat. Wraz z Nimerem występował w zespole, który kontynuował irańskie obrzędy teatru tazija poświęconego męczeństwu imama Husajna, wnuka Mahometa, zabitego w 680 roku razem z 72 członkami rodziny. Obaj bracia wcielali się w role towarzyszy Husajna i niezmordowanie umierali u jego boku. Grali w kręgach rodzinnych i podczas wiejskich zgromadzeń z okazji Aszury, krwawego święta upamiętniającego rzeź.

– Nabilu? Który urywek wybrałeś?

– Ten, kiedy strażnik zawiadamia Kreona, że ciało Polinejkesa zostało w nocy poruszone. Bardzo boi się króla. Zachowuje środki ostrożności, kryje się.

STRAŻNIK
Ten trup, szefie... Ktoś go przysypał! Och, nic znów takiego! Nie mieli czasu, tuż pod naszym bokiem... Tyle tylko, że trochę ziemi... Ale zawsze dosyć, żeby go zakryć przed sępami.

Ismena chciała być psychologiem. Interesowały ją zaburzenia w zachowaniu na skutek wojny. Zauważyła, że milicjanci obawiają się przerwania ognia, a nie walki. Uprawiała teatr klasyczny w szkole, potem na uniwersytecie. Dwa lata wcześniej z okazji Bożego Narodzenia w Ośrodku Kultury Francuskiej wcieliła się w postać córki Minosa, króla Krety, w „Leokadii" Anouilha. Ismena wyrecytowała fragment, w którym pragnie przeżyć mękę wraz z Antygoną, lecz siostra przywołuje ją do porządku.

Z kolei Nakad nigdy nie grał w teatrze. Przyłączył się do zespołu dzięki Marwanowi po odejściu druzyjskiego aktora z gór Szufu. Haimon nie wypowiedział żadnej kwestii. Wolał odegrać własną śmierć z emfazą, gestami wyrażając słowa Posłańca, który obwieszcza ją publiczności. Wbił sobie wyimaginowany miecz w brzuch z żarem typowym dla kina niemego. Obiema dłońmi i błyskając białkami oczu.

Szarbel zawsze marzył, że zostanie aktorem filmowym. Jego idole zwali się James Coburn i Clint Eastwood. Często wyobrażał sobie siebie u boku jednego z nich, na szerokiej pustej ulicy w jakimś mieście na amerykańskim Zachodzie, z ręką na kolbie colta wysadzanej macicą perłową. Jako dziecko grał przed lustrem spojrzeniem, udając zbliżenia kina włoskiego. A potem kontynuował. Młody chrześcijanin tak naprawdę mówił o sobie po raz pierwszy. Nie kręcił, godził się nawet na śmiech innych. Następnie wyrecytował swój ulubiony fragment, kiedy to król próbuje ofiarować Antygonie szczęście zamiast śmierci. Szczęście, żałosne słowo. I po raz kolejny Szarbel zostawił otwarte drzwi dla Iman. Wstała więc. Zdjęła kufiję, ku zdumieniu wszystkich rozpuszczając włosy. Nabil odwrócił głowę. Husajn i Nimer nie spuścili wzroku.

– Szczerze mówiąc, nigdy nie występowałam w teatrze. Za to kierowałam dziećmi przy adaptacjach poezji palestyńskiej na krótkie przedstawienia, zarazem mówione, śpiewane i grane. W naszej sztuce podoba mi się rozmowa Kreona i Antygony w cztery oczy. On udaje, że robi wszystko, by ją ocalić, ale nie zrobi nic. Toczą ze sobą wojnę, naprawdę. On domaga się od niej zrozumienia dla roli króla. Ona odpowiada.

ANTYGONA
Nie chcę rozumieć! To dobre dla pana. Nie jestem tu po to, żeby rozumieć. Jestem tu, żeby powiedzieć „nie" i żeby umrzeć.

Iman usiadła z powrotem. Szarbel się skrzywił.

Mnie zaś wydało się, że Sam się uśmiechnął.

Chciałbym, żeby był tu z nami.

– W tekście Anouilha jest bardzo mało wskazówek scenicznych. To niesamowite. On wam zostawia wybór gestów i spojrzeń. To szansa. Musicie ją wykorzystać.

Madeleine podniosła rękę. Ogryzała ołówek.

– Ja jednak czułabym się swobodniej, gdyby mnie ktoś naprowadził. Nie wiem, co inni o tym myślą, ale nie wydaje mi się, żeby jedna wskazówka określająca nasze postacie była nadmiarem.

– Na przykład strażnik wcale nie sprawia wrażenia poważnego. Kompletnie odstaje od intrygi. To jakiś idiota czy co?

Popatrzyłem na Nabila, Madeleine, na kiwającą głową Iman.

– Zgoda. Jedno słówko dla każdego.

Powróciłem do swoich notatek.

– O właśnie, Nabil. Masz rację i jednocześnie się mylisz. Strażnik nie jest idiotą, tylko jest całkowicie oddany swojej funkcji. Kiedy wygłasza wielką tyradę przed Antygoną, która za chwilę umrze, kiedy mówi o swoim awansie, o wynagrodzeniu, o zaletach bycia królewskim strażnikiem zamiast sierżantem w armii czynnej, pogrąża całą scenę w absurdzie. Tutaj teatr bulwarowy zderza się z tragedią. Ten rozdźwięk jest bardzo komiczny. Zachowuj się jak funkcjonariusz, który czeka na wakacje, który wykonuje swoją robotę jako tako i spogląda na zegarek, zastanawiając się, co też mamusia ugotowała na kolację.

Piękny uśmiech Nabila. Wszystko notował.

– Siła twojej postaci polega na tym, że nic nie jest w stanie jej dotknąć. Poważnie traktuje swoje obowiązki.

Trochę z niego leń, trochę cykor, trochę wszystko to, czego na pewno nie znosisz, nie?

– Rola sprzeczna z charakterem aktora, jak to się mówi – rzuciła ze śmiechem Iman.

– Właśnie, porozmawiajmy o twojej Antygonie. Jest młoda, egzaltowana, zszokowana. Aktorki często pokazują ją jako prawie stukniętą, irytującą, tupiącą nóżką jak dziecko. Oczywiście to też w niej jest, ale to nie wszystko. Antygona nie jest szalona, ona jest silna. To ta, która mówi „nie". Jej rezygnacja ze szczęścia musi być zarazem niezrozumiała i urzekająca. Ona chce wszystko natychmiast albo nic nigdy więcej. Antygona to jednocześnie nasza odwaga, upór i porażka.

Tym razem Iman zapisywała. Na ślepo, nie patrząc na kartkę i nie odrywając ode mnie oczu. Im bardziej świdrowała mnie wzrokiem, tym większą miałem pewność, że pojmuje każde słowo.

– A Kreon? Łajdak, jak sądzi Iman, czy bohater? – zapytał Szarbel.

Powiedziałem, że nie wiem. Nikt nigdy nie wiedział. Każdy sam radził sobie z Kreonem. Powiedziałem, że on, Szarbel, może przedstawić króla tak, jak chce.

Odparł więc, że zrobi wszystko, by ocalić Antygonę. Kocha ją. Chroni. Chce ją zrozumieć, lecz ona odtrąca wyciągniętą dłoń. Uważa, że jej śmierć nie przynosi absolutnie żadnej korzyści. Nie cierpi tego osobistego patosu. Nie cierpi dumy małego Edypa. Posunie się jak najdalej, żeby oszczędzić jej śmierci. Na próżno. Ona zginie nie przez niego, tylko mimo niego.

Iman była niezdecydowana. Szarbel przemówił właśnie do Antygony.

– Masz piękną rolę! – rzuciła w chwili, gdy przelatywał pierwszy samolot.

Dwa okna były otwarte. Było jedenaście po trzeciej. Potworny ryk. Zdumienie. Wszyscy zastygli, po czym nagle runęli bez słowa pod stół. Odnaleźli gesty właściwe dla kryjówki. Jako jedyny siedziałem na krześle, wpatrując się w sufit. O mało nie wstałem. Nabil pociągnął mnie z wrzaskiem za spodnie. Drugi samolot, trzeci. Spadłem z krzesła w chwili, gdy roztrzaskały się szyby.

– Żydzi! – wrzasnął Nakad.

Nabil i Husajn przewrócili stół i użyli go jako tarczy. Madeleine się uderzyła. Krwawiła z nosa.

– Trzeba wyjść! Chcę stąd wyjść!

Szarbel objął ją w pasie, przycupnąwszy obok niej.

– Uspokój się. Nie wiemy, co się dzieje. Zostajemy razem.

Husajn układał stos z krzeseł.

– Nie patrz! Zamknij oczy! – krzyknęła do mnie po francusku Iman.

Reszta zrezygnowała z mojego języka. Wrzeszczeli po arabsku. Leżałem na podłodze z rękami na głowie. Jewkinia przytuliła się do mnie. Łkała, włosy Ismeny opadły na jej lalczyną buzię. Madeleine także płakała, trzymając się za nos obiema dłońmi. Nabil modlił się na kolanach odwrócony plecami do okna, wzniósłszy ręce do nieba. Bejrut został zaatakowany. Powtarzałem w myślach to zdanie, by pojąć jego sens. Samoloty rzucały się na miasto. Bombardowały stolicę Libanu. To było niewiarygodne, ohydne i nieogarnione. Byłem na wojnie. Tym razem naprawdę. Zamknąłem oczy. Drżałem. Bez strachu ani zdumienia, ani wściekłości, ani nienawiści wobec niczego. Przeraźliwe powtarzające się uderzenia, potworny łoskot, dzika czysta przemoc, stal szybująca we wszystkich kierunkach, ogień, dym, syreny budzące się jedna po drugiej, oszalałe klaksony samochodów, ryk ulicy, eksplozje, jeszcze, jeszcze, jeszcze. Moja dusza zderzyła się z rozprutym betonem. Skóra, kości, życie gwałtownie zespoliły się z miastem. Nikt nie zwrócił na to uwagi. Uśmiechnąłem się wśród ich krzyków. Myślałem o Jusufie Butrusie i jego dziecinnym karabinie. O nocnym wystrzale, pisku szarej myszy. Myślałem o snajperach z Ringu, z wieżowca Rizk, o wszystkich strzelcach z miasta rzuconych w tej chwili na mury. Myślałem o trzaskaniu paryskich granatów z gazem łzawiącym, o petardach na 14 Lipca, o burzy, piorunie, o wszystkich tych aż nazbyt ludzkich odgłosach. Przygryzałem policzki, otwierałem szeroko usta, rozdziawiałem je, jakbym chciał rozedrzeć. Żołądek podjechał mi do gardła i tam przycupnął. Noga rwała mnie niczym bolący ząb. Nigdy jeszcze tego nie słyszałem. Nigdy. To właśnie jest wojna. Jeszcze przed krzykami ludzi, przelaną krwią, grobami, przed niekończącymi się łzami, które sączą się z miast, przed zburzonymi domami, przerażonymi hordami, wojna to łoskot, który rozłupuje czaszki, miażdży oczy, zaciska gardła, aż brakuje powietrza. Ogarnęła mnie dzika radość. Poczułem wstyd. Nie bałem się. Poczułem wstyd. Byłem w piekle. Nigdy nie zamienię tego przerażenia na ciszę sprzed niego. Byłem tragiczny, szary od pyłu, skostniały z zimna, przeszyty bólem. Z pewnością krwawiły mi uszy. Nimer zwymiotował.

W swoim kącie, bez słowa. Nikt nie przyszedł mu z pomocą. Nikt nie przyszedł z pomocą mnie. W nasz dom uderzyła bomba. Albo w dom obok. Z pięter spadł kawał ściany i rąbnął w nasz balkon.

Nabil podniósł się w czarnym pyle. Wydał krótki rozkaz. Następnie otworzył drzwi na korytarz, trzymając na plecach krzesło.

– Wychodzimy! Idziemy! – ryknął szyita.

Chwyciłem otwartą torbę. Pobiegłem podobnie jak inni. Po czym przystanąłem. Po podłodze walała się „Antygona". Wszędzie leżały książki, zwinięte, pogniecione, rzucone byle gdzie, wśród gipsu i gruzów, wraz z notatkami, ołówkami, torbami. Podniosłem egzemplarz Iman. Był obłożony w niebieski papier, który zdobił najeżony kolcami kwiat. Budynek znów został trafiony.

– Bombardują stadion! – krzyknął Nakad.

Kiedy wyszedłem, było nas tylko troje. Iman, Szarbel i ja. Reszta uciekła w stronę Mar Elias. Ujrzałem plecy Nabila pod pancerzem z krzesła. Ismena i Piastunka biegły do szpitala. Nimer ze szczytu wzgórka bluźnił niebu, wrzeszcząc na morderców.

– Do Szatili! – zawołała Iman.

– Chcesz zdechnąć?

Szarbel wskazał palcem słupy czarnego dymu unoszące się nad obozem. Wszystko płonęło. Nad nami przeleciały dwa samoloty, pikując ku wiosce sportowej. Marwan powiedział mi, że służy ona OWP jako skład amunicji i obóz treningowy. Teraz płonęła. Beton płonął. Sabra, Szatila, południowe przedmieście trawił ogień. Palestyńczycy, naserowcy, komuniści nie pozostali dłużni. Wszędzie słychać było świst ich wyrzutni rakietowych. Zasypywali rozpłomienione niebo pociskami z karabinów. Tuż za nami, od strony Burdż al-Baradżnehu, wizgnęły wypuszczane seriami rakiety. Przejechała z rykiem ciężarówka. Z tyłu, przywarłszy do burty, bojownik strzelał w chmury z cekaemu. Wszędzie samochody porzucone na środku ulicy, z migającymi światłami, otwartymi drzwiami. Szarbel puścił się biegiem w stronę siedziby UNESCO. Przystanął. Wrócił do nas. Kolejne samoloty. Runął w zagłębienie w murze. Iman zaciągnęła mnie pod portyk. Izraelczycy walili gdzie indziej, dalej. Chrześcijanin rzucił się ku mnie z wyciągniętą ręką.

– Żegnaj, Georges.

Popatrzyłem na niego.

– Chyba do widzenia.

Uśmiechnął się smutno. Iman także podała mu rękę.

– Żegnaj, Szarbelu.

Wahała się przez chwilę. On również. Spojrzeli na siebie. Podeszli jedno do drugiego. Myślę, że gdyby byli sami, mogliby paść sobie w ramiona. Tylko że ja patrzyłem. Nigdy wcześniej nie dotarło do mnie, jaką piękną tworzą parę. To już nie byli Antygona i Kreon, lecz dziewczyna i chłopak, dwoje dzieciaków z naszych czasów. Nie pocałowali się. Mogliby, powinni. Długo jeszcze byłem nieszczęśliwy z jej, jego, mojego powodu.

– Powodzenia, siostrzyczko – powiedział chrześcijanin, po czym uciekł.

– Niech Bóg ma cię w opiece! – zawołała Palestynka, gdy przechodził przez ulicę.

Podniósł dłoń w kłębach szarego dymu. A potem trwaliśmy tak – Antygona bez swego króla, a Chór bez tekstu. Stojąc pod ścianą i obserwując niebo rozdarte przez oślepiające wabiki termiczne. Marwan nie przyjedzie. Wyobraziłem sobie, jak utknąwszy w śródmiejskim chaosie, wrzeszczy imię Nakada i gwałtownie naciska klakson. Po chodniku naprzeciwko biegła kobieta z dzieckiem w ramionach. Okrywające ją prześcieradło zwisało niczym całun. Jacyś mężczyźni zawołali ją z ganku. Wśliznęła się do środka. Przyszła mi na myśl Aurore słuchająca radia. Jej chora skóra podrapana z niepokoju. Oczyma duszy ujrzałem Louise. Jej uśmiech, dłoń machającą na powitanie, włosy księżniczki. Ujrzałem ją na środku tej ulicy. Na siłę pozbawioną pokoju, gorącej czekolady, wstążek przy sukience. Młoda kobieta podążała w naszą stronę. Ujrzałem krew płynącą jej po ramieniu, podarty płaszcz, jedną stronę twarzy poczerniałą od sadzy. Oczy otwarte jakby były martwe. Włosy w zakurzonych strąkach. Wrzeszczała po arabsku, przystawała, biegła dalej.

– Szpital OWP został trafiony, są ofiary – przetłumaczyła Iman.

– Szpital OWP?

– Szpital Gaza w Sabrze.

Spróbowała zatrzymać głosicielkę złych nowin, lecz tamta się wyrwała. Szarpnęła się jak szalona, wołając ratunku.

– Wracam do Szatili, wkrótce będę potrzebna.

Iman oddaliła się biegiem. Zostawiła mnie samego z otwartą teczką w ręce.

– Zaczekaj! Pójdę z tobą!

Krzyknęła, nie oglądając się:

– Nie masz tam nic do roboty.

– Tu też nie!

Ruszyłem za nią. Zwolniła kroku. Przedzieraliśmy się przez gruzy aż do obozu. Nie czułem strachu. Posuwałem się naprzód niczym lunatyk przez pogrążone w szaleństwie ulice, uwięziony przez dym, zgiełk, rozgorączkowanie. Mijaliśmy rannych, zagubionych, zapłakane tłumy. Jakaś kobieta opłakiwała zmarłego, klęcząc nad nim. Handlarz obwoźny leżał rozciągnięty pod wózkiem, jarzyny poniewierały się w wodzie z rozwalonej kanalizacji. Z budynków osuwały się pozrywane fasady, wlokąc za sobą kolorowe zasłony, pościel, poprzednie życie. Iman patrzyła na mnie spod oka. Była niespokojna. Śledziła niebo i bezustannie wracała wzrokiem ku mojej twarzy. Nagle przystanęła.

– Coś nie tak, Georges?

Położyła mi dłoń na piersi, aby mnie zatrzymać.

– Dlaczego pytasz?

– Bo się śmiejesz.

*

Rzuciła się na ziemię. Ja nadal stałem. Dziesięć uliczek dalej wybuchła bomba. Potem druga. Białe światło, które mogłoby wypalić oczy, oślepiające wiązki rozchodzące się na wszystkie strony, anielskie włosy, które przecinały niebo, po czym opadały w gęstych spiralach niczym kłębowisko targanych wiatrem chmur.

– To szpital Gaza! Ciągle walą w szpital – szepnęła Iman.

Podniosła się. Pobiegła z gołą głową. Jej kufija została na podłodze w sali prób.

– Iman!

Po przeciwnej stronie ulicy pielęgniarka w zielonym fartuchu. Ona również biegła. Cały obóz pędził w kierunku szpitala. Wrzeszczała, chcąc przekrzyczeć huk.

– Ona mówi, że to bomby fosforowe!

Obie kobiety roztrąciły tłum, aby dostać się do budynku. Pognałem za nimi długimi susami. Wszędzie kobiety, mężczyźni, dzieci, wychodzący, wchodzący, przepływający we wszystkich kierunkach.

– Potrzebujemy rąk do pracy, Georges! Chodź z nami!

Pognałem za Iman po schodach pełnych pielęgniarzy, którzy znosili do podziemi nosze, rannych, prześcieradła, kroplówki. Weszliśmy na salę chorych dzieci. Na podłodze niebieskie materace w białe kwiatki, wiklinowe łóżka. Właśnie przybyło dwoje rannych, miały pięć, może sześć lat. Dostały na plaży niedaleko diabelskiego młyna. Dziewczynce urwało rękę. Leżała obok nogi, siekane mięso i skrawki tkanek. Jej brat pokryty był białym kremem, poparzona skóra w strzępach, odchodząca płatami niczym tapeta.

– Bierz małą! – szepnęła Iman.

Pochyliłem się nad nią. Nie płakała. Wsunąłem dłonie pod jej ciałko. Podniosłem ją. Nic nie ważyła. Jej ręka spadła z noszy z głuchym plaśnięciem. Zastygłem tak, przytulając ją, nie będąc w stanie się ruszyć.

– Zejdź do schronu! Ruchy!

Pielęgniarze nieśli materace. Jakiś mężczyzna wziął dziecko w łóżeczku ze szczebelkami. Przytuliłem ranną na piersi, jej policzek dotykał mojego policzka. Jęknęła cicho. Zamknęła oczy. Jej włosy, ubranie, oddech, poparzona skóra pachniały spalenizną, jakby ogień nadal ją trawił.

Wyciągnąłem dłoń, by chwycić martwą rękę. Urwany nadgarstek otaczała bransoletka z kulek. Przed oczami stanął mi obraz Louise, księżniczki, przeglądającej się w lustrze w srebrnym plastikowym diademie. Usłyszałem Louise, jej głos, poranny śpiew. Louise niosłem przez szpitalną salę. Zszedłem wraz z nią po schodach ponaglany przez poszturchiwanie ramion, poirytowanych łokci, przez krzyki, wykrzywione twarze, rany, łzy. Iman podążała przodem. Niosła chłopca niczym dar. Podtrzymywałem moje dziecko, serce przy sercu, wczepiwszy się pazurami w jego lodowaty nadgarstek, z ręką uderzającą o moje udo.

Zewsząd przybywali uchodźcy. Jeden z lekarzy odebrał mi dziewczynkę w tłumie, na środku korytarza. Spojrzał na moje gołe dłonie.

– Proszę się zdezynfekować. Nie dotykać ani oczu, ani ust.

Po czym odszedł ot tak, niosąc w ramionach moje brzemię, na chudych nogach, które klapały przy każdym wielkim kroku.

Iman zniknęła. Nie wiedziałem, co robić.

– Pan jest dziennikarzem? – zapytał mnie pielęgniarz.

Zaprzeczyłem. O mały włos nie odpowiedziałem: reżyserem teatralnym.

– Dziennikarze muszą to zobaczyć!

On także się oddalił. Wszyscy biegali we wszystkich kierunkach. Każdy miał swoją rolę. Ja nie miałem. Czułem się zagubiony. Przestałem już być aktorem czegokolwiek. Stałem się niepotrzebnym widzem. Byłem zbędny, stojąc w przejściu, potrącany przez żywych, umierających i martwych. Wpatrywałem się w pielęgniarkę w kącie sali. Posadziła pod ścianą z piętnaścioro dzieci. Większość miała podarte ubrania, bose stopy. Żadne nie było ranne. Ich twarze poczerniały od sadzy. Poleciła im chwycić się za ręce. Tworzyły nieruchomy milczący krąg, wyciągając szyje ku drzwiom w poszukiwaniu znanego spojrzenia. Były sierotami. Domyśliłem się tego po gestach dorosłych. Po sposobie, w jaki głaskali je w przelocie po głowach, po uspokajających minach. Domyśliłem się tego na widok owego lekarza, który przykucnął, aby rozdać im gumę do żucia. Chciałbym być tym lekarzem albo jednym z tych dzieci. Tym współczuciem albo bólem.

– Georges?

Iman zmierzała ku mnie, niosąc dwa kanistry.

– Trafiło w rury kanalizacyjne za budynkiem. Przynieś, proszę, wody.

Nie odpowiedziałem. Nawet nie spojrzałem na Palestynkę. Widziałem jedynie dwa niebieskie zbiorniki. Wreszcie dostałem zadanie. Upuściłem teczkę i pobiegłem do wyjścia. Dziesiątki osób szły po wodę, niosąc bańki. Później potrzebne będą świece, materiały opatrunkowe, chleb, nadzieja. Dla Iman, dla rannych dzieci, sierot, cierpiących, wystraszonych, załamanych, zagubionych, płaczek byłem gotów krążyć w tę i z powrotem aż do końca świata. Wydostałem się na ulicę. Pomknąłem wśród gruzu, podążając za spragnioną zgrają. Skręciłem za róg budynku.

A potem coś rozdarło powietrze. Zgrzyt metalu. Zderzenie z ogniem. Biały bolesny ogromny błysk. Wessało mnie. Jakaś dziura chciała mnie wciągnąć. Podmuch złapał mnie za serce. Połamał mi żebra niczym ptasią klatkę. Wypadł z mojej piersi. Potoczył się w pył. Upuściłem kanistry. Zasłoniłem oczy obiema rękami, żeby mi ich nie wysadziło. Zamknąłem usta, zamiast je otworzyć. Moje płuca zajęły się ogniem. Twarz. Uszy. Dłonie przyrosły mi do policzków. Odrzuciło mnie do tyłu. Ziemia usunęła mi się spod nóg. Machałem rękami, żeby uciec przed otchłanią. Czułem zapach pieczonej wieprzowiny. Niedzielnej kury, którą mama skubała nad ogniem. Skwierczałem. Oczy mi się rozpuściły, pod powiekami eksplodowało światło. Mrugało, dziurawiąc mi czoło, skronie, kark. Nozdrza mi się skleiły. Przestałem oddychać. Rąbnąłem na plecy. Nie osłoniwszy karku, pięt, łokci. Rozorało mi nogę. Bok. Zwymiotowałem własne wnętrzności. Niekończącego się węża, który podpełzł aż do kałuży utworzonej przez pęknięcie.

Podźwignięto mnie. Poniesiono na ramionach jak w triumfie. Wszędzie wokół głosy. Męskie, kobiece. Krótkie rozkazy. Ktoś zarzucił mnie sobie na ramię, potem na plecy. Położono mnie na noszach. Niesiono ze stopami w powietrzu, z odchyloną głową, z dłońmi przyklejonymi do twarzy. Płonąłem. Paliłem się, naprawdę. Jak bierwiono wrzucone do kominka. Chciałem otworzyć oczy, wrzasnąłem. Ktoś cisnął piachem w żar, rozdarł płomienie brzytwą. Rozpoznałem szpitalne odgłosy, szuranie stóp, jęki, krzyki, zapach, środek dezynfekujący, pot. Nosze postawiono na ziemi, aż mi w głowie huknęło.

– Georges? Mój Boże!

Iman. Już nic złego nie może mnie więcej spotkać. Poczułem jej dłoń na swojej. Oderwała ją delikatnie od policzka.

– Mój Boże!

Czyjś głos mówiący po arabsku. Męski.

– Obmyjemy ci oczy. Słyszysz, Georges? Przemyjemy ci oczy.

Mężczyzna zdjął drugą dłoń z mojej twarzy. Był bardziej brutalny. Przytrzymał mnie wraz z Iman. Ktoś polewał mi zamknięte powieki przez długie minuty. Potworny ból. Moje oczy pełne piasku, igieł, tłuczonego szkła. Smak morza na wargach. Wokół krążyły muchy. Zaraz stracę życie.

– Wszystko w porządku. To roztwór fizjologiczny soli – szepnęła Iman.

Podniesiono mnie. Ściągnęli mi ubranie.

– Wszystko przemoczone. Trzeba się tego pozbyć.

Ściskałem dłoń Iman. Miażdżyłem dłoń Antygony.

Jak będę teraz płakał?

Nie powiedziałem tego. Pomyślałem. Jak się płacze bez oczu?

– Uwaga, lekarz zaraz otworzy ci powieki.

Inny męski głos, rozdrażniony. Gwałtowny ruch. Suchy rozkaz.

– Nie, nie otwiera ich. Trzeba nadal przemywać. Zabierzemy cię na salę operacyjną.

– Jest kiepsko?

Moje pierwsze słowa ślepca.

Milczenie Iman.

– Proszę cię, powiedz.

Iman zadała kilka pytań po arabsku. Mężczyzna jej odpowiedział. Tłumaczyła co dziesiąte słowo z dłonią miażdżoną przez moją dłoń.

– Jesteś poparzony. Masz uszkodzone powieki. Jeszcze nie wiadomo, czy w rogówce są odłamki. Czy są uszkodzenia.

Ten sam męski głos. Iman przetłumaczyła:

– Spróbuj otworzyć oczy.

Niemożliwe. Mdłości. Ból głowy. Dwa palce zrobiły to siłą. Potworny ból.

– Jest dobrze.

Całkowita czerń.

– Przewróć oczami w lewo, w prawo, roztwór soli musi dotrzeć wszędzie.

Głos mówiący po arabsku.

– Co on mówi?

– Nic.

– Iman!

– Szuka. Patrzy, czy rogówka nie uległa poparzeniu. Czy nie ma perforacji oka, złamania oczodołu albo przerwania gałki ocznej.

– Nic nie widzi?

– Szuka.

Głos. Tłumaczenie.

– Byłeś szczepiony przeciwko tężcowi?

Skąd miałem wiedzieć? Tak, nie, chyba. Przeciwko grypie też? Straciłem oczy. Znajdowałem się w zbombardowanym szpitalu, o jedno życie od domu, leżałem na ziemi w otoczeniu sierot, głowę rozsadzał mi ból. Nigdy więcej nic nie zobaczę. Nigdy więcej. Moje oczy zostały wyżarte. Spływały mi po policzkach jak zbite jajka, białko, żółtko, drapiąca skorupka.

– Uspokój się, Georges.

Głos. Tłumaczenie.

– Masz obrzęki na powiekach, ale źrenice nie są uszkodzone.

Puściłem jej dłoń.

– Nic nie rozumiem, Iman. Przestań.

– Prosisz, żebym tłumaczyła, to tłumaczę.

Spróbowałem oprzeć się na łokciach. Opadłem z powrotem. Byłem nagi od pasa w górę, w bokserkach, bez butów ani skarpetek. Wstydziłem się obnażonego ciała. Ktoś przykrył mi nogi kocem.

– Czy ja stracę oczy? Zapytaj go tylko o to!

Głos Iman. Jej pełne wahania pytanie. Następnie odpowiedź mężczyzny.

– Zawsze mamy dwoje oczu za dużo!

*

Całą noc spędziłem na korytarzu szpitala Gaza w otoczeniu innych jęków. Opatrunki chroniące poparzone ramię, czoło i policzki bezustannie moczył roztwór soli. Jako że przewidywano wykonanie zabiegu chirurgicznego, nie dostałem jeść. Byłem zaintubowany. Przyszedł mi na myśl Sam. On na łóżku, ja na noszach. Dałem Iman numer telefonu Aurore. Musi ją uspokoić. Zwykłe draśnięcie, które trzyma mnie z dala od niej. Miałem zaczopowane oczy. Najpierw opatrunki oczne, potem dwie kartonowe muszle przyklejone plastrem. Wieczorem lekarze pożarli

231

się na temat wyboru zabezpieczeń. Iman tłumaczyła to, co nadawało się dla moich uszu. Ból słabł. To nie był dobry znak. Przerażające cierpienie może towarzyszyć łagodnej ranie, lekkie kłucie zaś głębokiemu uszkodzeniu. Już nic nie odpowiadało moim wyobrażeniom. Miałem maleńkie odłamki w rogówce. Drobinka drewna utkwiła w prawym oczodole. Dostawałem antybiotyki. Zażywałem tabletki na mdłości i wymioty. Robili mi punkcje. Obficie płukali oczy, ciągle na nowo. Pewnego razu usłyszałem słowo „usunięcie". Był to głos mówiący po angielsku. Zagraniczni lekarze bardzo pomagali swym palestyńskim kolegom. A potem Iman wspomniała o szczypcach, jak do wyjęcia drzazgi. O szwach, o niciach do zaszycia oka.

Dnia 5 czerwca, kiedy lekarze przeszukiwali moją rogówkę, nad miastem przeleciały izraelskie samoloty. Iman powiedziała, że zbombardowały An-Nabatijję, Ad-Damur, zamek Beaufort. Że odcięły mosty na południu kraju. Pomyślałem o Nabilu, Nimerze, Husajnie, strażnikach Kreona. Przed oczami stanęła mi stara Chadidża jako Eurydyka przerażona targnięciem się na własne życie. Ona też się zaklinała, że chirurg dobrze się spisał. Szklany pył, popiół drzewny, pył żelazny. Wydobył z moich oczu tyle tego, że wystarczyłoby do odbudowy szpitala. Antygona długo odpowiadała na łzy Aurore. Usiłowała ją uspokoić. Przysięgała, że mówię wyłącznie o niej. I o naszym dziecku.

Drugiego dnia wieczorem zjawił się Jasin. Brat Iman wziął mnie za rękę. Ów gest mnie zaskoczył. Jasin podziękował mi za ziemię z Jafy. Iman zatrzyma swoją część skarbu. Będzie bardziej bezpieczny w ich domu w Szatili niż w bluzie bojownika. Jego siostra wsypała podarunek od Sama do złotego woreczka, a następnie przyczepiła do klucza przodków i zawiesiła na zegarze w sypialni. Klucz ten zamknął niegdyś rodzinny dom w Jafie, w lutym 1948 roku, w wieczór wygnania. Otworzy go o poranku w dniu wielkiego powrotu. Iman i Jasin przyrzekli sobie nawet, że rozsypią pył w odzyskanym ogrodzie, kiedy przekroczą furtkę.

Wyjaśnił mi, że Bejrut został odcięty od świata. Lotnisko zbombardowano. Żeby się wydostać, będę musiał przekroczyć zieloną linię, dotrzeć do chrześcijańskiego portu w Dżuniji i udać się na Cypr.

– A co z naszą sztuką?

Powiedziałem, że zostało nam mało czasu, mało prób, że trzeba będzie wszystkich odnaleźć. Że rozproszyliśmy się ot tak, nie umówiwszy się na kolejne spotkanie. Że data 1 października nadal obowiązuje. Że teraz nie można już przerwać. Że wszyscy są zgodni. Szyici, chrześcijanie, Palestyńczycy. Że jest za późno, by się wycofać.

– Za późno, żeby się wycofać, Jasinie. – Oczy piekły mnie od łez. Chwyciłem go za ramię obiema dłońmi. – Rozumiesz? Nie możemy się już zatrzymać!

Owszem, rozumiał. Oczywiście, że rozumiał. A nawet przyjdzie nas zobaczyć do teatru. Sam. O, albo z towarzyszami broni. Zostawi karabin przed drzwiami wśród innych karabinów. Postara się zdobyć dobre miejsce, w jednym z pierwszych rzędów. Mogę mu to załatwić?

Przestałem oddychać. Znałem ten głos. On kłamał. To głos, który słyszy ten, kto wkrótce umrze. Głos mówiący o dniach, które mają nadejść, o następnym lecie, którego nigdy nie będzie, o wszystkich tych rzeczach, które tak bardzo przeżyje się razem. To głos, który się krzywi, żeby nie płakać, głos, który upiększa śmierć, głos, który nuci, dodaje otuchy, nakłada balsam na serce. To głos, który zamyka powieki, potem drzwi, potem wieko trumny. To głos, który nie wierzy już w ani jedno słowo życia.

– A ja chciałbym być w pierwszych rzędach, jak będziesz otwierał drzwi swoich przodków. Możesz mi to załatwić?

Nie powinienem był. To było ohydne i niesprawiedliwe. Chciałem przeprosić. Jasin nie dał mi czasu. Pochylił się z dłonią spoczywającą na moim ramieniu. Czułem jego oddech tuż przy oczach, ten braterski uścisk.

– Ty przekręcisz klucz w zamku, przyjacielu.

Po czym wstał. Nadchodziła Iman. Jej głos tuż nad nami.

– Georges?

Iman zajęła miejsce brata. Skrzyżowałem ramiona na piersi. Od kiedy mniej cierpiałem, trzymaliśmy ręce przy sobie. Cuchnąłem potem, odchodami, spalenizną. Tkwiłem w tunelu szeptów i krzyków. Zrobili mi zastrzyk, żebym pogrążył się we śnie. Zasnąłem wraz z Antygoną. Została ze mną na noc, leżąc na kocu obok mnie.

Rankiem zmieniła mi opatrunki. Nawet nie starała się mnie uspokoić. Osuszała gąbką moje zakażone wydzieliny, moją skórę w strzępach. Wokół nas rozmawiali głośno mężczyźni. Jakaś kobieta płakała. Z ulicy dobiegał trzask broni automatycznej.

– Co się dzieje?

– Izraelczycy zajęli Liban – odparła Iman.

– Jaką zadadzą mi śmierć? – zapytała mnie Antygona.

234

Przepędzono niebieskie hełmy UNIFIL-u. Tyr był otoczony, An-Nabatijja, Hasbaja też. Obóz w Raszidiji został zbombardowany. Czołgi już minęły Sajdę. Lotnisko w Bejrucie przestało istnieć.

– Samoloty niedługo wrócą. Trzeba będzie cię stąd zabrać. Sprzeciwiłem się na próżno. Powiedziałem, że zostaję tutaj, na tym korytarzu śmierci. Że to jest moje miejsce. Że nikt nie zdoła mnie stąd wykurzyć. Lecz Jasin już podjął decyzję. A Iman poszła w jego ślady.

Wczesnym popołudniem Marwan przyjechał po mnie do szpitala. Zebrał moje rzeczy, wziął teczkę. Wyciągał mnie stąd. Ja nie chciałem się ruszyć ani na krok. Wobec tego Jasin i mój druzyjski brat zawlekli mnie do samochodu, chwyciwszy pod pachy. Można by pomyśleć, że to porwanie, chociaż nie krzyczałem. Umieścili mnie na tylnym siedzeniu, na kocach, pod kark podłożyli jasiek. Iman zwracała się do Marwana. Dawała mu rady. On nie odpowiadał. Jakąż odwagą się wykazał, przyjeżdżając aż tutaj. W sam środek rozwścieczonej Szatili, żeby porwać swojego Francuza. Leżałem na plecach w upale, zamknięty w swojej nowej ciemności, w bólu, wśród tych wszystkich obcych odgłosów. Iman pochyliła się nade mną.

– Dziękuję za to, co zrobiłeś.

– Nic nie zrobiłem.

– Dałeś mi siłę Antygony.

– Bzdura.

– Radź sobie z tym.

Położyła mi dłoń na czole. A potem zamknęła drzwi, jakby zamykała je za chorym dzieckiem. Marwan usiadł z przodu. Zatrąbił, żeby go przepuszczono.

– Zaraz odpoczniesz – powiedział czyjś łagodny głos.
Drgnąłem.

– Nakad?

– Dzień dobry, Georges.

Haimon był tu z nami. Przesunął rękę między siedzeniami i ścisnął moje udo. Niebezpieczeństwo się oddalało.

– Będziesz jadł, spał, wrócisz do Francji jak nowy – dodał ojciec.

Samochód nie omijał wybojów. Opuszczał obóz, jakby uciekał.

– Dokąd jedziemy?

– Do nas, do Alajhu, w góry – odrzekł Marwan.

Poważnym, pewnym, pięknym głosem.

– *Ahlan wa-sahlan* – powiedziałem.

Wydaje mi się, że się uśmiechnęli, być może. Miałem taką nadzieję. Syn, ojciec. Właśnie im oznajmiłem, że w moim sercu również mają rodzinę i ojczyznę.

18

Nakad

Po Iman teraz Nakad ofiarował mi swoje dłonie. Nieskończenie delikatnie przemywał mi oczy rano i wieczorem,
zmieniając opatrunki jak stary lekarz. Tydzień po przyby-
ciu w góry Szufu spróbowałem zdjąć muszle, które chroni-
ły moje oczy. Światło przebiło się niczym bagnet, rozrywa-
jąc mi skronie i kark.

– Masz całe życie, żeby widzieć – powtarzał mi Nakad.

Przynosząc mi herbatę albo kawę z mlekiem, Haimon
wygłaszał kilka kwestii. Czasem nawet przemawiał głosem
Antygony. Golił mnie także co trzeci dzień. Było to zarazem niepokojące i poważne. Chwytał mnie palcami za nos,
podnosił mi podbródek, podkładał dwa palce pod ucho
i lekko obracał głowę.

Pewnej nocy Nakad przyniósł mi lusterko. Słabo mi się
zrobiło na widok własnego odbicia. Miałem przekrwione
oczy, brunatne obwódki wokół źrenic, poczętkowaną prawą tęczówkę zniekształcała szara plama. Za każdym razem
gdy zamykałem oczy, czułem pod powiekami piekący pia-

sek. Lekarze mówili, że miałem szczęście. Straciłem trochę światła, ale zachowałem wzrok.

Znajdowaliśmy się daleko od wszystkiego. Nakad był moim posłańcem. Opowiedział mi, że w An-Nabatijji szyici powitali Izraelczyków chlebem i obrzucili ich czołgi ryżem. Armia żydowska pozwoliła im wręcz zachować broń i zajmowane pozycje. Jedni i drudzy traktowali bowiem Palestynę jak wroga.

Byłem zagubiony. Pomyślałem o moich strażnikach. O Nabilu, Husajnie, Nimerze, którzy twierdzili, że są gotowi umrzeć w obronie granic. Wyobraziłem sobie starą Chadidżę podnoszącą dłoń, by przywitać gwiazdę Dawida.

Druzowie także nie zwalczali Izraelczyków. Gdy zapytałem Marwana o powód, wykonał nieokreślony gest. Wyjaśnił mi, że jego wrogowie to falangiści, chrześcijanie z gór Szufu i Kada Al-Matin. Że kiedy CaHal się wycofa, trzeba będzie wyrwać im zębami każdą piędź ziemi. Powiedział „CaHal". Po raz pierwszy usłyszałem hebrajskie słowo z ust Libańczyka.

Bejrut został otoczony 13 czerwca. Louise miała ostre ropne zapalenie ucha, anginę i zapalenie zatok. Izraelczycy przyłączyli się do oddziałów chrześcijańskiej milicji. Kiedy udało mi się dodzwonić do Aurore, lekarz właśnie od niej wyszedł. Stolica Libanu była bombardowana przez lotnictwo i ostrzeliwana przez marynarkę wojenną i artylerię. Mojej córce przepisano antybiotyk, który miała zażywać przez dziesięć dni.

– Domaga się taty – oznajmiła jej matka.

Wiedziałem o tym. Ja też się jej domagałem cichym głosem, gdy powracał ból.

Pewnego wieczoru szedłem z Nakadem po jednej z ulic miasteczka. Trzymałem go pod ramię jak starzec. Mówił mi o wojnie. Był jej głosem. W Bejrucie brakowało wody, prądu, wszystkiego. Część szyitów utworzyła ruch Hezbollah, żeby wrócić do walki.

– Po Syryjczykach teraz mieszają się w to Irańczycy – powiedział.

Słuchałem. Głowa bolała mnie tak bardzo, że przestałem cokolwiek rozumieć.

– Nigdy nie zagramy „Antygony", Nakadzie.

Usiadłem obok niego na szerokim kamieniu na skraju drogi.

– Widzisz stąd cedry? – zapytał mnie.

Pokazywał palcem wierzchołek góry. Zmrużyłem oczy. Widziałem je. Około dziesięciu, niczym górujące nad wszystkim stado. Słychać było pomruki burzy.

– A dalej? Widzisz miasteczko, o tam?

Owszem, widziałem. Spoglądałem przez łzy na jego odległe światła. Wsłuchiwałem się w ciszę pokoju. Złościło mnie, że tu jestem. Szatilę zbombardowano ponownie i po raz kolejny. Rozmyślałem o Iman. Wyobrażałem ją sobie w jaskini, otulającą dzieci chustą. Rozmyślałem o Szarbelu, który patrzył na przechodzących żołnierzy Izraela. O Jusufie Butrusie, który pokazywał im zapewne ze śmiechem swego colta.

Poprzedniego dnia Izraelczycy przeczesali naszą górę. Następnie wkroczyli do Alajhu. Byłem z Nakadem, kiedy przejechał pierwszy pojazd. W Bejrucie ich samoloty zrzucały ulotki nakazujące cywilom opuszczenie miasta. Tutaj pili spokojnie ze studni, oparłszy karabiny o cembrowinę. Kiedy mieszkańcy miasteczka podeszli do nich, żołnierze się uśmiechnęli. Podano sobie ręce. Libańscy cywile i izraelscy wojskowi mówili tym samym językiem.

– To druzowie – szepnął Nakad.

Stanął mi przed oczami Marwan. Jego skrępowanie, gest rozdrażnienia na myśl o walce z najeźdźcą. Dotarło do mnie. Izrael okupował góry Szufu przy pomocy swych braci krwi.

*

Przez cały lipiec trwały bombardowania. Samoloty przelatywały nad nami, żeby zrównać Bejrut z ziemią. Arafat wezwał do oporu.

– Będzie negocjował swoje odejście – przepowiedział Marwan.

Nie uwierzyłem mu.

Każdego ranka wyruszał do stolicy. Został kierowcą trójki francuskich dziennikarzy. Płacili mu dolarami w gotówce. Po kilku dniach druz zarobił na mercedesa po okazyjnej cenie.

Co weekend przynosił ważne nowiny. Jego dom w Hamrze był nietknięty, a mój hotel nie ucierpiał. Pewnego sierpniowego wieczoru wrócił roztrzęsiony. Nigdy w życiu nie widział takiego deszczu żelaza. Bagażnik auta został podziurawiony. Na jego oczach inny kierowca dostał odłamkiem w krtań.

***

Kiedy opowiadał, jego żona wychodziła z pokoju. Nie chciała patrzeć na walące się budynki. Odmawiała słuchania płaczących dzieci. Lękała się oszalałych cieni czających się za gzymsem. Marwan nie spał tamtej nocy. Powiedział mi, że jest zbyt stary. Że jest bardzo zmęczony. Został przed domem, siedząc na krześle i osłaniając papierosa od wiatru dłonią. Dołączyłem do niego po kolacji. Tkwiliśmy tak, dwaj milczący ranni.

– Nic z nas nie zostanie – szepnął mój druz.

Louise czuła się lepiej, ale nadal kasłała. Lekarz zalecił badania w przyszłym tygodniu. Rozmawiałem z nią przez telefon.

– Nakad, masz połączenie! – wrzasnął sąsiad.

Całymi dniami usiłował się dodzwonić do swych dzieci w Londynie, uderzając w tarczę, żeby wywołać sygnał. Pobiegliśmy do jego drzwi. Słuchawka leżała na stole. Drżałem, wybierając numer. Aurore była oszalała ze strachu. Mówiła za szybko. Chciała wszystko wiedzieć. Na temat moich oczu, bomb. Kiedy wracam? No kiedy? Czy mam chociaż jakieś pojęcie? Poprosiłem, żeby podała słuchawkę małej, prędko, natychmiast. Zaraz nas rozłączy.

– Mów, to tatuś.

Świergot ptaka. Film rysunkowy. Siedząca wysoko kaczka. Nie rozumiałem ani słowa.

– Powiedz dzień dobry, to tatuś – powtórzyła Aurore.

Śmiech. Szum. Pisk myszy. Cichutki głosik przerywany przez zakłócenia. Opadłem na krzesło. Powtarzałem „moje

241

kochanie", „moje kochanie", „moje kochanie". Zapomniałem wszystkie słowa. I znów ten jej śmiech żabki. Szelest
skóry ocierającej się o słuchawkę, zbyt bliski oddech, głos
o zbyt dużym natężeniu. Silny kaszel. A potem nic. Ani
sygnału, ani impulsu, tylko dudnienie krwi w skroniach.
Popatrzyłem na martwą słuchawkę. Sąsiad nacisnął kilkakrotnie na widełki. Rozłożył bezradnie ręce. Poczułem dłoń
Nakada na ramieniu. Nie podziękowałem naszemu gospo-
darzowi. Byłem jak ślepiec. Pozwoliłem się wyprowadzić
z pokoju, z domu. Wlokłem nogę po ubitej drodze ciąg-
nięty przez narzeczonego Antygony. Nie chciałem już nic
widzieć, niczego oglądać. Trzymałem zamknięte powieki
aż do mojego pokoju. Położyłem się na łóżku. Poprosiłem
Nakada, żeby wyszedł. Chciałem wrócić do Bejrutu, przekroczyć linię demarkacyjną przy muzeum, dotrzeć do portu w Dżuniji, popłynąć pierwszym statkiem, zejść na ląd
na Cyprze, wsiąść do samolotu, przytknąć czoło do szyby,
znaleźć się w Paryżu. Chciałem żony, córki, mojego pokoju, łóżka, świeżego chleba, gorącego prysznica, kieliszka
białego wina. Chciałem, żeby mnie ktoś zabrał, wywiózł
stąd, uratował. Zasnąłem w ubraniu, w butach, z podusz-
ką naciśniętą na oczy.

*

Powróciwszy do Bejrutu, Marwan długo trąbił. Wysiadł
z auta tanecznym krokiem.
— Palestyńczycy poszli do diabła! Syryjczycy też. To koniec!
Arafat i jego ludzie płynęli ku Tunezji, Sanie i Adeno-
wi ze swoją lekką bronią. Marwan był w porcie. Opowie-

dział, jak strzelali salwy w powietrze, jakby wygrali bitwę. Przyszedł mi na myśl Jasin. Powinien być na statku. Miałem nadzieję, że Iman nie wsiadła razem z nim.

– Zabrali kobiety i dzieci?

Mój przyjaciel widział wyłącznie bojowników. Kobiety wiwatowały na ich cześć, nie ruszyły jednak w morze. Wieczorem Marwan sam obmył mi oczy. Przy świetle żółtej lampy kazał mi spoglądać w prawo, w lewo. Był zadowolony z moich postępów. Wycierając mi policzek, liczył poranki, które jeszcze nadejdą. Był 31 sierpnia. Za jakieś dwa tygodnie zwiezie mnie na niziny. Zaplanował, że weźmie taksówkę, aby pomóc mi przekroczyć zieloną linię. On nie będzie mógł się tym zająć. Ale zrobi to pewien zaufany człowiek, Ormianin, chrześcijanin podobnie jak ja.

Spałem jak zabity. Przez wszystkie pozostałe noce też. Przywykłem do górskiej ciszy. Wieczorem 13 września Nakad odwiedził mnie na tarasie. Mówił o „Antygonie". Powiedział, że jeszcze wszystko jest możliwe. On ciągle tu jest. Prawdopodobnie także Iman. Odnalezienie Szarbela to będzie dziecinna igraszka. A szyitom naprawdę zależy na tym przedstawieniu. Spojrzałem na Haimona. Sam już nie wiedziałem. Nakad stwierdził, że po tym doświadczeniu przedstawienie będzie jeszcze piękniejsze, jeszcze bardziej potrzebne. Patrzyłem na górę. Pomyślałem o naszym teatrze, o naszej umowie, o karabinach, które opuściliśmy. Wszystko wydawało mi się z innej epoki. Nakad się zawahał. Po czym położył mi dłoń na ramieniu.

– Bardzo cię lubię, Georges.

Uśmiechnąłem się. Ja też.

– Ale ja cię kocham – powtórzył.

Młody druz miał wzrok wbity w ziemię. Sprawiał wrażenie przerażonego własnymi słowami. Nie znalazłem właściwych gestów ani nie wydobyłem z siebie głosu. Spojrzałem nań, na jego uciekające oczy, na włosy muśnięte wiatrem. Powinienem był położyć mu rękę na ramieniu. Przysunąć się. Albo do niego przemówić. Nie mogłem zostawić go samego z tym wyznaniem. Nie mogłem.

– Masz rację. Będziemy dalej pracować nad „Antygoną" – odparłem piskliwie.

Podniósł głowę.

– Mamy jeszcze dwa miesiące. To jest do zagrania.

Przyglądał mi się. Szukał wzrokiem mojego wzroku.

Wyjaśniłem, że próby miały się odbyć 17, 18 i 19 września. Tylko że to za wcześnie, ponieważ teraz wracam do Paryża. Moglibyśmy się jednak spotkać 24 i 25, tak jak uzgodnione, nie?

Uśmiechał się. Cudownym życzliwym, nieskończenie łagodnym uśmiechem. Nie odrywał już ode mnie oczu. Mówiłem szybko. Zbyt szybko. Szastałem datami, liczbami, jakbym rzucał do bitwy konie. Zdjął dłoń z mojego ramienia.

– A więc próba generalna dwudziestego szóstego września, pamiętasz? A przedstawienie pierwszego października, tak jak się umówiliśmy.

Nie zmienimy terminarza. Nie trzeba. Bo jeśli zaczniemy ruszać daty, nie pozostanie nic innego jak zmienić sztukę. Roześmiałem się. Afektowanym, hałaśliwym, nienaturalnym chichotem. Iman weźmie na siebie skontaktowanie się z Piastunką i Ismeną. Ja zadzwonię do Nabila i Szarbela, kiedy wszystko wróci do normy. Lepiej, żeby teraz nie zostawili mnie na lodzie, bo inaczej będzie wojna! Ten sam kretyński śmiech. Po plecach spłynęła mi łza potu. Nadal mówiłem. O afiszu, który będzie trzeba zrobić, o zaproszeniach, o reflektorach. Żałosny słowotok.

Nakad zrobił wdech. Spojrzał na mnie po raz kolejny. Położył mi dłoń na udzie.

– Wszystko w porządku, Georges. Nie martw się.

Po czym wstał. Rozpostarł ramiona. Przeciągnął się, patrząc wprost na czarne góry. Poczułem się jak aktor bez tekstu, bez gestu, bez elegancji i bez urody.

– Nie mów o tym mojemu ojcu, dobrze?

Pokiwałem gwałtownie głową.

Nakad ciągle się uśmiechał.

– Cokolwiek się z nami stanie, zagramy „Antygonę". A ja będę twoim Haimonem. – Popatrzył na mnie. – Wiesz dlaczego?

Pokręciłem głową.

– Bo druz wierzy w reinkarnację.

*

– Mój syn zwie się Nakad, nie Molier. Nie pozwolę, żeby umarł na scenie jak kukła – rzekł do mnie Marwan w drodze do Bejrutu.

Zjeżdżaliśmy z gór jego starym czerwonym samochodem. Prowadził powoli, żeby omijać wyboje. Był spięty, niespokojny i zagniewany. Dwa dni wcześniej w samym środku dzielnicy chrześcijańskiej zamordowano prezydenta Republiki Libańskiej i przywódcę falangistów Baszira al--Dżumajjila. W odwecie Izraelczycy zaatakowali zachodni

Bejrut i zajęli pozycje wokół rozbrojonych obozów palestyńskich. Marwan obawiał się, że na kraj spadnie straszliwa zemsta.

Nadal bolały mnie oczy, ale nie miałem już bandaży, muszli ani wilgotnych gazików. Tylko ciemne okulary, żeby się chronić przed letnim słońcem. Nie straciłem wzroku.

– Molier umarł u siebie w domu, Marwanie.

– Mam to gdzieś. Umarł w przebraniu, nie jak mężczyzna.

– Twój syn jest mężczyzną, dobrze o tym wiesz. I to dobry aktor.

Marwan zmarszczył brwi, zadarł podbródek. Był to jego sposób okazywania dumy.

Zawiesił różaniec na lusterku wstecznym i zgasił radio. Bał się o mnie, wiedziałem o tym. Spojrzał na mnie.

– Uważasz, że Nakad dobrze gra?

– To najpiękniejszy Haimon, jakiego mogłem sobie wymarzyć.

– Pytam po prostu, czy gra jak należy.

– Przemawia jego serce. Widziałeś to, nie?

Marwan pokiwał głową. Jego syn wygłaszał do Antygony swe kwestie jak mężczyzna, który ofiarowuje kobiecie miłość i życie. To prawda. Zgadzał się z tym. Lecz twierdził też, że dopadła nas wojna. I że otworzyła mu oczy. To, co było możliwe przed izraelską napaścią z 6 czerwca, teraz było nie do pomyślenia.

– Nie lubisz teatru.

Roześmiał się.

– Właśnie opowiadam ci o Libanie.

– I nie lubisz aktorów.

Zerknął na mnie.

– Twoich nie. Dzisiaj to, co próbowałeś zrobić, przestało mieć sens. Wymieszałeś braci i wrogów na próżno.

– Po to, żeby wspólnie zbudować marzenie.

– Tylko jakie marzenie? Oni recytują twój tekst, ale dobrze wiedzą, że to nie rzeczywistość.

– To nie jest mój tekst.

– To niczego nie zmienia! Twoje kwestie to nie jest prawdziwe życie.

– To nie są moje kwestie, tylko Jeana Anouilha.

Druz roześmiał się, puścił kierownicę. Poklepał się dłońmi po udach.

– *Anta madżnun!*

Powtórzył, że zwariowałem. Nic go nie obchodzi żaden Anouilh. Ja w ogóle nie rozumiem tej sytuacji. Kraj jest na kolanach, a ja przybywam z Paryża w płaszczu arlekina. Powiedział, że pokoju nie zaprowadza się z upudrowaną twarzą klauna. W chwili gdy kraj liczy zabitych, dziesięcioro dzieciaków na scenie zrujnowanego teatru przestaje mieć jakikolwiek sens. Niemal żałował, że zapewnił mi gościnę i pomoc. Mówił, że wystawienie tej sztuki to czcza próżność.

– To był kolejny pomysł Żyda!

Ogarnęło mnie zdumienie.

– Nie masz prawa mówić o Samie w taki sposób!

Marwan nieznacznie zapadł się w fotel. Wpatrywał się w drogę z ponurą miną.

– Mam ogromny szacunek dla Samuela Akunisa – oznajmił.

Odwróciłem się do niego plecami.

– Dobrze wiesz, że zrobiłem to wszystko tak samo dla niego, jak i dla ciebie, więc przestań! – zagrzmiał.

Milczałem. Moje oczy płonęły. W głowie mi huczało.

– Przepraszam – mruknął. Opuścił szybę, odetchnął pełną piersią. – Europejczyk nie słyszy tych samych słów co my. Pojmujesz to?

Nie. Nie pojmowałem. Nie chciałem pojąć.

– A jeśli powiem: to był kolejny pomysł greckiego marzyciela, pasuje ci?

Nie odpowiedziałem.

– Spójrz na mnie, Georges. Biorę udział w tej historii od ponad dwóch lat. A od siedmiu miesięcy troszczę się o ciebie jak o syna. Użyczyłem nawet Nakada do waszej komedii.

– To nie jest komedia, tylko tragedia.

– Komedia, tragedia, jak tam chcesz! Ale teraz, kiedy twój przyjaciel niedługo umrze, kiedy Izraelczycy są w Bejrucie i wszyscy strzelają do wszystkich, mówię, że trzeba to wszystko przerwać. Nie możecie już wystawić „Antygony", słyszysz? To koniec, Georges. Nie jesteś ponad tą wojną. Nikt nie jest ponad wojną. Tutaj nie ma innej tragedii niż ta wojna.

Obróciłem z powrotem głowę. Popatrzyłem na niego. Na jego twarz, rozczochrane włosy, siwe wąsy, na starą bliznę przecinającą policzek. Jego wargi zniknęły. Powieki miał półprzymknięte. Kłykcie na kierownicy białe.

– Ja też przepraszam, Marwanie.

Zmrużył oczy. Ledwie się uśmiechnął.

– Dobrze znam wojnę. Ona wszędzie będzie szukać mężczyzn. Nawet za kulisami teatru. Daję twoim aktorom miesiąc, zanim się do niej przyłączą.

– Może. Ale najpierw przyjdą na próbę.

Wzruszył ramionami.

– Nie, Georges. Mój syn nie przyjdzie.

– Będzie obecny na przedstawieniu pierwszego października. Przyrzekłeś mu to.

– Przyrzekłem dawno temu. Ale teraz już nic nie zależy od nas.

Kiedy Samuel leżał w szpitalu, przysiągłem, że zagramy „Antygonę" za wszelką cenę. Dzisiaj jednak, nie mając go przy sobie, niczego już nie byłem pewien.

– Pies zawsze pozostanie psem, Georges. Nawet jeśli wychowają go owce. Twoi aktorzy to nie aktorzy, tylko żołnierze. Ty tego nie wiesz, ale wojna o tym pamięta.

Wjechaliśmy do Bejrutu w piątek 17 września 1982 roku. Zapadał zmrok. Zrobiło się pogodnie.

Izraelskie czołgi bawiły się w zapory na miejskich skrzyżowaniach, stojąc wśród straganów z owocami i sprzedawców chleba.

19

Antygona

Dzieciak. Siedział oparty o ścianę. W niebieskim dresie, w sandałach. Miał zaschniętą ślinę wokół ust, strużkę brunatnej krwi na brodzie i zamknięte oczy. Obok leżał inny chłopiec, na którego brzuchu roiła się chmara much. Był tam pies wyciągnięty na boku, ze sztywnymi łapami, rozpłaszczony na nogach dziecka. Oparłem się plecami o otwarte drzwi.

Marwan obudził mnie w nocy. Spałem u niego w salonie. Wyczułem jego obecność, chociaż się nie odezwał ani mnie nie dotknął. Przykucnął, pochylając twarz nad moją twarzą.

– Georges, coś się dzieje w obozach.

Tylko to powiedział. Ani jednego nędznego słowa więcej. Spojrzałem na niego. Ubrał się po ciemku. Wstałem, nie spuszczając go z oczu. Nigdy nie widziałem go w mroku. Przyszedł mi na myśl Posłaniec z mojej „Antygony", człowiek, który ogłasza koniec świata.

Włożyłem spodnie, koszulę. Nie zadałem żadnego pytania. Coś się działo, to wszystko. Mój druz miał poważny głos, powolne ruchy, wzburzoną minę. Zbliżył się do drzwi na taras, nie zapalając światła, oparł o szybę dłoń, czoło, całe swe wielkie, przepełnione lękiem ciało. W salonie czekał jakiś mężczyzna. Pod rozpiętą kurtką widać było wsunięty za pasek pistolet. Podniósł się na mój widok, powitał mnie skinieniem głowy. Zauważyłem tego druza już wcześniej. Był w kącie pokoju, kiedy Nakad odgrywał Haimona. W chwili gdy brałem Nakada w ramiona, obaj spojrzeliśmy na siebie. Najwyraźniej tylko on się nie zastanawiał, co dwóch mężczyzn robi na środku pokoju, obejmując się i deklamując jakieś dziwaczne słowa. Klaskał po naszej tyradzie i uścisnął mi dłoń, zanim wyszedł.

– Anouilh jest druzem – szepnął do mnie wtedy na progu.

Zaskoczyło mnie to zdanie rzucone wśród rytualnych pożegnań. Pozostali przykładali dłoń do swojego serca, on jednak dotknął mojego. Przyjrzałem się znaczkowi partii socjalistycznej, który nosił w klapie – pióro i czekan w trójkącie – a także pięcioramiennej gwieździe wytatuowanej między kciukiem a palcem wskazującym. Tamtego wieczoru obdarzył mnie porozumiewawczym uśmiechem.

Tej nocy wszakże z jego spojrzenia już nic nie zdołałem wyczytać.

Wsiedliśmy całą trójką do czerwonego samochodu. Na ulicach było pusto. Kiedy dotarliśmy nad brzeg morza od strony Mar Elias, Marwan zaparkował auto. Wysiadł wpatrzony w niebo. Tamten powiedział do niego coś po arabsku, pokazując palcem. Mój przyjaciel skinął głową. Ja również wysiadłem. Nad Sabrą i Szatilą blask rozjaśnił mrok. Na obozy spadały powoli dziesiątki rozżarzonych pereł, które kołysały się w powietrzu, nim zgasły. Po czym pojawiały się następne, szybując w górę niczym strzały i spadając w oślepiającej chmurze.

– Flary – szepnął Marwan.

Wsiedli z powrotem do samochodu. Zostałem sam zapatrzony w noc, która opierała się ludzkiemu światłu.

– Zawiozę cię do Szatili, ale nie wejdę do obozu.

Przysunąłem się do okna.

– Co się dzieje?

Marwan spojrzał na mnie.

– Chcesz jechać do Szatili czy nie?

Zająłem miejsce z tyłu. Chociaż noc była ciepła, czułem lodowate zimno. Gdy Marwan ruszał, oparłem czoło o zagłówek jego fotela. Szukałem jego wzroku w lusterku wstecznym.

– Co się dzieje, Marwanie?

– Izraelczycy oświetlają obóz. Szukają czegoś – odparł drugi druz.

Na obrzeżach Szatili Marwan zatrzymał samochód i zgasił światła. Przed nami, na nasypie prowadzącym do pierwszych domów, drzemały izraelskie czołgi. Na jednej z wieżyczek siedział czołgista, oparłszy nogi na kanistrze. Był skąpany w białym blasku flar.

– Zaczekam tutaj. Nie pójdę tam – powtórzył Marwan.

Ten drugi się odwrócił. Skinął mi głową. Już miałem otworzyć drzwi, wysiąść. Zostałem.

– Powiedz mi, co sądzisz.

Mój przyjaciel się odwrócił. Nie rozpoznałem jego twarzy, jego spojrzenia.

– Znam tę ciszę aż za dobrze – odparł Marwan.

Po czym się odsunął.

– Zaraz wstanie dzień. Idź teraz.

Chwyciłem torbę. Porzuciłem samochód, obu mężczyzn, resztki beztroski. Ruszyłem ku czołgom. Postanowiłem przejść między tamtymi dwoma, z żołnierzem palącym papierosa na pokrywie włazu. Zbliżyłem się. Dotarłem na wysokość gąsienic. Czekałem na jakieś słowo, krzyk, rozkaz. Żołnierz i ja wymieniliśmy spojrzenia. Był przybity. Odwrócił głowę. Byłem niczym. Nie istniałem. Wokół niego nie było już nic.

Wszedłem do obozu. Wszedłem na pustynię. Swąd palonych śmieci, zjełczałego tłuszczu, ścieków. Pomyślałem o milczeniu Marwana. Dzień, ten prawdziwy, wstawał z trudem. Flary nadal oświetlały Sabrę z drugiej strony. Podążyłem dalej. Posuwałem się naprzód niemal po omacku. Wszedłem do piekła przez kiszkę, uliczkę, na której dało się dotknąć ścian, rozpostarłszy ramiona. Ujrzałem pierwszego zabitego. Mężczyznę z bosymi stopami, w piżamie. Leżał na brzuchu, rozciągnięty w pyle. Ukląkłem. Cofnąłem się, zatykając dłonią usta, aby odegnać smród rozkładających się zwłok. Szukałem pomocy wokół siebie, zapukałem do pierwszych drzwi. Były uchylone. Na progu stały rzędem buty. Pomyślałem o Złotowłosej, o rodzinie niedźwiadków mojej córeczki żyjącej w pokoju. Sandały ojca, klapki matki, buciki dzieci. Wsunąłem głowę, zawołałem cicho. Wszedłem do środka.

Ojciec padł przy stole twarzą we własny talerz, z rękami zwisającymi wzdłuż ciała. Matka leżała w kuchni w kałuży zupy i krwi. Szafa była otwarta, bielizna poukładana. Drżałem. Nie zajrzałem do sypialni. Wyszedłem. Wybiegłem na uliczkę. Wzywałem pomocy po francusku, po angielsku. Dzień był tak blady. W czerwonym pyle zbliżała się kobieta. W chuście na głowie, z podniesioną dłonią, płakała, jęcząc nieznane słowa. Za moimi plecami kolejna. Zjawy, które wychynęły z ostatnich zakamarków ciemności jedna po drugiej. Jakiś cień pokuśtykał ku mnie, chwycił mnie za rękę, pociągnął. Kobieta miała suche oczy, wrzeszczała. Drogę przez bramę wjazdową zagradzało dwoje starców z poderżniętymi gardłami. Mężczyzna, jego żona z chustą zaciśniętą na szyi niczym sznur. Cofnąłem się gwałtownie. To była profanacja z mojej strony. Deptałem po ludzkiej krwi. Ruszyłem tyłem do bramy. Ulica tonęła we łzach. Brutalne krzyki, skargi. Śmierć, którą się odkrywa, potem ciało, które się opłakuje. Posuwałem się dalej. Wszystkie drzwi stały otworem. Zabrakło mi odwagi. Zatrzymałem się na rogu ulicy i przysiadłem na betonowym bloku. Na ziemi leżało dziewięciu mężczyzn, jeden na drugim, z otwartymi ustami, w zakrwawionych koszulach i spodniach. Pod samochodem następni. I kolejni, którzy padli pod ścianami, jakby ich rozstrzelano. Jakiś młody człowiek pomógł mi wstać.

– Trzeba mieć oczy otwarte – powiedział po angielsku.

– Zawsze mamy dwoje oczu za dużo.

Pomyślałem o lekarzu z Szatili, który się wahał, czy przywrócić mi wzrok.

Szedłem naprzód. Ujrzałem na ziemi laskę. Starca na plecach, podziurawionego odłamkami, jego szeroko rozpostarte ramiona. Dalej mężczyznę z potylicą zmiażdżoną młotem. Od drzwi zawołała mnie dziewczynka. Wepchnęła do środka. Spuściłem głowę, patrzyłem na jej palec, a nie na łóżko, które wskazywała. Pościel była zakrwawiona. Odtworzyłem w myślach mękę jej ojca, podążając po śladach. Wywleczono go z sypialni przez korytarz, przez próg, po czym rzucono w cierniste zarośla. W ślepym zaułku przepołowione ciało, prawa noga ciśnięta obok ramienia. Kobieta, która osunęła się pod sznurami z bielizną. Druga porzucona na wysypisku i przysypana gruzem. Przy stosie wozów pogrzebowy zaprzęg. Trzy siwe konie i pięciu mężczyzn twarzami do ziemi. Na rogu ulicy sztuczna noga wyrwana starcowi, który runął na metalową żaluzję. Kilka kroków dalej młodzieniec z napuchniętym brzuchem, poparzoną twarzą, całymi nogami upapranymi zaschniętym łajnem. Wszędzie zabici. W domach, na ulicach, w zaułkach, na tarasach. Zmasakrowane ciała, ziejące rany, wstęgi mózgu w krzakach. Wychodzące z orbit oszalałe oczy kobiety, które przypominały kule z masy perłowej. Słońce rzucało plamy światła. Obsceniczne cykanie świerszczy. Hordy much wściekłych, że przeszkadza im się w uczcie.

A potem zobaczyłem pierwsze dziecko. Obawiałem się go za każdymi drzwiami, lękałem się przy każdym krzyku. Było tam. Niemowlę gołe od pasa w górę, w podartych pieluchach. Zaszlachtowane. Ciało roztrzaskane żywcem o mur z pustaków.

Przystanąłem. Byłem wyjałowiony. Miałem wyjałowione oczy, serce. Powietrze było gęste. Z trudem chwytałem oddech. Wdech oznaczał opychanie się śmiercią. Chciałem wziąć dziecko. Zabrać je. Wymachiwać nim po obozie, pokazać je Bejrutowi, zawieźć do Paryża, wykrzyczeć całemu światu. Pochyliłem się nad nim. Jakiś mężczyzna krzyknął. Przybiegł. Pokazał mi odbezpieczony granat ukryty pod belką obok zwłok. Nóżkę ofiary i drewniany bal łączył sznur. Poruszenie jednego oznaczało przesunięcie drugiego i spowodowanie wybuchu.

– Zaminowali ciała – wyjaśnił mężczyzna.

Teraz stąpałem z najwyższą ostrożnością. Dziewczynka w czerwonej bluzce, z rozpłatanym czołem, rozrzuconymi nogami. Dalej, w rogu, następna, w sukience w szkocką kratkę, twarzą do ściany i z rozharatanymi plecami. Martwy chłopczyk leżący na wznak, z Myszką Miki na niebieskim podkoszulku. Czterej bracia ułożeni na stosie na chodniku i podpaleni. Pokiereszowane ciała i podarte ubrania, jakby je zmielono i stopiono razem. Przestałem się powstrzymywać. Poddałem się. Mijałem kolejne zwłoki, kolejne domy wśród krzyków, płaczu, wszystkich tych wytrzeszczonych oczu, które szukały mojego wzroku. Jakaś kobieta zaprowadziła mnie do zakrwawionej kołyski. Do wiklinowego kosza wyłożonego szarobiałymi prześcieradłami. Dziecku poderżnięto gardło. Spało na boku z odciętą głową, z dłońmi na plecach, z nienaturalnie wygiętą jedną nogą i złamanym kolanem. Pragnąłem mu ofiarować łzy. Szukałem na samym dnie. Zamknąłem oczy, wzywając je na pomoc. Łzy nie nadchodziły. Zalewały mi wnętrzności, serce, duszę. Nie chciały wypłynąć na policzki. Wyszedłem ot tak, z pustką na twarzy.

– Idź prosto przed siebie. Za handlarzem opon skręć w lewo. To tam – powiedział mi wcześniej Marwan.

Rozpoznałem nieużytki, wielkie graffiti zdobiące mur szkoły, gabinet dentysty Pierre'a. Zatrzymałem się na środku ulicy. Drzwi domu Iman były otwarte. Kobiety i mężczyźni mijali się niczym obłąkani. Jakiś fotograf prasowy robił zdjęcia. Podniósł na mnie wzrok. Płakał. Tkwiłem tak pośród tego wszystkiego wpatrzony w drzwi. Czekałem. Aż ktoś wejdzie, wyjdzie, aż czyjaś dłoń pojawi się między kratami w oknie. Po czym ruszyłem dalej. Przeszedłem przez jezdnię wolnym krokiem z żołądkiem ściśniętym ze strachu.

Nigdy nie byłem w domu Iman. Drzwi prowadziły do kuchni, maleńkiego pomieszczenia całkowicie zastawionego przez stół i krzesła. Meble były poprzewracane. Stół nakryto do wieczornego posiłku. Tym razem nikogo nie wołałem. Nie krzyczałem. Spojrzałem na drzwi wiodące do kolejnego pomieszczenia. Był tam ojciec, siedział na podłodze oparty o futrynę, przechylony na bok, z otwartymi oczami, na białej kufiji widniały ciemne plamy. Iman wspominała mi wcześniej o młodszej siostrze, o braciach. Cała trójka zbiła się w gromadkę na środku korytarza. Światło poranka wślizgiwało się przez okno, przeszukując każdą kałużę krwi niczym pies, który wszystko obwąchuje. Uderzyłem się o stół, o poprzewracane krzesła. Iman była w swoim pokoju. Spoczywała w ciszy, leżąc w poprzek łóżka. Głowa zwisała jej z jednej strony, nogi z drugiej. Oprawcy związali jej drutem ręce z tyłu. Jedna część twarzy została wyrwana. Policzek, czoło, skroń, miazga, w której roiło się od much. W ustach miała knebel. Poderżnięto jej gardło. Bluzka rozpięta, rozdarta aż po rękawy. Pocięto jej piersi. Na brzuchu widniała ogromna zielona plama. Sukienka w czarno-białą kratę była zadarta. Iman rozciągnięto. Zgwałcono. Miała zakrwawione uda, kostki. Walczyła. Trzymała w zaciśniętej pięści kosmyk włosów.

Przestałem oddychać. Moje serce stanęło. Rozwiązałem ją. Była sztywna, lodowata, nie żyła od poprzedniego dnia. Drut wbił jej się w skórę. Położyłem ją na łóżku, pod głowę wsunąłem jej poduszkę. Opuściłem dół spódnicy, zapiąłem jedyny guzik sukienki. Na stole znajdowała się niebieska chusta. Rozpostarłem ją i zakryłem nią twarz Iman, zostawiając na widoku jedynie rude włosy.

O mało nie zmówiłem modlitwy do mojego Boga. Kilku zdań z dzieciństwa, ale zrezygnowałem. Nad łóżkiem Iman oprawiła reprodukcję starego banknotu palestyńskiego. Był to zegar. Z boku wisiała złota sakiewka przyczepiona do zardzewiałego klucza długości dłoni. Rozpoznałem sakiewkę. Palestyńska ziemia podarowana przez Sama. A także klucz z 1948 roku. Ten, który zamykał dom rodzinny w Jafie, zabrany na wygnanie przez jej dziadków.

– Ty obrócisz klucz w zamku, przyjacielu.

***

Oczyma wyobraźni ujrzałem Jasina, palestyńskiego bojownika. Usłyszałem jego obietnicę powrotu. Wyruszył ze swymi braćmi w klęsce. Podążyli do Tunisu śladem Arafata wraz z bronią i nadziejami, zostawiwszy rodziny bez ochrony. Zdjąłem klucz. Był ciężki. Pełny trzon, dopracowane kółko. Otworzyłem sakiewkę. Podzieliłem ziemię na dwie równe części, jedną dla Iman, drugą dla Jasina. Wytrząsnąłem połowę na dłoń. Posypałem ciało Iman. Nie płakałem. Już nie drżałem. Byłem Antygoną pochyloną nad Polinejkesem. Rozsiałem świętą ziemię po jej męce. Słodka była ta ziemia. Jednocześnie sucha i tłusta, mieniąca się lśniącymi drobinkami niczym diament. Oprószyłem nią chustę, piersi, poranione nogi, wnętrza dłoni, stopy. Rozrzuciłem ją, roztarłem w palcach.

Ukląkłem przed zamęczoną na śmierć. Chwyciłem klucz, resztkę Palestyny w złotej sakiewce. Okrążyłem braci, okrążyłem ojca. Wyszedłem na ulicę. Na zewnątrz ratownicy z Czerwonego Półksiężyca wkładali właśnie chłopczyka do plastikowego worka. Do koperty zasuwanej na zamek błyskawiczny. Gdy się z nim zrównałem, jeden z pielęgniarzy odsłonił przede mną zwłoki. Pokazał mi je, jakby zadawał pytanie. Przezroczysty całun otulał czoło, nos, podbródek. Wydawało mi się, że widzę parę wokół ust chłopca. Podniosłem dłoń. Nie jestem lekarzem, nie jestem dziennikarzem. Wystawiam na scenie życie, ale nic nie mogę poradzić na tę śmierć. Wyjąłem notes Sama. Nie wiem dlaczego. Żeby nauczyć się na nowo określonego gestu. Żeby zaznaczyć dystans między krwią a mną. Napisałem: „Koniec". To wszystko. Kreśliłem wokół tego słowa nerwowe kółka, aż przedarłem papier.

A potem już więcej nie patrzyłem. Szedłem środkiem drogi. Szedłem na oślep ku wolnemu powietrzu, a za mną były płacz, krzyki, bielizna susząca się niepotrzebnie we wrześniowym słońcu.

Marwan czekał, siedząc samotnie w aucie. Ujrzawszy mnie z daleka, mój przyjaciel wysiadł i otworzył ramiona.

– Wiem – powiedział po prostu.

Jechaliśmy w stronę miasta. Kazał mi zająć miejsce z tyłu.

Wsadziłem głowę między nogi, ukryłem twarz w dłoniach. Poprosiłem, żeby pootwierał okna. Cuchnąłem śmiercią. Nie odzywaliśmy się. Gdy dotarliśmy pod jego dom, pomógł mi iść, wziąwszy mnie pod pachy. Zażądałem prysznica, zaraz, natychmiast. Żeby zmyć kurz, smród, tysiące obrazów. Zdarłem z siebie ubranie. Tarłem twarz, pochyliwszy się nad umywalką. Szorowałem nos aż do bólu, odrywając kawałki mydła, żeby napchać nimi nozdrza. Otworzyłem okno w łazience, odkręciłem kurki, wiatr wdzierał się w gwałtownych podmuchach. Był ciepły, cuchnący. Uderzył mnie strumień wody. Chłostał moją skórę, niemal ją raniąc. Umyłem włosy, ponownie twarz, brzuch. Nagle wiatr poderwał zasłonę prysznicową. Oblepił mi nią tors, nogi. Obrysował twarz niczym worek na zwłoki. Właśnie weszła śmierć. Była w pomieszczeniu. Krążyła. Miała zapach wymiocin, mokrego psa, zepsutego mięsa. Deptała mi po piętach aż od obozu, żeby mnie tu wykończyć. Wrzasnąłem. Uczepiłem się zasłony obiema rękami. Karnisz pękł, żabki spadły jedna po drugiej.

Pośliznąłem się. Przewróciłem się do brodzika, ciągnąc za sobą przemoczony całun. Rąbnąłem czołem o rant. Krew. Ciekła ze skaleczonej powieki. Płynęła po emaliowanych rowkach spłukiwana przez gorącą wodę. Znów krzyknąłem. Fala żółci. A potem się rozpłakałem. Płakałem łzami, które mi jeszcze zostały, które od zawsze groziły, że popłyną. Łzami sieroty, który zrywa kwiatek, żeby pożegnać się z matką. Łzami studenta, który nie ma odwagi dotknąć skóry zbyt martwego ojca. Wypłakałem całą tkwiącą we mnie złość, całą tkwiącą we mnie agresję, całą tkwiącą we mnie nienawiść. Zapłakałem nad dziećmi z Kirjat Szemony i tymi z Szatili. Płakałem, żeby wyczerpać łzy.

Wtem wszedł Marwan. Rzucił się pod prysznic. Zakręcił kurki, klnąc po arabsku. Leżałem zwinięty w kłębek. Podniósł mnie łagodnie, przyciskając głowę do mojej głowy. Chwycił mnie w ramiona, zaniósł jak śpiące dziecko. Byłem Antygoną z głową z jednej i stopami z drugiej strony, z krwią na piersi i na udach.

– To koniec. Wracasz do domu. Wracasz, Georges.

– Zabili Antygonę.

Ledwie szept. Żebym usłyszał.

– Zabili Iman – odparł Marwan.

Wkroczył do salonu wraz ze swym zakrwawionym trofeum. Z ust jego żony wyrwał się okrzyk. Schowała się w sypialni. Córka wcisnęła twarz w poduszkę.

– Oni nie zabili Antygony – powtórzył mój druz.

Położył mnie na łóżku, przykrył prześcieradłem. Pochylił się nade mną.

– To ty jesteś Antygoną. Samuel. Nakad i wszyscy inni. Ich jest za mało, żeby zdołali ją zabić.

20

Mimi-Linotte

Nigdy dotąd nikt tak naprawdę mnie nie przytulił. Przed przekroczeniem linii demarkacyjnej Marwan objął mnie, a ja schroniłem się w jego uścisku. Zamknął mnie całego w ramionach. Schowałem twarz w zagłębieniu jego szyi. Pachniał piżmem, skórą kurtki. Trzymał mnie tak przez długą chwilę pośród kierowców taksówek. Ja stałem z torbą na ziemi, z opuszczonymi rękami. A potem odepchnął mnie łagodnie, nie odrywając ode mnie wzroku. Z dłońmi na moich ramionach wpatrywał się we mnie w milczeniu. Odwrócił się plecami. Wsiadł do samochodu. Kiedy ruszał, jego wielkie ciało drżało. Płakał. Może. Nigdy się tego nie dowiem. Nie obejrzał się, nie wystawił ręki przez otwarte okno. Pojechał z powrotem na wojnę beze mnie.

Wsiadłem do minibusa podążającego do portu w Dżuniji. Pod lusterkiem wstecznym, na końcu różańca z drewna oliwnego, kołysał się krzyż. Ramiona Marwana ciągle zamykały mnie w uścisku. Czułem jego ciepło, bicie jego serca. Trzymał mnie na statku, tulił na Cyprze, kiedy wsiadałem do samolotu, kiedy spałem oparty o okno, kiedy docierałem do Roissy w strugach deszczu. Nie chciałem puścić jego ramion i znaleźć się w innych. Nie chciałem innego schronienia niż jego. Szedłem po korytarzach lotniska, jakbym wchodził na szubienicę. W żołądku ściskało mnie ze strachu, serce waliło, jakby chciało wyskoczyć. Gdy moja torba ukazała się na taśmociągu, usiadłem naprzeciwko na ziemi, pod ścianą. Wyciągnąłem obolałą nogę. Popatrzyłem na wszystkich żyjących. Były tam twarze poparzone od słońca, skóra błyszcząca od soli, nagie piersi pod rozpiętym jedwabiem, woń kwiatów gardenii tahitańskiej. Były wakacyjne słowa. Był tłum, fauna, życie pozbawione elegancji, torujące sobie hałaśliwie drogę do powrotu. Były śmiechy, które budziły obrzydzenie w moim smutku.

Ruszyłem przed siebie.

Kiedy drzwi się rozsunęły, widziałem tylko ich. Moją garstkę życia pośród innych witanych. Aurore, Louise, dwójkę przyjaciół, paru kumpli. Miałem tak wielką nadzieję, że ich tu nie będzie.

Usłyszałem swoje imię wykrzyczane w hali jak na wiwat. Ujrzałem ich ręce w górze. Uśmiechy, którymi wysmarowane były ich twarze. Jakiś kretyn wymachiwał palestyńską flagą. Spuściłem wzrok. Było mi wstyd. Szukałem uśmiechu, który mógłbym im ofiarować. Zaczerpnąłem go z głębi siebie. Promienny uśmiech Iman, ciepły uśmiech Marwana, kpiący uśmiech Szarbela. Podniosłem głowę. Znalazłem. Powróciłem do nich z uśmiechem Nakada wybaczającym moje zakłopotanie faktem, że on kocha mnie zbyt mocno. Z cudownym uśmiechem. Z uśmiechem, który mógłbym odwzajemnić i który teraz ofiarowywałem obcym.

Podbiegła do mnie Louise. Ukląkłem na jedno kolano, upuszczając torbę, paszport, wszystko, co miałem w ręce. Schroniła się w moich ramionach, między Marwanem a mną. Uważaliśmy, żeby nie ścisnąć jej za mocno. Powtarzała „tatuś", pocierając mi policzek dłonią. Miałem kłujący zarost po nocy. Czekałem na zamęt, ale nie nadszedł. Jeszcze nie. Aurore trzymała się z daleka. Kumple też. Ich szacunek mówił, że mój widok budzi litość. Z trudem wstałem z dłońmi pełnymi czułości. Przytuliłem Aurore. Tak bardzo wyobrażałem sobie tę chwilę i tak bardzo się jej bałem. Uderzył mnie zapach jej perfum. Był ukwiecony niczym miodowy cukierek. Gładziła mnie po włosach. Moje dłonie przywarły do jej pleców. Nie ściskałem jej, tylko składałem powinszowania. Ona całowała mnie w policzek, w usta, w pochylone czoło. Jadła mnie. Pożerała to, co ze mnie zostało. Szukała mojego wzroku, przesuwała palcem po brzydkich bliznach, opłakiwała moje opadnięte powieki, moją chudość. Powiedziała, że mam inną twarz. Cofnęła się o krok.

– To ty. To jednak ty!

Louise przywarła do mojej chorej nogi. Wówczas podeszli pozostali. Było ich więcej niż przed chwilą. Kumple z Jussieu, wychowawcy z gimnazjum, nauczyciele. Nadciągnęli, żeby powąchać dramatu, być w nim, zobaczyć z bliska tego, który widział. Aurore ściskała mnie w pasie, za ramiona, za policzki. Moja żona miała dziesięć rąk. Puściła tylko jedną moją dłoń. Wyciągnąłem ją do innych, którzy miażdżyli ją z zapałem oswobodzonego tłumu. Teraz się śmiałem. Byłem zagubiony. W ciągu kilku godzin przeszedłem z ramion uzbrojonego druza do uścisków na lotnisku. Ludzie klepali mnie po plecach, częstowali kuksańcami w bok, czochrali mi włosy. Ktoś wręczył mi kieliszek szampana. Przyniósł ze sobą butelkę. I jeden kieliszek, tylko dla mnie. W całym tym tumulcie domagał się, bym uczcił własny powrót. Chwyciłem kieliszek. Opróżniłem go duszkiem, odrzuciwszy głowę do tyłu. A oni klaskali. Właśnie wygrałem konkurs, zwyciężyłem w rajdzie, pobiłem rekord. Kolega fotograf uwijał się koło mnie niczym paparazzo. Przechodnie mierzyli mnie wzrokiem, usiłując rozpoznać. Ależ tak, przecież wiesz! Chyba jakiś aktor. Jakże on się nazywa? Pozwoliłem się poprowadzić powoli ku wyjściu. Chciałem kupić dziennik w kiosku w hali przylotów. Odnaleźć Bejrut na gazetowym papierze. Nie miałem chęci im uciec. Moja córeczka nosiła sukienkę w szkocką kratkę. Odwróciłem wzrok. Ujrzałem, że ma zadartą spódniczkę, porwane majtki i krew na udach. Puściłem jej dłoń. Odepchnąłem rękę Aurore, która powędrowała od jej łez do mojej skóry. Poprosiłem o odrobinę spokoju, tylko odrobinę. I wtedy do wszystkich dotarło. Spokój. Oczywiście, spokój. Dlaczego wcześniej o tym nie pomyśleli? Przecież wracam stamtąd. Z miejsca, którego nazwę wypowiadali półgłosem. Po tym, co widziałem, pewnie jestem zmęczony, wstrząśnięty. Potrzebuję powietrza, ciszy, póki nie znajdziemy się wszyscy w domu.

– Póki nie znajdziemy się wszyscy w domu?

Aurore przygotowała małe przyjęcie. Nic wielkiego. Bankiet dla uczczenia chwili. Z udziałem wszystkich tych, którzy nie mogli być na lotnisku.

– Jakich wszystkich?

Aurore się roześmiała. Jak to jakich wszystkich? No koleżanek, ludzi z komitetu palestyńskiego, po prostu naszych przyjaciół.

Doszliśmy do samochodu. Włożyła moją torbę do bagażnika.

– Nie cieszysz się?

Że zobaczę tych wszystkich ludzi? Tak, oczywiście. To dobry pomysł. Muszę tylko pobyć trochę sam, zanim przyjdą. Odzyskać oddech, zmysły, zamaskować wściekłość i obrzydzenie.

– Ukrywasz coś przede mną?

Spojrzałem na Aurore. Na jej zalęknioną twarz. Pokręciłem głową. Brakowało mi dla niej słów. Ukrywałem przed nią zabitych, o których nigdy się nie dowie.

Kiedy przybyliśmy do mieszkania, poprosiłem, aby pozwolono mi wyjść. Goście zjawią się o dwudziestej. Chcę tylko zrobić rundkę po osiedlu. Pospacerować w samotności. Proszę cię, Aurore. Proszę cię, Louise. Muszę powłóczyć się chwilkę w okolicach Saint-Lazare, po ulicach wolnych od klaksonów i ludzkich spojrzeń. Proszę was wszystkich. O godzinę tylko dla mnie. Żeby pozbyć się tego ubrania, tego zapachu. Chcę popatrzeć na budynki bez śladów po kulach, chcę mijać przechodniów bez broni. Chcę usłyszeć odgłos własnych kroków na mokrym chodniku. Chcę spoglądać na platany. Chcę spokoju latarni. Chcę wystaw, sklepów, które właśnie zamykają, dudnienia metra, które poczuję w brzuchu. Chcę wejść do baru. Posłuchać szumu ekspresu do kawy, suchego stukotu kolby o brzeg kosza na śmieci, żeby pozbyć się fusów. Chcę zobaczyć szklanki na barze. Chcę afiszów teatralnych na ulicy. Chcę mijać dziewczyny, chłopców. Chcę móc wrócić do domu.

Aurore mnie pocałowała. Rozumiała. Przykro było jej tego słuchać, ale rozumiała. Zastanowiła się. A potem zaproponowała, że zostawimy Louise u sąsiadki i potowarzyszy mi w mojej samotności. Odmówiłem, chwytając ją za ręce. Uniosła brwi, otworzyła usta. Zgoda. Pojmuje. W takim razie do zobaczenia? Mój kochany, mój ranny, mój utęskniony. Do zobaczenia, mój mężu na zawsze. Do zobaczenia, ojcze naszej wrażliwej córki, która tak bardzo, bardzo pragnie mieć braciszka. Do zobaczenia, przyszły ojcze, którego kocham. Do zobaczenia wkrótce, zaraz. Zgoda? Bo goście niedługo się zjawią. Ależ tak. Oczywiście, nie ma nic przeciwko temu! A zresztą na moim miejscu zrobiłaby tak samo. Poszłaby na spacer po ulicach, żeby odzyskać spokój. Tylko że zabrałaby mnie ze sobą. Właśnie. Zostawiłaby dziecko sąsiadce i wzięła mnie pod rękę. Bo jestem jej potrzebny, niezbędny do życia. A ja byłbym dumny i szczęśliwy z powodu jej ufności. Ależ nie, oczywiście, że nie jest na moim miejscu. W gruncie rzeczy wcale nie jesteśmy podobni. To niesamowite, ile nas różni. Chociaż nie to co najistotniejsze. Ale wiele rzeczy. Im szybciej pójdę, tym szybciej wrócę? Oczywiście. Masz rację. Jazda, idź.

– Tatuś znów idzie! – zawołała Aurore do Louise, która akurat weszła do salonu.

– Tatuś zaraz wróci – odrzekłem.

Po czym nie czekając, zamknąłem drzwi. Zbiegłem po schodach. Bałem się głosu jednej, płaczu drugiej. Dotarłem do holu, do naszej skrzynki na listy, na niej nasze nazwiska, imię naszej córki napisane czerwoną kredką. My, nasze życie, nasza szkatułka na wiadomości. Przeszklone drzwi. Ulica. Skręciłem w lewo. Szedłem szybko, lękając się pierwszych znanych twarzy. Maszerowałem po rue de Leningrad, biegłem po rue de Rome. Wszedłem na dworzec Saint-Lazare. Właśnie odjeżdżał pociąg do Dieppe. Zawahałem się. Zrezygnowałem. Powoli wróciłem, podążając rue d'Amsterdam. Powitałem rodzinę jak uczeń poniedziałkowy poranek. Bolała mnie głowa, brzuch. Miałem sucho w gardle. Przez otwarte okna dolatywał hałas. Brakowało tylko mnie, żebyśmy byli my. Wspiąłem się po schodach. Aurore nastawiła płytę z palestyńskimi pieśniami. Przystanąłem na piętrze niżej. Chciałbym być tym sąsiadem. Wrócić gdzie indziej niż do siebie. Nic nie widzieć. Nic nie wiedzieć. Pokonałem ostatni stopień. Oparłem dłoń o drzwi. Zadzwoniłem. Poddałem się.

*

Prawe oko przesłaniała mi biała plama. Widok pływał w kropli wody. Moja polisa ubezpieczeniowa nie obejmowała ran zadanych w „zagranicznej wojnie". To ja musiałem ponosić wydatki na rehabilitację, na badania też. Doktor Cohen polecił mi zaprzyjaźnionego okulistę. Tamten powiedział, że miałem szczęście, ale że w mojej głowie już nic nie jest na swoim miejscu. Doktor Cohen martwił się o mnie. Trzy dni po moim powrocie zastał mnie siedzącego na chodniku przed szpitalem. Nie chciałem wejść. Nie byłem w stanie pchnąć drzwi, wsiąść do windy, podążyć korytarzem, minąć pokoju pielęgniarek, wejść do sali

Sama pogrążonego we śnie od tygodnia. Mój brat zamknął oczy. Przestał odpowiadać, przestał się poruszać. A ja nie chciałem jego milczenia.

– Proszę to zrobić dla niego – poradził lekarz.

Co zrobić? Usiąść obok niego? Poprawić mu pościel? Okłamać go, tak? Opowiedzieć mu o wymarzonym sukcesie „Antygony"? Szarbel w majestacie, Iman w pełnej krasie. Oklaski dla jego sztuki rozbrzmiewające do późnej nocy po obu stronach zielonej linii. Pozwolić mu marzyć po raz ostatni, sącząc do ucha słowa zdrajcy?

– W takim razie proszę to zrobić dla siebie.

Dla mnie? Dzielić z nim krew? Pochlapać mu pościel, twarz, dłonie? Niech ci opowiem, Samuelu Akunisie. No więc tak. Wszystko szło dobrze aż do pojawienia się samolotów. I wiesz co, mój Samie? Oni wszystko zniszczyli. Nasi aktorzy? Pobiegli schować się w okopach. Twój teatr? Zmieciony przez ostatnie bomby. Antygona? Antygona nie żyje. Poderżnięto jej gardło, poharatano ją, zgwałcono. Słyszysz mnie? A jak ty się czujesz, stary przyjacielu?

Lekarz podał mi rękę, aby pomóc wstać, ale nie dotknąłem jej. Miał nadzieję, że usiądę przy Samie, aby się z nim pożegnać. Nie poruszyłem się. Ukucnął. Postawił torbę na chodniku jak wiejski doktor, który siada przy kuchennym stole. Zwierzył mi się. Owszem, widział mnie poprzedniego dnia. I dzień wcześniej na tym samym chodniku. Czekał, nie chciał mnie ponaglać. Tym razem jednak postanowił przyjść. Obejrzał moje oczy ot tak, na ulicy, prosząc, bym patrzył w światło jego latareczki. Posłuchał mojego serca. Zmierzył mi ciśnienie. Przechodnie odwracali wzrok. Byłem spacerowiczem, który nagle źle się poczuł.

Powiedział, że jego szpital jest dla mnie otwarty. W dzień, w nocy, on się dostosuje. Osobiście zaprowadzi mnie do Samuela Akunisa. Jak tylko zdobędę się na odwagę. Jak tylko będę miał ochotę. Jak tylko poczuję potrzebę. Powiedział, że jego dni szybko ubywa. Że mam szczęście, iż Sam jeszcze żyje. Powiedział, żebym to dokładnie przemyślał. Mówił o słowach, które przyszły zbyt późno, które opłakujemy nad grobem. Położył mi na ramieniu dłoń. Zwrócił się do mnie po imieniu. Powiedział, że powinienem odpocząć, przespać się. Że choroba nie dotknęła wyłącznie moich oczu. Jest w całym ciele, chociaż nie widać ran.

Dał mi swoją wizytówkę. Podarowałem mu swój ostatni uśmiech.

*

Dwukrotnie wracałem, by usiąść przed szpitalem. A potem zrezygnowałem. Nie mogłem przeżyć jeszcze jednej śmierci.

Codziennie rano odprowadzałem Louise do żłobka. Aurore pracowała, ja byłem na zwolnieniu lekarskim. Po odstawieniu naszego dziecka kupowałem „Libération", a po południu „Le Monde". Szukałem na ich stronach Libanu.

Izraelczycy wycofali się nagle z gór Szufu 1 grudnia 1982 roku, zostawiając druzów i chrześcijan twarzą w twarz.

— Wyrwiemy im pazurami każdą zabraną piędź ziemi.
Ujrzałem siłę Marwana, łagodność Nakada.
Wiedziałem, że stoją przed nimi ludzie Jusufa Butrusa.

Często telefonowałem. Dwa razy rozmawiałem z Haimonem, raz z jego matką. Marwan walczył. Zamienił pistolet na karabin. Zima zaczęła się dla mnie właśnie tak, od wypatrywania nazw górskich wiosek na zadrukowanym papierze gazetowym. Pod koniec pewnego popołudnia zapomniałem odebrać Louise ze żłobka. Wróciłem bez niej w środku nocy. W wigilię Bożego Narodzenia zapaliłem gaz pod rondlem z wodą i wyszedłem z domu. W radiu powiedzieli właśnie, że oddziały druzyjskiej milicji zmasakrowały jakąś chrześcijańską wioskę, że urządziły rzeź kobiet i dzieci, że przerażeni cywile błąkają się po drogach. Aurore zjawiła się w samą porę. Rączka rondla się stopiła, ściana kuchni była czarna od dymu. Sąsiedzi wezwali pomoc. Kiedy wróciłem, wszystko się zawaliło. Moja żona płakała nad usmoloną ścianą. Ja wrzeszczałem o masakrze chrześcijan. Byliśmy dwójką przeciwników, staliśmy twarzą w twarz, spoglądając twardo i wypowiadając złe słowa. Zacisnąłem pięści. Chciałem, żeby zamilkła. Żeby natychmiast przestała. Wrzeszczeć, oddychać, żyć. Chciałem, żeby odwróciła się do mnie plecami, żeby zrezygnowała, żeby nie wymówiła już ani słowa więcej. Włosy opadały jej na oczy. Oszalała z bólu. Chciałem ją wziąć w ramiona albo udusić, sam nie wiem. Wyciągnąłem ręce, ona wrzasnęła:

– Nie dotykaj mnie! Nigdy więcej mnie nie dotykaj!

Bała się. Ja bałem się siebie. Słyszałem, jak wykrzykuje słowa zranionej kobiety, niespokojnej matki. Aurore nie rozumiała. Aurore przestała cokolwiek rozumieć. Mówiła, że chodzę po ulicy jak człowiek, który śpi, nie zwracając uwagi na chodniki, na samochody, na światła. Szedłem, nie widząc innych ludzi. Nie byłem już taki sam. Wstawałem w nocy. Przestałem patrzeć jej w twarz. Nie byłem szczęśliwy, przestałem już być szczęśliwy, na zawsze. Od miesięcy nie obdarzyłem jej uśmiechem. Śmiech opuścił nasz dom. Przestałem ją dotykać. Moje ciało odsuwało się, kiedy wyciągała ku mnie dłoń. Spałem na skraju łóżka, na krawędzi okopu, ze stopą opartą o podłogę. Przestałem się widywać z przyjaciółmi. Nigdy nie wychodziłem. W parku, na skwerach Aurore sprawiała wrażenie rozwiedzionej. Czy wiem, że w styczniu Louise ma pójść do przedszkola? Gdzie? Do którego przedszkola?

– Odpowiedz, Georges!

Nie wiedziałem. Życie przestało mnie interesować. Poprzedniego dnia córka wręczyła mi rysunek, swojego pierwszego ludzika o długich nogach i oczach wielkich jak cała jego głowa. Nabazgrałem coś na odwrocie, słuchając w radiu wieści o wojnie. Przestaliśmy jadać rodzinne posiłki. Żywiłem się wyłącznie chlebem i ryżem. Nie zmieniałem spodni, koszuli. Waliłem pięścią w stół, słuchając wiadomości. Wycinałem artykuły z gazet, podkreślałem je w całości, linijka po linijce. Zakreślałem zdania. Dopisywałem na marginesach nieskończenie wiele słów, dziesiątki znaków zapytania, wykrzykników. Przypinałem owe pogniecione świstki papieru na ścianach w całym salonie, łącząc je kolorowymi nićmi. Mówiłem do siebie. Przestałem odpowiadać. Jestem chory. Jestem szalony. Powinienem się leczyć. Muszę się do kogoś udać. Poprosić o radę. Błagała mnie. Kochała mnie. Krzyczała, że nie może już znieść takiego życia. Louise siedziała pod drzwiami oparta o ścianę. Nie widziałem, jak weszła. Płakała bezgłośnie, zatkawszy rękami uszy. Odwróciłem się gwałtownie, walnąłem w drzwi do kuchni tuż nad moją córką. Rozbiłem je tak, jak rozbija się wroga, pięść utkwiła w sklejce. Louise osunęła się na podłogę, Aurore rzuciła się ku niej. Chwyciła ją w ramiona, pobiegła bez słowa do sypialni. Zostałem z pięścią uwięzioną w drewnie. W głowie mi wirowało, cały się trząsłem. Oddychałem z otwartymi ustami, łomotało mi w środku. Obie płakały. Aurore szeptała jej do ucha słowa miłości. Wydostałem dłoń. Obejrzałem ją. Krwawiła. Z nadgarstka, wnętrza, paliczków zeszła mi skóra. To już nie była moja ręka. Ani moje ramię, nic już nie było moje. Nie moja agresja. Chciałem pójść do sypialni, uspokoić je, spić ich łzy, uciszyć skargi. Nie byłem w stanie. Wycofałem się na korytarz. Otworzyłem drzwi. Przekroczyłem próg. Udałem się pod szpital i usiadłem. Poszedłem stamtąd. Chodziłem. Odnalazłem w sobie wojnę. Dowiedziałem się, że można umrzeć z gniewu. Dowiedziałem się, że jeszcze nie jestem gotów.

*

Louise skończyła trzy lata 9 stycznia 1983 roku. Wróciłem bez uprzedzenia wczesnym popołudniem, po dwóch tygodniach nieobecności. Najpierw pojechałem do hotelu. Do nędznej klitki w dzielnicy Barbès z mrugającym neonem, który nie pozwalał mi spać. Potem przygarnęła mnie para przyjaciół, którzy rozkładali mi kanapę. Aurore wiedziała. Zadzwoniła do mnie dwa razy, ale nie mogłem rozmawiać. Łoskot mojej pięści o drzwi zagłuszał jej głos.

– W niedzielę są urodziny naszej córki – powiedziała Aurore.

Uznałem te słowa za zaproszenie. Nie otworzyłem drzwi kluczem. Nacisnąłem dzwonek. W domu rozlegały się dziecięce śmiechy. Na gwoździu wisiały kolorowe balony i rysunek wróżki. Otworzyła Aurore. Miała uśmiech typowy dla osoby witającej dzieci. Zachowała go dla mnie.

– Tatuś! – wykrzyknęła Louise.

Rzuciła mi się do nóg. Przykucnąłem. Przytuliłem ją. Aurore przysiadła razem z nami. Utworzyliśmy na nowo nasz krąg miłości.

– Chodź – szepnęła moja żona.

W salonie było sześcioro dzieci, które siedziały wokół klauna. Czekały na Louise.

– A oto śliczny spóźniony tatuś! – zarechotał klaun.

Dzieciaki wybuchnęły śmiechem.

– Możemy powitać spóźnionego tatusia bardzo, bardzo, bardzo głośnymi oklaskami!

Był to kobiecy głos. Malcy zgotowali mi owację. Cztery dziewczynki, dwóch chłopców. Mieli pomalowane twarze i kartonowe czapeczki na głowach.

– Teraz, skoro wszyscy już są, chcecie, żebym zawołał Mimi-Linotte?

Dzieci wrzasnęły, że tak. Klaun wsadził rękę do wielkiego czerwonego worka ozdobionego świecidełkami. Wsunął na prawą dłoń pacynkę, jakby wkładał wieczorową rękawiczkę do łokcia. Była to kukiełka o sterczących ogniście rudych warkoczach, czerwonych policzkach i bardzo szerokim uśmiechu.

– Pippi Pończoszanka! – zawołała jedna z dziewczynek.

– A nie! Mimi-Linotte – odparł klaun.

Pacynka miała spuszczoną głowę, była całkiem bezwładna.

– Ale zdaje mi się, że jeszcze śpi. Obudzimy ją?

Wrzaski dzieci.

– Musicie ją bardzo głośno zawołać! Jazda! Mimi-Linotte! Mimi-Linotte!

Usiadłem w kącie na podłodze. Louise skandowała imię kukiełki, klaskała w ręce uszczęśliwiona widokiem podrygującej pacynki. Klaun mi się przyglądał. Przemawiał do dzieci, po czym powracał do mnie. Nalegał. Pomyślałem, że chce, abym obudził Mimi-Linotte, również klaszcząc. Wpatrywał się w Aurore z taką samą intensywnością. Pewnie były przyjaciółkami. Szukałem twarzy pod białym kremem i celuloidowym nosem, spoglądałem pytająco w podkreślone na czarno oczy. Mimi-Linotte się obudziła. Witała obecnych z elegancją. Klaun był brzuchomówcą. Lalkarka miała piękny niski głos. Kukiełka mówiła piskliwym głosem.

– A więc ja jestem szmaciana, ty za to prawdziwy? – odezwała się do klauna.

Klaun zaś powiedział, że tak. Ma prawdziwy dom, prawdziwych przyjaciół. Kukiełka ma tylko siebie i mieszka w worku. Tak już jest. Jeśli on przestanie ruszać dłonią, ona zastygnie.

– Coś takiego! To spróbuj, zobaczymy!

Dzieciaki się śmiały. Ja byłem pod wrażeniem. Klaun powoli tracił zręczność. Jego ruchy stawały się mechaniczne, sztywne. Spojrzenie opuściło mnie i powędrowało gdzie indziej. Uśmiech zgasł. Jego słowa brzmiały metalicznie. Głos był świdrujący. Mimi-Linotte nabierała życia. Mówiła z większą powagą, mrużyła oczy, otwierała i zamykała usta, kołysała się, kradła gesty swojej pani. Życie przechodziło z jednej na drugą. Klaun się poddawał. Wcześniej stał, teraz usiadł bezwładnie. Potem położył się na boku przygnieciony zmęczeniem. Poruszał jedynie ręką, kreśląc coraz bardziej niepokojące esy-floresy. Nikt się już nie śmiał. Nawet Aurore pobladła. Serce podjechało mi do gardła. Naprzeciwko mnie był chłopiec. W niebieskiej koszulce. Miki. Szatila. Ujrzałem na nowo dzieciaka leżącego w pyle, powalonego na plecy, z czołem wyrwanym przez kulę.

Mimi-Linotte zabiła klauna. Leżał bez czucia z uniesionym ramieniem. Kukiełka śmiała się drwiąco, patrząc na dzieci. Marszczyła brwi, wykrzywiała usta, podnosiła pięść, odsłaniała zęby. Groziła im. Dwoje zerwało się z wrzaskiem, trzecie wybiegło na korytarz. Louise wybuchnęła płaczem. Zacząłem iść na czworakach niczym najeżony kot. Skoczyłem na to paskudztwo, sapiąc i prychając. Zerwałem je brutalnie z dłoni klauna. Bałem się, że mnie ugryzie. Podniosłem się. Okręciłem je nad głową, po czym cisnąłem nim o ścianę.

– Georges!

Głos Aurore. Wrzasnęła. Otworzyłem oczy. Dzieci siedziały w kółku. Żadne ani nie drgnęło. Klaun osłaniał twarz rękami, cofając się powoli w stronę okna. Trzymałem Mimi-Linotte za rękawiczkę, jej rozbita głowa zwisała mi z dłoni. Dzieci poderwały się bezładnie. Louise płakała. Aurore zebrała malców w korytarzu, jakby ewakuowała klasę uczniów. Wszędzie był ogień, dym, tysiące syren, wokół świszczały kule. Klaun zdjął niebieską perukę i czerwony nos.

– Proszę mi nie robić krzywdy!

To była kobieta. Uciekała. Posuwała się powoli wzdłuż ściany, nie spuszczając ze mnie wzroku. Stałem pochylony. Upuściłem pacynkę. Spojrzałem na pusty pokój, na girlandy u sufitu, na papierowe talerzyki na stole, na kubki w gwiazdki, na ozdobne serwetki, rysunki na balonach. Spojrzałem w lustro nad kominkiem. Na moje wykrzywione wargi, na moje patrzące spode łba oczy.

*

Spałem. Długo spałem przywalony martwymi ciałami. Nie było już nocy, tylko koszmary. Zażywałem nawet tabletki, żeby oddychać. W dniu moich trzydziestych trzecich urodzin Louise zrobiła mi ciasto jogurtowe, które zjedliśmy w ogrodzie kliniki wraz z Aurore i dwójką przyjaciół. Wiosna minęła właśnie tak, między łóżkiem a oknem. Potem lato. W czerwcu 1983 roku pozwolono mi wychodzić, spacerować po ulicy. Lecz wracałem na noc pod dach. Osobny pokój, prasa, radio, telewizja. Byłem tam bezpieczny. W ciągu pierwszych tygodni Aurore zażyczyła sobie, żebym nie otrzymywał więcej wiadomości o Libanie. Czytałem ażurowe gazety, z których starannie powycinano zakazane artykuły. A potem przestali to robić. Interweniował doktor Cohen, mówiąc, że ukrywanie jedynie odsuwa problem. To nie był jego szpital. Odwiedził mnie tylko raz, przynosząc „L'Orient – Le Jour", który kupił przy place de l'Opéra.

W dniu wypisu, 12 lipca, dostałem list od Marwana. Był krótki, suchy, brutalny. Nakad zginął z rąk falangistów, a wraz z nim trzej młodzi druzowie. Żaden z nich nie był bojownikiem. Ich samochód zabłądził na terenie wroga. Ustawiono ich pod ścianą i rozstrzelano. Trzymałem list w dłoni przez dwa dni i dwie noce. Nie jadłem, nie piłem. Musiałem się zobaczyć z Samem. Po Antygonie zamordowano Haimona. Musiałem mu to powiedzieć. Nie mogłem nic z tego wszystkiego zachować dla siebie.

Było to zbyt ciężkie, zbyt bolesne jak dla jednego człowieka. Odwiedzę go jutro. Wejdę do jego sali. Będzie miał zamknięte oczy. Ja ręce pełne ich krwi. I będziemy wspólnie milczeć.

Wszystko to sobie powiedziałem. Nigdy jednak nie zdołałem przekroczyć progu jego pokoju.

21

Léopoldine

Nie znałem nikogo. Kilka twarzy bez nazwisk, smutne spojrzenia, szepty w kuluarach. Już gdzieś widziałem tę dziewczynę, tego chłopaka też. Może w teatrze, może w Jussieu. Sam już nie wiedziałem. Trumnę Sama zamknięto beze mnie późnym rankiem. Wszedłem potem służbowymi schodami, opóźniając chwilę zapukania do drzwi. Aurore czuwała wraz z grupą aktorek, którą kierował Sam. Spotkały się specjalnie dla tej żałobnej nocy. Nie chciałem go oglądać umierającego. Nie chciałem go oglądać martwego. Pilnowałem Louise w domu. Zaprowadziłem ją do przedszkola. Trzymałem się z dala od wszystkiego. Czekałem w kawiarni, aż sztywni panowie przyjdą zamknąć wieko. Widziałem przez szybę, jak zbliżają się w nieco kusych garniturach, z dłońmi niemal całkiem schowanymi w rękawach koszul. Zamówiłem coś do picia. Calvados, żeby dać sercu kopa. Jeszcze jeden. I jeszcze. Gdy wyszli, podniosłem się z krzesła. Przeciąłem bulwar. Dotarłszy na chodnik, włożyłem na głowę kipę Sama. Na samym środku ulicy, żeby poczuć jej ciężar. Wiedziałem, że pracownicy zakładu pogrzebowego wrócą wczesnym popołudniem. Miałem dwie godziny dla niego i dla siebie. Postanowiłem udać się po ceremonii na cmentarz w Bagneux. Kiedy wszyscy sobie pójdą. Nie chciałem, by moje kroki mieszały się z ich krokami. Nie chciałem posuwać się za nimi. Nie chciałem ustawić się w szeregu ani ściskać cudzych dłoni, ani nikogo całować. Nie pojadę na cmentarz wcześniej niż nazajutrz. Poniosłem klęskę. Wróciłem bez Antygony, bez niczego. Porzucałem przyjaciela w ziemi.

Chciałem opuścić salę żałobną. Zatrzymał mnie jakiś młody człowiek. Był Grekiem. Usłyszał gdzieś historię Antygony. Powiedział, że Sam zostawił swą ostatnią wolę na papierze. Na kartce wyciętej z zeszytu, leżącej na trumnie.

„Każdy mój przyjaciel będzie recytował, śpiewał i odejdzie z dwoma przedmiotami".

To było wszystko. Jakaś kobieta właśnie się oddalała z kuferkiem w dłoni. Ktoś inny odczepiał zdjęcie czołgu miażdżącego bramę politechniki.

– Ślepyś czy co? Jestem tutaj! Tutaj, nie widzisz?

Sam pokazywał czarny punkt w tłumie.

– Skąd wiesz, że to ty?

– Wiem i koniec. Patrz! Właśnie spadam z bramy.

Uśmiechnąłem się. Okrążyłem kanapę, stół. Było ich z piętnaścioro, pili, niewiele mówiąc. Duruflé grał swoje requiem. Wśliznąłem się za fotel, przytrzymałem oparcia. Popatrzyłem na tych ludzi. A także na własne odbicie w szybie. Pewnego jesiennego poniedziałku wszystko zostało powiedziane.

Jutro, wczesną godziną, gdy wioskę świt bieli,
Wyruszę, kochanie. Wiem, że na mnie czekasz.
Będę szedł przez góry, gmatwaninę kniei,
Czymże wobec pustki ta droga daleka?

Nie podniosłem głosu. Deklamowałem ze wzrokiem skierowanym na zewnątrz. Nie widząc nic w środku, nie słysząc żadnego dźwięku. Nie użyłem żadnego tonu, żadnej barwy. Pozwoliłem, by słowa otuliły mój głos. Byłem smutny. Bezbrzeżnie. Lecz nie miałem już łez. Ostatnie popłynęły wraz z krwią, wodą i mydłem pod prysznicem u Marwana.

Nikt nie klaskał. Podobnie jak przed chwilą, gdy jakaś młoda kobieta recytowała tyradę z „Elektry" Giraudoux. Spojrzenia powędrowały ku czemuś innemu. Szklanki wróciły do ust. Nie miałem tu już nic do roboty.

Podszedłem do biblioteczki. Wziąłem niemiecką książkę kucharską. A także torbę Sama z popękanego skaju z logo Olympic Airlines. Oddaliłem się. Pochwyciłem kilka spojrzeń, kilkakrotnie skinąłem głową. Uścisnąłem parę dłoni. A potem zostawiłem butelkę piwa na parapecie okiennym.

Znalazłszy się na ulicy, otworzyłem książkę. Wyjąłem portret Josepha Boczova wsunięty między kartki, po czym wrzuciłem niemiecką książkę kucharską do pierwszego napotkanego śmietnika. Zanim zszedłem do metra, spojrzałem na mężczyznę z czerwonego afisza. Sam opowiadał mi o rozstrzelanym w zbyt obszernych słowach. Nic nie zrozumiałem. Potrzebowałem powojennej ciszy, żeby go rozpoznać. Przejechałem palcem po jego zapadniętych policzkach, po oczach, po wąskich ustach.

– Popatrz na niego, Georges. Wkrótce umrze. Nic już nie może zrobić. Ale ciągle marzy, żeby rozszarpać jakiegoś żołnierza.

Z metra wychodził mężczyzna. Przyjrzał mi się, po czym odwrócił wzrok. Siedziałem na kamiennych schodach. Przemawiałem do zdjęcia. W kipie na głowie przyrzekałem wizerunkowi, że go pomszczę.

*

Z przyrody mieliśmy jedynie park Monceau. Ani rodzinnego gniazda, ani innych domów, owych miejsc na wsi, gdzie mijają pory roku. W niedzielę 2 października 1983 po raz pierwszy od mojego wyjścia ze szpitala Aurore oddała mi Louise pod opiekę na całe popołudnie. Trzymałem dłoń córeczki w swojej. Spacerowaliśmy parkowymi alejkami, spoglądając na suche liście. Powoli, w jej tempie, ja zaś dziwiłem się przy każdym kroku.

Bujałem córkę na zielonej metalowej huśtawce. Następnie chciała zobaczyć kaczki, potem kucyki. Poprosiła mnie o rower na Gwiazdkę, taki sam jak ten, na którym jeździł chłopiec przed nami. Kupiłem dwa żetony na karuzelę. Louise usiadła w drewnianym samochodzie z łuszczącą się farbą, potem na posępnym koniu. Stałem razem z matkami, ojcami, wszystkimi czujnymi i jakże przepełnionymi miłością. Za każdym razem gdy mnie mijała, podnosiłem dłoń, śpiewając jej imię. Robiłem to co inni. Grałem tatusia. Zobaczyłem siebie pochylonego nad karuzelą z jej smutną muzyką. Miałem serce ściśnięte z powodu wszystkich tych, którzy pozostali przy życiu. Jakiś mężczyzna robił zdjęcia synkowi. Jakaś matka ocierała dziecku kolana. Louise chciała lody. Zgadzałem się na wszystko. Rzadko patrzyła mi w oczy. Gestykulowałem zbyt mocno.

– Louise się ciebie boi – powiedziała mi wcześniej Aurore.

Przed kioskiem z cukierkami sprzeczały się dwie kobiety. Jedna twierdziła, że była pierwsza. Druga miała inne zdanie. Zarzucała tamtej, że wepchnęła się bez kolejki.

– Ja też mam panią w dupie!

Stanąłem za nimi. Gotowałem się ze złości. Oddychałem powoli. Muszę się opanować. W niedzielę w czasie pokoju dwie kobiety toczą wojnę o słodycze. Spuściłem głowę, wzrok. Starałem się słuchać czegoś innego. Pokrzykiwań dzieci, gwizdka stróża broniącego trawników, smutnej melodii drewnianej karuzeli. Louise poprosiła o kulkę lodów czekoladowych. Kulka była zbyt duża, ledwie się trzymała na waflowym rożku. Po paru krokach spadła. Rozpłaszczyła się u jej stóp. Louise była zdumiona. Popatrzyła na rozpłaszczoną kulkę, na pusty rożek, znów na kulkę i wybuchnęła płaczem. Nigdy nie widziałem jej tak małej jak wtedy, w tej niebieskiej parce z buzią całkowicie zakrytą przez kaptur. Twarz miała mokrą od łez, wykoślawione stopy, jedna skarpetka jej opadła, różowe spodnie były za krótkie. Płakała. Ja zaś chciałem ukoić jej żal. Ukucnąłem. Lody? To nic takiego. Które dziecko płacze z powodu lodów? Wyobrażasz sobie, kulka czekolady? Nie wstyd ci? Chwyciłem ją za ramiona. Nie słuchała mnie. Wyrwałem jej z dłoni pusty rożek, zeskrobałem nim rozpłaszczoną kulkę z ziemią, kamykami, kurzem. Wręczyłem jej okrutny prezent.

– Masz! Jedz! Zjedz te swoje lody!

Ludzie patrzyli na mnie. Złowiłem złe spojrzenie jakiejś matki. Louise cofnęła się, straciła równowagę. Nie tknąłem jej, przysięgam. Zawadziła lewą stopą o prawą łydkę. Upadła na twarz, mając ręce za plecami. Uderzyła czołem i policzkiem o ziemię. Poderwałem ją na nogi. Płakała z powodu bólu, z powodu zaskoczenia. Wołała mamusię. Krwawiła. Z czoła, z policzka. Powyciągałem wszystkie drobinki żwiru, które utkwiły jej w skórze. Powtarzałem, że się przewróciła, że jej nie popchnąłem, że to nie moja wina, że się pośliznęła, że poplątały jej się nogi. Źle stanęła. Każdemu może się zdarzyć, że źle stanie! I co to w ogóle za pomysł, żeby wysypywać żwirem alejki w parku dla dzieci!

Wziąłem Louise na ręce. Otarłem jej skaleczenia rękawem. Nic jej nie było, naprawdę. Tylko otarcia, zadrapania z placu zabaw. Pobiegłem z nią do domu. Po drodze trzykrotnie łapałem oddech. Byłem wściekły. Podnosić kulkę lodów z ziemi. Dręczyłem rozżalone dziecko. Wrzeszczałem, że w innym miejscu na świecie niemowlętom w kołyskach podrzynano gardła. Że dzieci zostały wycięte w pień, poćwiartowane, porąbane, ukamienowane. A moja córka płacze z powodu pieprzonych lodów? To jest cały jej dramat? Czekoladowa kulka, która wypadła z waflowego rożka? Nieszczęścia czasów pokoju budziły we mnie wstręt. Podszedł do nas jakiś mężczyzna. Kazał mi się uspokoić. Podniosłem się jak dzikie zwierzę. Cofnął się bez słowa. To jest wasz problem? Kulki lodów? Podrapane kolana? Włosy splątane w kąpieli? To jest wasze życie? Za krótka niedziela? Rodziny plączące się stadami? Uśmiechy do zdjęcia? To nędzne szczęście? Louise przestraszyła się mnie. Zabrałem ją więc z piaskownicy, z parku, z ulicy, z niedzieli. Pobiegłem do domu, żeby ukryć ją w bezpiecznym miejscu.

Aurore wzięła naszą córkę w ramiona. Louise powiedziała, że się przewróciła. Nic więcej. Huśtała się na huśtawce, kręciła na karuzeli, widziała kaczki i kucyki, a liście były czerwone. Ma w kieszeni trzy kasztany dla nauczycielki. Nie wspomniała o lodach. Ani słowem. Poślizgnęła się. Kiedy matka przygotowała kąpiel, Louise poprosiła, żebym ją wykąpał. Zaniosłem ją do wanny. Wrzuciła do ciepłej wody zabawki. Przyglądałem się jej, siedząc na brzegu. Spuchło jej oko. Zadrapanie na czole było raną. Ja. Ja to zrobiłem. Skrzywdziłem swoją córkę. Uśmiechałem się do niej. Ochlapałem ją delikatnie wodą. A potem natarłem. Dłonie, stopy, ciało. Położyłem w wannie, aby umyć jej włosy. Szamponem truskawkowym. I ciągle to samo zdanie:
– Szczypie w oczy?
– Nie, nie szczypie.
Owinąłem ją w ręcznik, zaniosłem do pokoju. Lubiłem tę chwilę, tę mokrość, jej włosy na mojej twarzy, ramiona oplatające moją szyję. Wybraliśmy piżamę.
– Sama ją włożę!

287

Chwyciłem ją za rękę, żeby pójść do kuchni. Nigdy dotąd tego nie robiłem. Żeby zejść z krawężnika, pod szkołą tuż przed dzwonkiem tak, ale nie w naszym przedpokoju, żeby przejść przez dom. Napotkałem wzrok Aurore. Uśmiechała się. Odłożyła książkę na stolik kawowy. Ojciec i córka idący ręka w rękę po sznurkowej wykładzinie w przedpokoju. Przyłączyła się do nas w kuchni. Louise znów chciała makaron muszelki. Dodałem szynkę pokrojoną w kosteczkę. Jadła powoli, głośno popijając każdy kęs. Siedziałem na taborecie. Przyglądałem się córeczce. Przytulona do moich pleców Aurore objęła mnie ramionami. Pocałowała delikatnie w szyję. Nigdy wcześniej tego nie zrobiła.

– Jesteście zakochani? – zapytało nasze dziecko.

Uśmiechnąłem się. Aurore ruszyła do sypialni.

– Idę się położyć. Przyjdziesz do mnie?

Usiadłem obok Louise na brzegu łóżka, żeby przeczytać jej bajkę na dobranoc. Zostawiłem światło w łazience. Oddychałem z trudem. Wpatrywałem się w jej pokaleczoną buzię, dłonie, włosy, kradłem ostatnie obrazy. Oczy uciekały jej ze zmęczenia. Włożyła kciuk do ust. Przekręciła się na bok. Przeczytałem jeszcze jedną stronę. Biały króliczek biegał między niebem a śniegiem, nie wiedząc, że istnieją kolory. Louise spała. Zamknąłem książkę. Poszedłem do salonu. Usiadłem na podłodze w półmroku, oparłem się o ścianę. Chyba się zdrzemnąłem.

O czwartej wróciłem do pokoju córki. Pochyliłem się nad nią, podobnie jak co noc od powrotu z Libanu. Położyłem dłoń na jej ciepłym czole, na klatce piersiowej.

Jak co noc poszukałem jej szybko bijącego serca małego zwierzątka, krwi pulsującej w zagłębieniu szyi. Jak co noc słuchałem jej oddechu, oddychałem razem z nią. Jak co noc bałem się, że moje dziecko umrze przed świtem. Następnie poszedłem do sypialni. Aurore także spała, na plecach, z rozchylonymi ustami. Zapaliła naszą świeczkę.

Za pierwszym razem gdy się kochaliśmy, Aurore zgasiła światło i zapaliła świecę. Uważała, że jest gruba. Bała się pokazać mi nago. Ukryta pod pościelą igrała z półmrokiem. Nigdy nie uprawialiśmy miłości inaczej niż w tym złocistym pyle. Aurore umieszczała świeczkę w szklance. Była westalką naszego świętego ognia. Stary lichtarz pojawił się później. To pierwszy przedmiot, który kupiliśmy wspólnie na pchlim targu w Cancale. Ja przywiozłem łóżko, ona lodówkę, kuchenkę, przetransportowaliśmy nasze książki, szafy. Jej krzesła nie do pary, mój stół. Były moje prześcieradła, jej poduszki, nasze kolorowe sztućce, talerze z Bretanii, garnki z Mayenne. Za to miedziany lichtarz należał do nas. Ona zapłaciła połowę, ja też. Nie pojmowała, dlaczego facet miałby sam fundować światło.

Pamiętam jej wzrok, kiedy mi go pokazała, podniósłszy dłoń nad kupą staroci. Uśmiechała się, puszczała oko, oblizywała kącik ust, kołysała się po dziecięcemu, wymachując w powietrzu rękami jak pałeczką dyrygenta. Jeszcze tego samego wieczoru kupiliśmy świece i zainstalowaliśmy kandelabr po raz pierwszy. Zabieraliśmy go ze sobą na wakacje, w podróż, do przyjaciół, u których się zatrzymywaliśmy. Przy jego blasku zmajstrowaliśmy Louise. Aurore liczyła dni w notesie. To tej nocy, właśnie teraz. Świeczka zdążyła się niemal całkiem wypalić. Zapaliliśmy resztkę samego knota. Kochaliśmy się, dopóki nie zgasł płomień. Dopóki nie pojawił się ciężki swąd dymu. Dopóki nie rozległo się skwierczenie. Dopóki nie nastała ciemność.

Aurore poruszyła się nieznacznie. Wsunęła dłonie pod policzki, przekręciła się na bok. Ja też się odwróciłem. Znajdowaliśmy się twarzą w twarz. Patrzyłem na nią. Na jej ruchy we śnie. Na marszczące się czoło. Na drganie nozdrzy. Położyłem się na plecach z głową na splecionych dłoniach. Był park, potem kąpiel, kolacja, kładzenie do łóżka, oddech Louise i westchnienia Aurore. Świeczka zgasła. Ciężki swąd dymu, skwierczenie, ciemność. Ceremonia pożegnalna dobiegała końca.

Nie czułem nic. Ani smutku, ani goryczy. Nie miałem w ustach już żadnego smaku, żadnych emocji. Nie było mi ani zimno, ani gorąco, nie chciało mi się ani jeść, ani spać. Nie słyszałem już ani własnego serca, ani własnych myśli, ani zgiełku, jaki wywołuje cisza. Nie bałem się. Odwróciłem głowę. Spojrzałem po raz ostatni na owalną fotografię, którą tu zostawiałem. Nasza trójka. Aurore roześmiana i piękna. Louise mrużąca oczy od słońca. Ja uśmiechający się do jutra z zamkniętymi ustami. Zostaliśmy zdziesiątkowani. Wojna uczyniła z mojej żony jakby wdowę. Zredukowała nasze dziecko do połowy. Teraz zaś domagała się mnie. Wojna żądała mnie dla siebie. Nie bała się moich krzyków, razów ani nawet spojrzenia. Ona jedna naprawdę była mnie spragniona.

22

Kreon

Opuściłem ich życie nazajutrz. Ucałowałem Aurore, potrzymałem Louise w ramionach. Dziś wieczorem będzie pizza dla wszystkich, z tacami przed telewizorem. Miałem wpaść do pralni odebrać nasze płaszcze zimowe. Kiedy wyszły do szkoły, posprzątałem po śniadaniu. Miseczki, solone masło, które zostało na stole, szklankę z sokiem pomarańczowym, którego moja córka nawet nie tknęła. Przetarłem stół gąbką, zamiotłem podłogę w kuchni. Następnie przykryłem łóżko narzutą, strzepnąłem poduszki i położyłem na miejscu. Podniosłem pasek, koszulę żony. Odłożyłem książkę, która spadła ze stołu. Poszedłem do pokoju Louise. Zmięta pościel, ślady po nocy. Pozbierałem trzy pluszaki, kawałki puzzla. Wsadziłem do torby dwie pary spodni, dwie koszule, dwie pary bokserek, skarpetki, szczoteczkę do zębów. Owinąłem klucz z Jafy i ziemię dla Jasina w szary szalik wraz z kipą Sama. A także egzemplarz „Antygony" zapisany uwagami niczym brudnopis. Poprzedniego dnia przelałem swoje pieniądze na konto żony. I podjąłem w gotówce tyle, żeby starczyło na przeżycie kilku tygodni.

Próbowałem napisać do Aurore i Louise. Tylko że żadne zdanie nie miało sensu. Wszystkie były wyniosłe. Chociaż nie miałem umrzeć nazajutrz jak Joseph Boczov, używałem słów kogoś, kogo zaraz rozstrzelają. Nie miałem również zawisnąć na żadnej szubienicy, mimo to żegnałem się jak człowiek złamany. Dla Louise narysowałem słońce, które puszcza oko. I co? Czy to słońce sobie kpi? Oddala się z uśmiechem? Może mówi, że wróci? Następnie naszkicowałem gwiazdy na białej kartce i połączyłem jedną z drugą na kształt sklepienia niebieskiego. Tatuś, który jest w niebie. Żałobna wiadomość.

Wobec tego nic nie napisałem, nic nie zostawiłem. Sprzątanie usunęło wszelkie ślady, ja zaś postanowiłem nie dokładać kolejnych. Włożyłem bruliony do torby. Wyrzucę je w Bejrucie.

Pogasiłem światła w naszym mieszkaniu.

*

Sam dałem sobie radę z powrotem. Cypr, statek, port w Dżuniji. Lotnisko w Bejrucie zamknięto i zamieniono w kwaterę główną sił amerykańskich. Aby wrócić do Libanu, musiałem objechać pół świata.

Marwan był na miejscu, stał oparty o swój czerwony samochód. Nie obdarzył mnie uśmiechem. Nawet nie przywitał. Nie było już ziemi, którą by mi ofiarował, ani rodziny, którą by mi przedstawił. Otworzył ramiona, w których się skryłem. Uścisnął mnie tak, jak ściskał Nakada. Przejechaliśmy przez kontrolę Libańskich Sił Zbrojnych. Marwan spuszczał wzrok. Ci milicjanci walczyli z jego narodem w górach. Trzykrotnie przeszukiwali nas, rozkazawszy podnieść ręce. Bagażnik auta, schowek na rękawiczki, pod siedzeniami, zderzaki. Ja jestem reżyserem teatralnym, a Marwan moim kierowcą. Dlaczego akurat druz? Ponieważ mieszkam w hotelu Cavalier w Hamrze. Czyli w druzyjskim hotelu, bo tak jest mi wygodniej. Czy wiemy, co się dzieje w górach? Tak, oczywiście, wiemy. Rzeź chrześcijan? Tak, naturalnie. Prasa francuska sporo pisze na ten temat. Co ja o tym myślę? No że to potworne, jak każda rzeź.

Nie rozmawialiśmy do samego Bejrutu. Po przekroczeniu zielonej linii Marwan się odprężył. Włączył radio. Za rogiem ulicy ogarnęło mnie zdumienie. Skrzyżowania strzegł bunkier z worków z piaskiem pokryty dachem z blachy falistej. W środku dwaj francuscy żołnierze i trójkolorowa flaga zatknięta na nietrwałej budowli. Obejrzałem się. Popatrzyłem na tych chłopców. Byli młodzi, mieli na głowach hełmy, z otworu strzelniczego wystawał karabin maszynowy, a wokół bawiły się dzieci.

– Amerykanie się barykadują, Francuzi naprawiają nam instalację elektryczną – rzucił Marwan.

Pierwsze zdanie. I ostatnie w tym dniu.

Myślałem, że zapewni mi gościnę, lecz wysadził mnie przed Cavalierem. Wróciłem do swego dawnego pokoju na drugim piętrze. Ceny wzrosły z powodu wojny. Portier Sammy powiedział, że moje konto zostało zasilone. Że za noce, kiedy byłem nieobecny, mi nie policzono. Miałem przed sobą trzy tygodnie. Zapytał mnie też, czy zagramy „Antygonę". Wzruszyłem ramionami. Może. Sam już nie wiedziałem. Postawił mi na powitanie szklaneczkę likieru ze szkockiej na miodzie wrzosowym. Akwarium w restauracji stało nietknięte. Hol był pusty. Wyszedłem na próg. Zapadła noc. Bejrut pogrążył się w drzemce. Ani jednego wystrzału, ani jednego stłuczonego szkła, ani jednej rozprutej blachy, ani jednej wyjącej syreny. Pewien lekarz wyjaśnił mi, że rozejm przynosi niepokój. Ludzie zasypiają przy huku dział. Łoskot staje się normą. Kiedy cichnie, nie da się spać.

– Nigdy nie przepisuję tylu antydepresantów i tabletek nasennych ile wtedy, gdy zapada cisza – oświadczył.

W kompletnej ciszy nawet niemowlęta wpadają w panikę. Matki wolą łomot pocisków niż ich groźbę, a one to wyczuwają.

Przeszedłem się wokół hotelu. Wróciłem pełen obaw. Mój powrót nie był mile widziany. Marwan nie rozumiał, dlaczego znów przyjechałem. Klucz, garść ziemi, te dwa symbole, które zamierzałem oddać palestyńskiemu bojownikowi, nie interesowały go. Z początku napisałem do niego, żeby połączyć się z nim w bólu. Jego Nakad, mój Haimon. On osierocony przez syna, ja w żałobie po swoim marzeniu. Nie odpowiedział. Zatelefonowałem więc. Rozgorączkowany dzwoniłem dziesięć razy w ciągu trzech dni.

– Wracam, Marwanie.

Zostawiałem wszystko. Nie miałem już nic do roboty w objęciach pokoju. W świecie, w którym dzieci płaczą z powodu kulki lodów. Był oschły, brutalny. Co chcę zostawić? Rodzinę? Kraj? Żeby co tu robić? Jakim prawem domagam się swojego miejsca w tej wojnie? Odparłem, że to nie tak. Niczego się nie domagam. Chcę jedynie dotrzymać obietnicy, oddać pewnemu człowiekowi tę ziemię i klucz wydarte Szatili. A potem? Co zrobię potem? Nie wiedziałem. W każdym razie jeszcze nie. Z pewnością wrócę. Wrócę do swojego kraju, do kraju z niebem wolnym od samolotów, nocami wolnymi od strachu, gdzie w piwnicach jest schowane tylko wino. A on kazał mi przysiąc. Że na pewno potem wrócę, że pojadę tam, skąd przybyłem, że odnajdę własne życie, miłość, czułość. Że będę pilnował dzieciaków z gimnazjum, wypijał na tarasie jesienne piwo, znajdował miejsce na trawniku w niedzielę, drżał, oglądając film, zamykał oczy, słuchając piosenki, śmiał się za jego zdrowie, za jego pamięć, że nie przyjadę tu znowu, dopóki jego kraj będzie krwawił. A ja przyrzekłem. Przez telefon. Przysiągłem, podniósłszy dłoń. Wobec tego zgodził się mną zająć po raz ostatni.

Po wypędzeniu z Bejrutu wierni Arafatowi bojownicy powrócili do Libanu. Zainstalowali się w Trypolisie, na północy kraju. Potem zostali zepchnięci do obozów dla uchodźców w Badawi albo Nahr Al-Bared przez oddziały syryjskie i palestyńskich dysydentów. Był tam Jasin schwytany w zasadzkę wraz z towarzyszami. Brat Iman odpierał ataki przyparty do muru. Dziennikarz z „Paris-Matcha" przeprowadził z nim wywiad. Jego portret ukazał się w tygodniku. Przed wyruszeniem na wojnę Jasin przekazał jakiemuś reporterowi wiadomość z moim nazwiskiem i adresem. Pisał, że jego siostrę zamordowano w Szatili. A także ojca i całą rodzinę. Że został zupełnie sam. Życzy mi zdrowia. Ma nadzieję, że moje oczy oglądają piękne rzeczy. Przesyła mi pożegnanie.

Po przyjeździe do Dżuniji pokazałem list Marwanowi. Wzruszył ramionami. Jasin był w Badawi dwa miesiące temu? I co z tego? Żyje? Nie żyje? Jak go odnaleźć? Jak dostać się na front? A wszystko to po co? Przypomnij mi. Z powodu klucza i kurzu? Wrzasnąłem, że właśnie tak. Że jeśli mi nie pomoże, pójdę sam. Na piechotę, pełzając, na kolanach jak pokutnik. Nie chce? Zrozumiem. Niech mnie więc zostawi tutaj, w tym porcie. Niech znika ze swoim czerwonym samochodem. Niech wraca w góry niszczyć ostatnie cedry. Otworzył mi drzwi auta bez słowa. Nie odzywaliśmy się aż do Bejrutu.

Nazajutrz o szóstej Marwan przyjął mnie u siebie. Przyjechał po mnie do hotelu niczym gliniarz po swoją ofiarę. Jego żony nie było, córek też. Nakad spoglądał na nas z uśmiechem ze swej ramki z czarnego drewna. Marwan posadził mnie we własnym fotelu. To zaszczyt. Nie mógł mnie zawieźć do Trypolisu, ale zgodził się odstawić do wysuniętego posterunku syryjskiego na drodze wzdłuż brzegu. Codziennie zachodni dziennikarze próbowali przekroczyć linię frontu za pozwoleniem palestyńskich dysydentów. Mogę się prześlizgnąć razem z nimi. To ryzykowne, ale osiągalne. Wszystko może się zamknąć w ciągu jednej nocy, lecz dzisiaj da się jeszcze przedostać do Trypolisu. Jeśli chcę, będzie moim kierowcą. Będą mi potrzebne przepustki konsularne, rekomendacje zgromadzone dla „Antygony". Nazwisko Marwana widniało na greckim dokumencie urzędowym jako „oficjalnego tłumacza". Powinienem zabrać tę przepustkę ze sobą. Prasa urządziła kwaterę główną na przedmieściach Trypolisu. Tam mnie odstawi i wróci do Bejrutu. Tym razem nie chciał uczynić więcej. Nie mógł zrobić nic więcej, ani dla siebie, ani dla mnie.

Siedziałem w jego fotelu. On stał sztywno wyprostowany pośrodku salonu. Już miałem się zgodzić na wszystko. Za wszystko podziękować. Powstrzymał mnie gestem ręki.

– Masz namiary na swojego chrześcijańskiego aktora.

To nie było pytanie.

– Na Szarbela?

– Jak zwał, tak zwał. Masz?

– Tak, mam.

Marwan usiadł. Otworzył butelkę wody, nie częstując mnie.

– Jego brat to jeden z przywódców Kataebu.

– Jusuf Butrus?

Druz skinął głową. Powtórzył imię człowieka, który deklamował Victora Hugo do wizjera karabinu.

– Kto ma góry, ten ma Liban. Wiedziałeś o tym?

Marwan już na mnie nie patrzył. Stał przy drzwiach na taras z rękami założonymi do tyłu. Nie odpowiadałem. Nie wiedziałem, co odpowiedzieć.

– Uwolniliśmy sześćdziesiąt naszych wsi. Wiesz o tym?

Owszem, wiedziałem. Prawie 250 000 wypędzonych chrześcijan.

– A w Dajr al-Kamarze schroniło się tysiące falangistów, o tym też wiesz?

We francuskiej telewizji, radiu i prasie była o tym mowa. Członkowie Kataebu ochraniali 30 000 cywilów w mieście. Druzowie rozpoczęli oblężenie. Każdy obawiał się ataku.

– Wiesz też, że amerykańska marynarka wojenna zbombardowała nasze pozycje?

Pancernik New Jersey. Tak, wiedziałem.

– I że falangiści rozpaczliwie próbują zaopatrzyć w żywność swoich ludzi, którzy wpadli w zasadzkę?

Nie. Nie wiedziałem.

– Brat twojego aktora jest jednym z tych, którzy dezorganizują naszą blokadę.

Marwan się odwrócił. Zmienił się na twarzy. Nie był to już ani nieszczęśliwy ojciec Nakada, ani mój kpiarz druz; nie miał w sobie nic z tego, co o nim wiedziałem. Stał się człowiekiem z gór Libanu. Rzucał mi spojrzenia dozorcy więziennego. Poczułem strach. Nie przed nim, przed sobą. Uświadomiłem sobie, że nie siedzę w tym fotelu po to, by słuchać i rozumieć Marwana. Uzmysłowiłem sobie, że między nami rodzi się właśnie coś wielkiego. Zamilkł. Popatrzył na mnie. Czekał.

– Czego chcesz? – zapytałem.

Marwan skrzyżował ramiona. Miał czas. Byłem jego więźniem. Gdy zapadnie noc, rzuci mi miskę i wiadro na potrzeby fizjologiczne. Uniosłem brwi. Zachęcałem przyszłego kata.

– Twój aktor wie, gdzie jest jego brat. Musi ci to wyjawić.

– Musi mi to wyjawić? Dlaczego akurat mnie?

– Bo jego ludzie zabili Nakada. I twoją Iman.

– Jego ludzie?

– Ano. Jego czy nie jego, co za różnica? Do Sabry i Szatili wkroczyły oddziały Kataebu. To oni zdziesiątkowali nasze wioski. Mam gdzieś, czy on tam był czy nie. Nosi ten sam mundur, ten sam krzyż. To jeden z nich. Jest przedstawicielem wszystkich innych, tak jak ja jestem przedstawicielem wszystkich druzów, którzy zaludniają tę planetę.

Długo nad tym myślałem. Spojrzałem na Marwana. Mój wzrok mówił „tak".

*

Szarbel wyjeżdżał. Kiedy się zjawiłem, właśnie zapinał torbę. Otworzył mi drzwi. Cofnął się, popatrzył na mnie. Padliśmy sobie w ramiona bez słowa. Od bombardowania 4 czerwca 1982 roku żaden z nas nie dał znaku życia. Szarbel przeszedł wówczas na drugą stronę ulicy z podniesioną ręką, życząc Iman szczęścia. Nazwał ją na wieczność „młodszą siostrą". Młody chrześcijanin wpuścił mnie do środka. Jego mieszkanie było zastawione kartonami. Wraz z rodziną opuszczał Liban i wybierał się do Anglii. Jego wioska w górach Szufu została zburzona. Dwaj kuzyni zabici przez druzów. Tylko starszy brat nadal walczył.

– Co u niego?

– To morderca, jak wszyscy inni – odparł Szarbel.

Przeprosił mnie. Właśnie pakował książki do kartonów. Przestał na mnie patrzeć. Usiadłem na materacu leżącym na podłodze.

– Antygona zginęła w Szatili.

Kreon podniósł dłoń, zastygł, trzymając w niej słownik.

– Zgwałcili ją, udusili i poderżnęli jej gardło.

Szarbel odwrócił się do mnie plecami. Usiadł na podłodze twarzą do ściany.

– Wybili też jej rodzinę.

Wstałem. Musiałem zająć pokój, który właśnie porzucił.

– Czego ty chcesz, Georges?

– Twojego brata.

Szarbel odwrócił się powoli.

– Jak to: mojego brata?

Staliśmy twarzą w twarz. Tym razem to ja poczułem się jego więziennym dozorcą.

– Był w Szatili.

– I co z tego? Czy to przywróci jej życie?

Oddałem krzyk Iman, pokazałem, jak broni się przed razami, wrzeszcząc z przerażenia i wściekłości, wyrywając swemu prześladowcy włosy. Opowiedziałem o krwi sikającej z jej rozciętego gardła, o bieli ud pomazanych odchodami. Szarbel wstał. Oparł się o ścianę.

– Wiesz, co się dzieje w górach? Palą nasze kościoły, nasze domy. Zabijają nasze kobiety i dzieci! Słyszysz? – Poszperał w torbie, wyciągnął odciętą głowę posągu Matki Boskiej. – To wszystko, co zostało z naszego klasztoru. Pojmujesz to?

– Iman w niczym nie zawiniła.

– Przecież każdy w wojnie ponosi jakąś winę! Gdyby Palestyńczyków tam nie było, nic by nie wybuchło!

Pokazałem mu afisz, projekt, narysowany przeze mnie, a następnie odbity metodą sitodruku przez kolegę drukarza. Była to reklama „Antygony". Z naszymi nazwiskami, Szarbela oraz Iman, Nakada, Nabila, Nimera, Husajna, Chadidży, Madeleine i Jewkinii. Były tam nazwiska Sama, moje, logo konsulatów i towarzystw kulturalnych. Na owym pięknym biało-czerwono-zielonym afiszu widniał cedr przedstawiony w formie drzewa genealogicznego, a na jego gałęziach, które wyrastały z osadzonego w tej samej ziemi pnia, skupiali się wrogowie.

– Pokaż mi na afiszu tych, którzy spalili twoją wioskę. Podaj mi nazwiska. Kto napadł na twój kościół? Iman? Nakad? Nakad nie żyje. Twoi kumple wywlekli go siłą z samochodu i rozstrzelali.

– To nie są moi kumple! – wrzasnął Szarbel.

– Kumple twojego brata! Na jedno wychodzi!

– Nie, nie na jedno. Nie jestem mordercą. Nigdy nikogo nie zabiłem. Nigdy nikogo nie zabiję. Wyjeżdżam, rozumiesz? Uciekam. Nie chcę zostać dłużej w tym kraju.

Położyłem afisz na kartonie z naczyniami. Nie mogłem posunąć się dalej. Podałem rękę Szarbelowi, Kreonowi, mojemu przyjacielowi marzeniu. Chwycił ją. Sam nie wiem, który z nas odczuwał większy ból.

Już miałem odejść. Odwróciłem się do niego plecami. Poddałem się.

– Mój brat będzie tu jutro.

Wstrzymałem oddech.

– Chce mi życzyć szczęścia.

Nie miałem odwagi spojrzeć na Szarbela.

– Dlaczego mi to mówisz?

– Nic ci nie powiedziałem.

Pochwyciłem jego wzrok. Uspokoił się.

– Będziesz umiał z tym żyć, Szarbelu?

– A ty, Georges?

Nie miałem odpowiedzi. Nic już nie miałem. Ani nóg, ani głowy, ani wnętrzności, ani serca. Nie podałem mu ręki, odchodząc. On nie podał mi swojej. Obaj właśnie skazaliśmy na śmierć człowieka. Ja dla Iman. Marwan dla Nakada. On – nigdy się nie dowiedziałem dla kogo. Przyszli mi na myśl Polinejkes i Eteokles. Oszalałem. W tej okrutnej chwili myślałem o tragicznym pięknie. Szarbel wręczył mi nóż, ja zaś przeglądałem się w jego ostrzu.

Poprosiłem, żeby nazajutrz się tu nie pokazywał. Odparł, że go nie będzie. Nie odprowadził mnie do drzwi.

– Przyszedłeś, żeby zawrzeć pokój?

Nie odpowiedziałem. Nie odważyłem się przyznać, że będzie ze mną druzyjski zabójca. Zataiłem obecność Marwana. Nazajutrz wpuszczę do tego chrześcijańskiego domu nieprzyjaciela z gór. Nie wspierałem go. Nie brałem jego strony. Wiedziałem, że w obu obozach zginą całe wioski.

*

Milicjant stał na schodach. Zadzwonił dwukrotnie, po czym włożył klucz do zamka. Gdy nacisnął klamkę, zawołałem go.

– Jusuf Butrus?

Obejrzał się. Zrozumiał. Wsunął dłoń pod drelich w tej samej chwili, gdy Marwan z jakimś drugim mężczyzną wepchnęli go do domu. Wszedłem za nimi. Zamknąłem drzwi. Chrześcijanin leżał na podłodze, jego pistolet na drugim końcu korytarza. Druzowie zasypywali go kopniakami. Miażdżyli mu czaszkę, nos, kark. Przesunąłem się na bok. Nic nie czułem. Znajdowałem się w Paryżu w roku 1973, dawałem nauczkę czarnemu szczurowi. Znałem te ciosy, krew, trzask łamanych kości. Marwan ukucnął. Walił milicjanta pięściami po twarzy. Wrzeszczał po arabsku.

Słyszałem imię Nakada, które spadało niczym deszcz. Złapał go za włosy i kilkakrotnie uderzył jego głową o beton. Następnie podniósł nogę i rozgniótł mu twarz, ludzka papka przywarła do podeszwy buta. Drugi druz wyciągnął sztylet. Ukląkł, żeby poderżnąć mu gardło.

– Zaczekaj! – rozkazał Marwan.

Wstał. Poszedł po colta 45 należącego do falangisty. Przeładował go suchym gestem, zbliżył się do mnie i podał mi.

Stałem oparty o ścianę. Nie poruszyłem się. Patrzyłem. Krew płynęła po podłodze, czarna kałuża poznaczona szarymi bąbelkami. Marwan zwracał się twarzą do mnie. Okraczył ofiarę, zdominował ją. Wyciągał ku mnie broń. Odmówiwszy mi najpierw tego prawa, teraz druz proponował znienacka, bym wziął udział w wojnie. Bym na zawsze zamknął za sobą drzwi. Spoglądałem na jego chłopskie dłonie, na pokaleczone palce, na paznokcie połamane kolejno przez życie. Spoglądałem na niklowany pistolet, na widniejący na kolbie cedr. Widziałem ten rysunek przez całą drogę do Szatili. Zwiadowcy oznakowali szlak zabójców. Cedr, skrót Libańskich Sił Zbrojnych, strzałka. Żeby nie zgubić się po drodze. Chodźmy, towarzysze. Obozy są bezbronne. Mężczyźni wyruszyli, podnosząc dwa palce na znak zwycięstwa? Zostały do wzięcia ich kobiety. Ich dzieci, które jutro staną się naszymi wrogami. Ich starcy. Chodźmy! Pozostawić ich przy życiu to pozwolić im się przegrupować. Pomyślcie o męczennikach z Ad-Damuru. Krew za krew.

Chwyciłem podaną mi broń. Marwan ustąpił mi miejsca nad chrześcijaninem. Stałem w rozkroku, ściskając stopami jego ciało. Nie miał już twarzy. Po policzku spływało mu coś, co przypominało oko. Trzepotał nogami, ramionami w konwulsjach niczym ranne zwierzę. Wziąłem pistolet w obie dłonie. Wstrzymałem oddech. Nogi mi drżały. Za chwilę zabiję człowieka. Spojrzałem na Marwana. Miał ponury wzrok. Nie było w nim gniewu ani nienawiści. Zrozumiałem, że mogę się jeszcze wycofać. Przejść ponad tą żywą raną i wrócić do domu. Nie będzie miał mi tego za złe. Popatrzyłem jeszcze raz na druza. Opuścił mnie. Byłem sam. Było moje ciało, broń ciążąca mi w dłoni, odwiedziony kurek, palec wskazujący na spuście. Strzelałem kiedyś z pistoletu w lesie. Trzymając go obiema rękami. Odrzut, przetaczający się huk, odpryski kory.

Wycelowałem w głowę. Nacisnąłem powoli. Pocisk wyleciał gwałtownie. Zaskoczył mnie. Myślałem, że mój palec może się jeszcze cofnąć. Pomyliłem się. Strzeliłem w czoło, między dwie rany skrywające oczy. Zdumiony widokiem spływającego mi po spodniach mięsa. Zastygłem tak, słysząc w uszach huk, z bronią w ręku, patrząc na lekki dym. Zastygłem tak. Właśnie zabiłem mordercę. Sam byłem mordercą. Przyłączyłem się do wojny. Marwan wyjął mi delikatnie broń z dłoni. Rzucił ją na ciało mojej ofiary.

Wyszliśmy na ulicę. Oni podążali przodem. Ja wlokłem się za nimi, potykając. Właśnie wykonaliśmy egzekucję na przywódcy falangistów w Al-Aszrafijji. To było przerażające. Marwan odjechał samochodem skradzionym poprzedniego dnia na szosie. Drugi druz zabrał mnie motocyklem. Obejmowałem go niczym kobieta tuląca się do swojego mężczyzny. Drżałem. Było mi zimno. Pędził zbyt szybko jak na to, co właśnie przeżyłem. Powinienem się przejść, posiedzieć, zastanowić się. Dopiero co zabiłem, to znaczy umarłem. Nigdy już nie zdołam spojrzeć w twarz żadnemu dziecku. Dzieci wiedzą. One domyślają się zła. Dostrzegają diabła w spojrzeniach dorosłych. Louise nie widziałaby już ojca, tylko potwora. Aurore nie widziałaby już męża, tylko groźbę. Moje sny zamienią się w koszmary. Moje dni staną się czarne. Zabiłem. Mogłem znów zabić. Nic nie czułem. Serce waliło mi jak po szalonym biegu. Potrzebowałem wody, kąpieli, piwa. Gotów zacząć od nowa? Dlaczego nie. To takie łatwe. Zresztą tamten był prawie martwy. Oszczędziłem mu agonii. Nie zabiłem go, tylko uwolniłem. Żałowałem, że Szarbela nie było w drzwiach. Wyobraziłem sobie, jak stoję przed nim przystrojony w białą togę i zabraniam mu pogrzebać brata. Ujrzałem, jak dumny, wielki odmawiam temu łajdakowi pochówku, pozbawiając go ceremonii pogrzebowej. Pokochałem siebie w roli króla świata, oddającego jego przeklęte szczątki krukom. Przywarłem do druza. Ściskałem go ramionami. Miałem otwarte usta, lecz zabrakło mi łez. Chciałem je ofiarować Jusufowi Butrusowi, Nakadowi, Iman, Samowi, Aurore, Louise, sobie. Bałem się, że umrę, nigdy nie zapłakawszy.

23

Trypolis, północny Liban

czwartek, 27 października 1983 roku

– Nie widziałem jej! Cholera! Nie widziałem jej!

Marwan zahamował gwałtownie w ciemności. Włączył wsteczny bieg. Poprzedniego dnia jeszcze tej syryjskiej blokady nie było. Żołnierze z Damaszku co noc przesuwali punkty kontrolne u wjazdu do miasta. Ten zasłaniało drzewo. Kiedy przejechaliśmy, nie widząc go, jeden z żołnierzy wystrzelił w powietrze.

– Nie odzywaj się. Pozwól mi działać – szepnął druz.

Zbliżali się do nas powoli trzej żołnierze z Damaszku. Dwaj trzymali nas na muszce, trzeci zajadał pomidora. Marwan opuścił szybę, ściskając w dłoni dokumenty samochodu. Podoficer kopnął w drzwi, cofnął się, krzyknął, żeby wysiadł. Marwan wyszedł z rękami w górze. Kategoryczny rozkaz. Uklęknął. Tamten stanął nad nim. Przemawiał cicho, pokazując palcem budkę wartowniczą, worki z piaskiem, syryjską flagę, twarz prezydenta Hafeza al-Assada. Czy kierowca jej nie zauważył? Zgadza się? Nie zauważył flagi? Ani prezydenta?

Już miałem wysiąść. Jeden z Syryjczyków dał mi znak, żebym został w środku. Obejrzał mój paszport do góry nogami. Drugi przeszukiwał bagażnik. Nagle Marwan wrócił.

– On chce wody – szepnął.

Podałem mu naszą butelkę. Kierowca taksówki oddalił się w stronę żołnierza, niosąc wodę. I znów ukląkł. Tamten zaczął pić, wypluł. Za ciepła. Wrzasnął, wylał resztę zawartości mojemu druzowi na głowę. A potem rozkazał mu wstać. Zaprowadził go do bunkra. Pokazał mu pomidora. Zadał pytanie. Marwan odpowiedział. Tamten zmusił go do pocałowania flagi, zdjęcia prezydenta, po czym wymierzył mu siarczysty policzek i kopniaka w lędźwie. Marwan upadł, podniósł się. Otrzepał się w drodze do auta. Ręka mu drżała. Ruszył. Żegnając żołnierzy, którzy patrzyli gdzie indziej. Odjechawszy dalej, splunął przez otwarte okno. Mój przyjaciel doznał upokorzenia. Czułem się zraniony z jego powodu. Byłem zły na siebie, że widziałem to uśmiercenie.

– Oddał ci paszport?

Skinąłem głową.

– Co on wyprawiał z tym pomidorem? – zapytałem.

– Chciał wiedzieć, czy jestem Palestyńczykiem.

Syryjczycy polowali na bojowników Arafata. Gdy zatrzymali mężczyznę, pokazywali mu pomidora i kazali wymienić jego nazwę. Libańczyk wymawiał ją jako „banadora", Palestyńczyk zaś jako „bandora". Aresztowano za to setki ludzi.

– Dlaczego nie odpowiadają jak Libańczyk?

Marwan spojrzał na mnie z ukosa.

– Bo mają swoją dumę.

*

Czterdzieści minut później na drodze biegnącej wzdłuż wybrzeża nasza taksówka nadziała się na syryjski czołg. Zasnąłem.

– Wysiadaj, Georges! – ryknął Marwan, otwierając drzwi od strony kierowcy.

24

Georges

– Otarłeś się o śmierć, ale nie zabiłeś – szepnął starzec.

Zapalił papierosa, przysiadł na piętach. Po czym zamilkł, wpatrzony w nieśmiałe światło wstającego dnia.

Spojrzałem na swoją nogę. Sikała z niej krew. Bolała mnie głowa, miałem ochotę zwymiotować, było mi zimno, sam już nie wiedziałem. Na zewnątrz krzyki, znowu. Do garażu wbiegli dwaj mężczyźni i wskoczyli do dziury obok nas. Jeden był ranny w ramię. Mówił po arabsku, szybko i głośno.

– Syryjczycy nas otaczają, strzelają do wszystkiego, co się rusza – przetłumaczył stary Palestyńczyk.

Sądziłem, że jestem z nim sam w kryjówce. W głębi ruiny czaiły się wszakże jakieś cienie. I jeszcze więcej za obtłuczonym murem, w dawnym biurze recepcji, pod spalonymi pojazdami, w kanale do naprawy samochodów. Było nas ze trzydziestu oblężonych. Starzec przeładował karabin.

– Jeżeli tu zostaniemy, zginiemy. Wychodzimy wszyscy razem!

Rzucił krótki rozkaz. Równocześnie szczęknęły zamki wszędzie w ciemności. A potem zaczął się modlić na kolanach, z otwartymi dłońmi. Dwaj Palestyńczycy spróbowali wyjść. Pierwszy upadł przy drzwiach, przykrywając ciało Marwana. Drugi schował się z powrotem.

Wyjąłem z torby ziemię z Jafy.

– Skąd przybyłeś? – zapytałem starego bojownika.

– Z Jordanii w siedemdziesiątym pierwszym.

– A przedtem?

– Masz na myśli mój dom?

Skinąłem głową. Uśmiechnął się. Zapalił kolejnego papierosa.

– Z Betlejem.

Otworzyłem złotą sakiewkę Iman.

– Rozłóż dłoń.

Starzec wahał się przez chwilę, po czym wysunął otwartą dłoń, nie spuszczając ze mnie wzroku. Wysypałem pył na jej czarne bruzdy. Podniósł głowę, popatrzył na mnie.

– Co to jest?

– Ziemia z Palestyny.

Miał zdziwioną minę. Ponownie na mnie spojrzał. Zacisnął pięść. Czułem ból. Gorączkę. Rwanie w całym ciele. Jakiś mężczyzna wyszedł. Upadł. Następny. Jeszcze jeden. Strzał z karabinu maszynowego. Czołg pozostał na pozycji. Omiatał serią naszą kryjówkę. Drzwi, ściana, dach rozpadły się w drobny mak.

Palestyńczyk ukucnął, odwrócił się ku mnie.

– Jak masz na imię?

– Georges.

Pokiwał głową.

– *Ahlan wa-sahlan*. Mam na imię Mahdi.

Uśmiechnąłem się.

– Niedługo umrzemy, Georges, wiesz?

Spojrzałem na niego.

Rozprowadził ziemię na dłoniach, po czym natarł nią twarz, czoło, nos, za uszami, powoli, jakby dokonywał ablucji przed modlitwą.

MAHDI

– Jesteś Żydem?

GEORGES

– Nie.

MAHDI

– Jak to nie?

GEORGES
(wstaje z trudem)

– Już nikim nie jestem.

MAHDI

– Dokąd idziesz?

GEORGES

– Wracam do domu.

MAHDI

– Na zewnątrz zginiesz.

Georges

– Nikt nie rozstaje się z tym światem żywy.

Chór

Starzec popatrzył na Georges'a. Podniósł dłoń, aby go zatrzymać. Francuz miał na głowie kipę Sama i trzymał klucz z Jafy. Zostawił torbę na ziemi. Pokuśtykał do wyjścia z paskiem zaciśniętym na udzie. W mroku garażu zjawy spoglądały, jak odchodzi, powłócząc martwą nogą. Anouilh szeptał mu, że tragedia pozwala odetchnąć, jest wygodna. W dramacie, wraz z jego niewinnymi, zdrajcami, mścicielami, umieranie staje się skomplikowane. Człowiek się szamocze, bo ma nadzieję, że się wywikła, to interesowne, haniebne. Natomiast tragedia jest bezinteresowna. Pozbawiona nadziei. Owej ohydnej nadziei, która wszystko niszczy. Tragedia jest dla królów. Georges upadł dwukrotnie. Wstał. Potknął się o belkę leżącą na drodze. Po czym dotarł do drzwi garażu. Przeszedł przez czwartą ścianę, tę, która chroni żywych.

Śmierć pochwyciła go ot tak. Z kipą na głowie i kluczem w dłoni.

Epilog

Otóż tak. Bez małej Antygony wszyscy mieliśmy spokój. Ale teraz koniec już. Niemniej jednak są spokojni. Ci wszyscy, którzy mieli umrzeć – umarli. Ci, którzy byli przeświadczeni o jednym, i ci, którzy byli przeświadczeni o czymś wręcz przeciwnym, nawet ci, którzy o niczym nie byli przeświadczeni, a zostali wciągnięci w to wszystko, nic nie rozumiejąc. Jednacy w śmierci, sztywni, bezużyteczni, rozkładający się. A ci, którzy jeszcze żyją, zaczną powoli ich zapominać i mylić się w ich imionach. To już koniec.

JEAN ANOUILH
Antygona (1942)

Spis treści